MORD IM PALAZZO SPADA

BIANCA MARIA
DI PALMA

MORD IM PALAZZO SPADA

Commissario Caselli
hinter den Kulissen

Roman

Eichborn.

per me

Die Deutsche Bibliothek – CIP-Einheitsaufnahme

Di Palma, Bianca Maria Johanna:
Mord im Palazzo Spada : Commissario Caselli hinter den Kulissen / Bianca Maria di Palma. – Frankfurt am Main : Eichborn, 2002
ISBN 3-8218-0881-0

Umschlaggestaltung: Moni Port unter Verwendung eines Fotos von B. Schmid; Detail der Fontana dei Fiumi © photonica
Satz: Fuldaer Verlagsagentur, Fulda
Druck und Bindung: Clausen & Bosse, Leck
ISBN 3-8218-0881-0

Verlagsverzeichnis schickt gern:
Eichborn Verlag, Kaiserstr. 66, 60329 Frankfurt
www.eichborn.de

1

Der Morgen war frisch, doch die Sonne wärmte schon. In zartgrünen Büschen zwitscherten Vögel, und eine Katze überquerte den Kies im Cortile des Palazzo Spada. Der Pförtner schloß die Tür zur Galerie auf, und ein breiter Sonnenstrahl flutete den Marmorboden. Der Pförtner merkte sofort, daß etwas nicht stimmte. Er kontrollierte die Alarmanlage und stellte fest, daß sie ausgeschaltet war. »Signora Vicenti?« rief er und klopfte an das Arbeitszimmer der Museumsdirektorin. Er öffnete die Tür, das Zimmer war leer. Er ging die Wendeltreppe hinauf. Die antike Tür aus Nußbaumholz, die zu den Galerieräumen führte, stand offen. Im Durchgang zu Saal III blieb er stehen und schlug die Hände vor das Gesicht.

*

Alessia zog ihren Hut tiefer ins Gesicht. Die Blätterwedel der Palmen im Garten der alten Villa, an der sie jeden Tag vorbeikam, wogten im Wind. Ein letzter Nachtfrost im April hatte die Mimosen verwelken lassen, erfrorene Knospen ließen im dornigen Geflecht der Hecke die Köpfe hängen, nur kurz währte ihr betörender Duft. Rauhreif umkränzte blühende Narzissen, und filigrane Spinnweben, in denen sich Tauperlen fingen, überzogen die Rhododendren.

Als Alessia die Via Pinciana überquerte, begann es zu nieseln. Sie beschloß, die Abkürzung durch den Park der Villa Borghese zu nehmen. Im Schutz der Pinien war der feine Regen kaum zu spüren. Auf einmal hörte sie ein Geräusch, das wie das Trompeten eines Elefanten klang. Zunächst glaubte sie, es käme aus dem Zoo am anderen Ende des Parks. Dann aber entdeckte sie das Zeltdach, die sandfarbenen Planen der Stallungen und die aufgehäuften Strohballen. Am Stamm einer Steineiche klebte ein Plakat, das Clowns und fauchende Tiger zeigte. Es roch nach Pferden.

Alessia konnte ihre Neugier nicht zügeln und trat an eines der Zelte heran. Ein Rüssel tastete aus dem Spalt in der Plane, und Alessia zog hastig ihre Umhängetasche weg. Auf einmal stand ein Mann in Gummistiefeln vor ihr, eine Mistgabel in der Hand.

»Keine Angst, Signorina, der will nur spielen!«

»Hm...«, sagte Alessia und paßte auf, daß sie nicht in den dunklen Fladen trat, der vor ihr auf der Erde lag. Ein junger Mann drängte sich am Tierpfleger vorbei. Er trug zwei Eimer mit Futter. Seine Stiefel waren verdreckt, der Stoppelschnitt weizenblond. Er musterte Alessia mißtrauisch. Sie sah, wie er nervös und unkontrolliert mit der Schulter zuckte, als er im Zelteingang verschwand.

»Kommen Sie mal in die Vorstellung?«

»Weiß nicht...« Alessia sah in den bleigrauen Himmel. Es hatte angefangen, richtig zu regnen.

»Haben Sie keinen Schirm?«

»Ich habe nicht damit gerechnet, daß das Wetter umschlägt. Es war gestern noch so frühlingshaft warm.«

»Warten Sie mal...« Er verschwand im Zelt. Als er zurückkam, hielt er einen verbogenen Herrenschirm in der Hand. »Hier, den können Sie haben...«, sagte er. Mit dem Zipfel seines karierten Hemds wischte er über den staubigen Griff.

»Danke!« Alessia spannte den Schirm auf. Es goß wie aus Kannen.

»Wollen Sie sich nicht lieber hier unterstellen?«

»Da rein, zu den Elefanten?« fragte sie.

»Die machen nichts, ich bin ja da. Ich heiße Andrew ...«

Er hob die Plane hoch, so daß Alessia im Licht einer an den Balken geklemmten Elektrolampe das Hinterteil eines Elefanten erkennen konnte. Sie klappte den Schirm zu und schüttelte ihn. Ein kleiner Elefant kam angetrabt, drückte sich mit Wucht gegen den Wärter und schwenkte sein haariges Schwänzchen. Der zarte Flaum auf dem Kopf stand ihm zu Berge, er wedelte mit den Ohren, und der kleine Rüssel tastete die Jackentasche ab.

»Hier hast du was, du Frechdachs!« Der Wärter nahm eine Handvoll Erdnüsse aus der Tasche. »Wollen Sie auch mal?«

»Lieber nicht...« Alessia wehrte den rosagrauen Rüssel ab.

»Na, nehmen Sie schon ... da ist nichts dabei ... ein Rüssel beißt nicht!«

Er nahm Alessias Hand, drückte sie flach und legte ein paar Erdnüsse darauf. »Flach halten, dann kann er sie gut nehmen!«

Alessia fühlte ein warmes Kribbeln auf ihrem Handteller.

»Na sehen Sie, war doch gar nicht so schwer ... noch mal?«

Alessia lachte. »Nein, ich muß los ... ich muß in die Schule.«

Sie bemerkte seinen fragenden Blick, wie ein Schulkind sah sie nicht aus.

»In die Dolmetscherschule in der Via Mercadante ... die Villa, die so florentinisch aussieht...« Dann dachte sie, daß ihn das wohl kaum interessierte, und fügte rasch hinzu, sie werde den Schirm auf dem Rückweg wiederbringen.

»Schon in Ordnung, Signorina …«

»Alessia Lante della Quercia.«

*

Als Alessia am Nachmittag die pinienüberschattete Steintreppe der Dolmetscherschule hinabging, sah sie auf der anderen Straßenseite einen schwarzen Alfa Romeo warten. Sie überquerte die Via Mercadante. Die Beifahrertür wurde von innen sacht aufgestoßen. »Du hättest nicht herkommen dürfen …«, sagte sie vorwurfsvoll. Sie stieg ein, drückte Crasso einen Kuß auf die Wange und blickte ihn an. Der Bankier sah aus wie immer, der Hemdkragen saß zu eng, aber sonst machte er einen eleganten, gelassenen Eindruck. Alessia seufzte. Sie wünschte sich, auch einmal so gelassen sein zu können, wie Pierluigi Crasso. Sie war immer nervös, irgendwie aufgeregt, fast gehetzt. Wenn sie mit ihm zusammen war, gab er ihr etwas von seiner Sicherheit ab. Vielleicht hatte sie deshalb seinem Drängen nachgegeben, obwohl er um einiges älter war und es noch etwas anderes gab, das gegen ihre Beziehung sprach.

»Warum fährst du nicht Richtung Via Veneto?« fragte sie, als sie merkte, daß er wendete.

»Da muß es einen Unfall gegeben haben oder einen Brand …«, antwortete Crasso ruhig, nahm ruhig ihre Hand und drückte einen Kuß darauf. »Bei der Villa Borghese standen Rettungswagen und die Feuerwehr … die Rauchwolke zog bis zur Piazza del Popolo … da staut sich der Verkehr … wir fahren über Parioli.«

Alessia nickte. Dann würde sie den Schirm eben am nächsten Tag zurückbringen.

*

Im milden Licht der durch die Wolken brechenden Abendsonne bot sich ein eindrucksvolles Panorama über die römischen Dächer. Man sah bis hinüber zum Pincio.

»Schau dort drüben ... die Lichter der Casina Valadier!« sagte Crasso und nickte zur geöffneten Terrassentür. Es hatte aufgehört zu regnen. Der leichte Luftzug, der hereinwehte, duftete nach Frühling.

»Gehst du da heute abend mit Lucrezia hin?« Alessia atmete heftig und preßte ihr Kinn an seinen Rücken. Der Nachmittag war wie im Flug vergangen, schon schlich sich bei ihr die Traurigkeit ein, die der nahe Abschied brachte.

»Sie ist deine Mutter, Alessia, warum nennst du sie nicht so?«

»Gehst du heute abend mit meiner Mutter ...«

Crasso legte ihr den Finger auf den Mund. »Lucrezia und ich gehen essen ... in die Osteria dell'Orso ...«, sagte er, und es klang wie ein Seufzen.

Alessia warf die rote Lockenmähne zurück. »Dein Devisenhandel floriert wohl prima ...« Abrupt stand sie auf. »Ich finde das unmoralisch ... so viel Geld auszugeben für ein Essen ... während überall bettelarme Kinder ...«

Sie hielt inne und sah Crasso ins Gesicht. Seine Augen glitten über ihren Körper. Alessia nahm sein Hemd von der Stuhllehne und zog es über. Sie sprach nicht weiter.

»Wie eigenartig schön du bist ...«, hörte sie ihn sagen. »Diese helle Haut, das rote Haar, du siehst aus ... wie eine Britin, niemand würde dich für Lucrezias Tochter halten.«

»Ja, ja ...« Alessia klaubte Rock und Strümpfe vom Boden auf. »Der römische Adel ... Orsini, Ruspoli, Vitelleschi, Barberini ... alle haben sie einen Renaissancepapst in der Familie, tiefbraunes Haar und ein Profil, wie in einer Bildhauerwerkstatt gemeißelt! Sieh dir Aurelio und Lavinia an.«

»Du sagst das, als wären es Fremde … ihr seid doch Geschwister«, unterbrach sie der Bankier, der sich nun ebenfalls anzog. Er nahm seine Hose vom Stuhl und strich sie glatt.

»Bloß halb … ich laufe unter *Jugendsünde,* das weißt du doch … auch wenn ich die Jüngste bin.« Crasso sah Alessia von der Seite an. Nur kurz, bevor er den Gürtel schloß, aber sie wußte diesen Blick zu deuten. Es war der Blick, den sie nicht ausstehen konnte. Alessia kräuselte die Nase. »Ich weiß, was du denkst … das arme Kind … kennt nicht mal ihren Vater … irgendein Schauspieler aus England, der Lucrezia damals den Kopf verdreht hat. Vielleicht ein Schotte? Weil er nicht mal für mich zahlt? Du brauchst mich gar nicht so mitleidig anzusehen. Mir geht's prima!«

Crasso trat zu ihr. »Wann sehen wir uns wieder? Du weißt … ich kann ohne dich nicht sein!« Er strich ihr zärtlich über die Wange.

»Nächsten Donnerstag … seit zwei Monaten ist das der einzige Termin in der Woche, den du dir freihalten kannst. Also, nerve nicht mit leeren Floskeln, ja?«

»Wie du mit mir sprichst! Ich vermisse dich wirklich …«

Seine Stimme bekam einen metallenen Klang. Dann atmete er durch und setzte sich auf das Bett, um seine Schnürsenkel zu binden. »Irgendwann wird das alles anders!« fügte er matt hinzu.

»Keine leeren Versprechungen, irgendwann werden wir uns nicht mehr wiedersehen …«, sagte Alessia und holte Luft. Sie hatte es tatsächlich geschafft, den Satz zu sagen, ohne daß ihre Stimme zitterte.

Der Bankier stand auf. Nun war er sichtlich verärgert. »Warum bist du mitgekommen … damals?« fragte er und fixierte sie.

Alessia antwortete nicht. Sie kannte das, nun wollte er sich vergewissern, daß sie ihn liebte. Da konnte er warten. Sie zog trotzig ihre Seidenstrümpfe hoch und spürte, wie Crasso sie ansah. Sie wußte, daß er hinreißend fand, wie sie das machte. Sie trug sie ihm zuliebe. In einem schwachen Moment hatte er sie darum gebeten, und Alessia tat fast alles, worum er sie bat. Sie hatte ihm gesagt, es läge an seiner Autorität. Sie sei nicht in der Lage, einem Mann, der älter war als sie, etwas abzuschlagen. Das fand er ebenfalls hinreißend, das wußte sie auch. Eigentlich waren Männer leicht durchschaubar, fand sie. Crasso mochte es, wenn ein paar Zentimeter ihrer Haut unbedeckt waren. Manchmal, wenn sie unter den Platanen des Lungotevere fuhren, hielt er am Straßenrand vor der Bar gegenüber der Engelsbrücke und bat Alessia, Zigaretten zu holen. Dann stieg sie aus, rannte los und achtete darauf, daß ihr Rock schwang und weiße Haut blitzte. Ihr mangelte es an Sinn für Grundsatzdiskussionen und feministische Streitlust. Auch darin unterschied sie sich von ihrer Mutter. Und gerade darauf war sie stolz.

»Mein Hemd kannst du aber nicht anlassen. Was soll denn das!« protestierte Crasso.

»Ich brauche was von dir, bitte laß es mir ...«, bat Alessia. Sie legte ihm die Arme um den Hals ... und plötzlich konnte sie die Tränen nicht mehr zurückhalten. Der Bankier atmete durch. Alessia wandte sich hastig ab. »Entschuldige ...«, sagte sie leise und fingerte an den Perlmuttknöpfen, »... es sind nur die Nerven ... ich bin im Moment nicht gut drauf.« Und während sie das zerknitterte Hemd an die Lehne hängte und ihr T-Shirt überzog, wurde ihr bewußt, daß dieses Gefühl anhielt, seit Crasso sie zum erstenmal hierhergebracht hatte.

2

Das gelbe Taxi hielt auf der Piazza Campo di Ferro. Caselli zahlte und stieg aus. Nicht zu fassen, ausgerechnet an dem Tag, an dem er einen Behördengang im EUR zu erledigen hatte, geschah ein Mord, quasi bei ihm um die Ecke. Er steckte seine Brieftasche ein und blickte auf den Palazzo. Hinter prächtigen Säulenarkaden lag ein Rondell hellrosafarbener Tulpen, in dessen Mitte, im Sonnenschein, eine Fontäne plätscherte. Der Himmel war strahlend blau, doch die Gasse schattig, und Caselli fröstelte. Ein Carabiniere mit schwarzem Schnurrbart sperrte den Eingang ab.

»Die Galerie ist heute geschlossen!« sagte er. Unwillkürlich mußte Caselli lachen über den unverkennbaren kalabrischen Akzent.

»Ich bin der diensthabende Commissario ...«

Der Carabiniere salutierte. »Verzeihung, Commissario, Tonino Catanazzo, Divisione Roma III! Gehen Sie außenrum, der Eingang ist im Vicolo del Polverone!«

Er deutete auf einen mit Plastikfolie geschützten Karton, der sich an den Rustikaquadern des Sockelgeschosses seltsam ausnahm.

»Sie müssen ... da um die Ecke!« wiederholte er.

»Man sieht doch, daß das der Eingang zum Palazzo ist. Mein Gott, lassen Sie mich doch einfach durch!«

Der Carabiniere baute sich vor ihm auf. »Zum Palazzo, aber nicht zur Galerie! Sie müssen außenrum, Commissario!«

Caselli gab sich geschlagen. Er bog links in die Gasse, lief an den Außenmauern entlang und sah eine schlichte Pforte. Darüber prangte eine mit Goldborte gesäumte Stoffbahn »Galleria Spada«. Caselli ging an der unbesetzten Biglietteria vorbei und trat in den Cortile. Kies knirschte unter seinen Füßen. Vor ihm lag das Rondell mit den hellrosafarbenen Tulpen. Er blickte nach links durch die Arkaden der Loggia und sah den breiten Rücken des kalabrischen Carabiniere.

Sergente Scurzi trat aus dem Eingang. »Commissario!« rief er und zuckte zusammen, als er Casellis finstere Miene sah.

»Buongiorno ...« Caselli ging auf seinen Assistenten zu. »Wo sind Sie reingekommen?«

Scurzi lachte erleichtert. »Auch ›außenrum‹!«

»So ein Dummkopf ...«, sagte Caselli verärgert.

»Machen Sie sich nichts draus! Der kommt aus dem Süden ... kein Wunder, die sind da unten doch alle ...« Der Sergente brach ab und zog den Kopf ein. »Entschuldigung, Commissario!«

Caselli nahm gelassen zur Kenntnis, daß Scurzi liebend gern im Erdboden versunken wäre. Die Vorurteile gegen Süditaliener perlten an ihm ab, wie Wassertropfen auf einem Wachstuch. Er hatte sich daran gewöhnt, daß er als Sizilianer ständig mit den gängigen Klischees konfrontiert wurde. Leider trafen sie manchmal auch zu, was ihm erschwerte, den Süden uneingeschränkt zu verteidigen.

»Also, Kalabrien ... das ist natürlich ganz anders als ... Sizilien, da waren ja die Griechen, die Araber und Friedrich II. ... Sie haben Kultur ... das ganze Barock und die schöne Landschaft ... immer gutes Wetter und mehrere Nobelpreisträger ... in Literatur«, überschlug sich Scurzi in Entschuldigungen.

»Schon gut«, unterbrach ihn Caselli. »Fakten zum neuen Fall? Haben wir schon was?« fragte er und ging voran.

»Ein Schauspieler, Ugo Terracini, zweiunddreißig, unverheiratet. Schädelfraktur und Genickbruch. Er ist bekannt … spielte gerade den Hamlet … am Teatro Argentina…«, erläuterte Scurzi, der hinter ihm herlief, »…der Pförtner fand ihn, heute morgen …«, setzte er hinzu.

Caselli warf einen skeptischen Blick auf den älteren Herrn in Pförtneruniform, der zusammengesackt auf einem Stuhl in der Halle saß, eine Wolldecke über die Knie gelegt. Ein Carabiniere stand neben ihm und zählte Tropfen in ein Wasserglas. Der Pförtner hatte offenbar zuerst bei der Carabinieristation angerufen, dachte Caselli. Wieder mal einer, der sich mit den hochkomplizierten Zuständigkeiten der beiden Staatsorgane Polizia und Carabinieri nicht auskannte. Caselli fragte sich, wie lange sich Italien den kostspieligen doppelten Verwaltungsaufwand noch würde leisten können. Er schüttelte den Gedanken ab und wandte sich an den Carabiniere.

»Schockzustand?«

Der Carabiniere nahm Glas und Fläschchen in die Linke und salutierte. »Capitano Lucca! Wir haben schon eine tatverdächtige Person festgenommen! Sie ist da drin…« Er nickte in Richtung Tür. »Hoffe, bei Ihnen ist alles unter Dach und Fach?«

»Wie?« fragte Caselli.

»Na, auf der Behörde, Commissario! Sergente Scurzi hat mir davon erzählt.«

»Hm.« Caselli mochte nicht darüber reden, daß er nichts erreicht hatte. Er würde eine Reihe Ordner durchforsten und einen weiteren Fristverlängerungsantrag stellen müssen. Davor graute ihm jetzt schon.

Scurzi deutete auf die Tür. »Im Garten wurde eine junge Frau festgenommen, römischer Adel, Lavinia Lante della Quercia. Sie hat ausgesagt, sie habe mit dem Mord nichts zu tun. Wir haben eine Polizistin angefordert. Die Signorina hat mit dem Anwalt ihrer Familie gesprochen und ist ziemlich aufgebracht, daß wir sie hier festhalten. Sie müssen dann gleich zu ihr rein, sie wartet in der Bibliothek.«

Eine distinguierte Dame im hellen Kostüm trat aus einer hohen Renaissancetür.

»Signora Vicenti, Commissario Caselli ...«, sagte Scurzi. Caselli schüttelte der Direktorin die Hand. Sie lächelte verbindlich und wies auf die Wendeltreppe. »Hier bitte, da entlang. Ist es nicht entsetzlich? Gott sei Dank wurden keine Bilder beschädigt. Er liegt in Sala III vor dem Guercino ...« Sie ging voran.

Der Schauspieler lehnte an der Wand unter einem wuchtigen Ölgemälde. Der Tod hatte seine Gesichtszüge nicht entstellt. Die Augen waren geschlossen. Der Kopf hing schräg zur Seite. Das weiße Hemd war blutrot gefärbt.

»Schädelfraktur und Genickbruch ...«, kommentierte Scurzi und starrte den Toten an. Ein gutaussehender Mann, dachte Caselli. Er ließ den Blick umherschweifen. Neben der Leiche thronten zwei Silberkandelaber. Die schwarzen Dochte und das schräggetropfte Wachs zeigten, daß die Kerzen lange gebrannt hatten. Am Boden neben dem Fenster stand ein blutverschmierter Kassettenrekorder, daneben hatte die Spurensicherung ein Schildchen mit einer Nummer aufgestellt.

Auch die Direktorin sah auf die Leiche. »Er wirkt fast ... malerisch, nicht? Als schliefe er ... wie ein junger Gott ... sogar im Tod ...« Sie lächelte matt. »Wenn es nicht so erschütternd wäre ...«, fügte sie hinzu, und ihre Miene wurde wieder ernst.

»Haben Sie eine Ahnung, was das zu bedeuten hat?« fragte Caselli und deutete in die Runde.

»Wirkt inszeniert, nicht wahr?« antwortete die Direktorin und zeigte auf eine Konsole.

»Die Kandelaber standen dort drüben. Es sollte einen Streichquartettabend geben, nächsten Sonntag ... im kleinen Kreis, zu meinem Fünfzigsten.«

»Signora Vicenti! Ein Anruf vom Ministerium!« rief jemand in den Saal.

»Sie entschuldigen mich?«

»Natürlich, Signora, ich werde Sie nachher in Ihrem Büro aufsuchen«, sagte Caselli.

»Danke.« Sie eilte in Richtung Ausgang.

»Richtig wie im Theater ...«, meinte Scurzi. »Sieht aus, wie ein Bühnenbild, nicht?«

Caselli nickte. »Und das Gemälde soll uns sicher etwas über das Motiv verraten.« Er beugte sich vor, um das Messingschild am wuchtigen Rahmen zu lesen. »Hm ... ›Didos Tod‹ ...« Caselli wandte sich um. »Jetzt sind Sie dran, Scurzi, Sie waren doch auf der Akademie.«

»Das haben Sie sich gemerkt?« Scurzi legte die Stirn in Falten.

»Selbstverständlich.« Caselli lächelte.

»Das ist Dido, die Königin von Karthago«, begann Scurzi. »Vergil zufolge strandete der trojanische Prinz Aeneas, der später Rom gründete, nach einem Schiffbruch in Karthago. Da war dann was zwischen den beiden ... in einer Höhle. Und da Dido ... mit Aeneas ... na ja, also ... sie dachte, er wäre jetzt ihr Ehemann und würde bei ihr bleiben. Aber Aeneas erhielt von Jupiter die Anordnung, in See zu stechen und seine Reise fortzusetzen. Dido war verzweifelt. Sehen Sie ... da oben der kleine Amor, der fliegt weg. Darum heißt das Ganze auch Allegorie. Ein abstrakter Begriff, also die verlorene Liebe, wird bildhaft dargestellt ... nun, auf jeden Fall: Sie ließ einen Scheiterhaufen errichten. Alle dachten, sie wolle, alles, was sie an Aeneas erinnert, loswerden, aber weit gefehlt. Als das Feuer richtig loderte, stürzte Dido sich in die Flammen und in Aeneas Schwert … was ich eigentlich nie kapiert habe. Ich meine, wenn einer auszieht, Rom zu gründen, da nimmt er sein Schwert doch mit, oder? Na ja, wahrscheinlich hatte er mehrere Schwerter … obwohl … ich dachte immer, so ein Schwert sei eine ganz persönliche Sache … also, zum Beispiel Ihr Roland … der hatte doch auch ein ganz besonderes Schwert, wie hieß das noch gleich … Dur… Durla… Durlin…, erinnern Sie sich? Wie heißt das denn, das Schwert von Roland … mit dem er tapfer gegen die Sarazenen kämpfte und den Heldentod starb, irgendwo in Spanien … um Ihren Kaiser zu verteidigen. Ach, habe ich diese Geschichten geliebt als Kind. Und erst den ganzen Ariost!« schwärmte Scurzi.

»Meinen Kaiser?« Caselli hob eine Augenbraue. Der Klugscheißer Scurzi spielte offensichtlich mal wieder auf seine deutschstämmige Mutter an.

»Na, Karl den Großen…« Scurzi überlegte angestrengt, doch der Name wollte ihm offenbar nicht einfallen. »Na ja, auf jeden Fall, das ist immer ein ganz besonderes Schwert … das des Helden, oder? Das läßt man doch nicht einfach zurück!«

Caselli atmete durch. Manchmal verlangte ihm der Ermittlungsstil seines Sergente ein gehöriges Maß an Geduld ab. »Quintessenz, verschmähte Geliebte?«

»Hm…«, sagte Scurzi, »…er ließ sie sitzen, würde ich sagen, weil … ich meine … er hatte ja schon…«.

»Hm…«, sagte Caselli. »Da es sich hier nicht um den Selbstmord einer Frau handelt, könnte das Bild eigentlich nur einen Hinweis geben: ›Didos Rache‹ statt ›Didos Tod‹. Es gibt aber bestimmt andere Bilder in der Galerie, die den Rachegedanken besser zum Ausdruck bringen, oder?«

»Sicher doch.«

»Also, warum ausgerechnet … hier? Zufall?«

»Glaube ich nicht...«, sagte Scurzi, »die Kerzen, der Rekorder ... der Mörder hat die Kulisse hier aufgebaut.«

»Ja...«, Casellis Augen wanderten durch den Saal, »der Raum hat eine U-Form und der Schauspieler stand mit dem Rücken zur Wand. Er hatte keine Fluchtmöglichkeit mehr.«

»Genau. Er saß in der Falle.«

»Was ist auf dem Band?« Caselli musterte den Rekorder.

»Die Spurensicherung war schon da, soll ich?«

Caselli nickte: »Ja, sie war da. Aber ich habe wenig Hoffnung. Alles ist verschmiert und die Fingerabdrücke sicher kaum brauchbar. In dem Raum hier ist eh alles voll mit Abdrücken.«

Scurzi drückte mit einem Taschentuch auf den blutverkrusteten Startknopf:

»Ich seufze dich, dein bittres Los,
Prometheus. Tränen, tropfend von
Den Augen netzen mit quellendem Naß
Die schlanken Wangen. Schmerzlich ist es,
Wie Zeus, nach eigenem Gesetz
Gebietend, den Göttern von vordem
Der blanken Waffe Hochmut zeigt.«

»Klingt wie der Chor in einem griechischen Drama, oder? Schalten Sie's wieder aus, Scurzi, das bringt uns im Moment nichts ... wir hören uns das später in Ruhe an.«

Da sah Caselli den Gegenstand. Neben dem Globus des holländischen Kartographen Guglielmo Bleau, wie Caselli dem Schildchen auf dem Glassturz entnahm, lag eine leere Tablettenhülse aus Plastik. Caselli hob sie auf. Das Silberpapier war durchgedrückt. Er zupfte es glatt, eine Ecke fehlte.

»Ergolo…«, las Scurzi laut, der hinter ihn trat. »Muß einer weggeworfen haben … der Mörder?« Er sah Caselli an.

»Oder einer der Besucher, die hier tagtäglich durch die Säle marschieren. Hier…«, er schlug die Hülse in ein Taschentuch mit seinen Initialen, »finden Sie heraus, um was für ein Medikament es sich handelt, und fragen Sie den Pförtner, wie oft hier geputzt wird … und … Scurzi?«

»Ja, Commissario?«

»Das hätte ich gern wieder. Nicht, daß es in der Gerichtsmedizin flötengeht!«

»Haben Sie das gesehen?« Scurzi zeigte auf den Fußboden. »Überall Blutstropfen … lauter kleine, versprengte Blutspritzer auf den Steinfliesen, den Saal rauf und runter, eigenartig…« Scurzi rieb sich nachdenklich sein kantiges Kinn.

»Mal sehen, was die Spurensicherung sagt…«, meinte Caselli.

Scurzi nickte und steckte das Taschentuch weg. »Wollen Sie jetzt mit der Contessa sprechen? Ich habe ihr gesagt, daß Sie sie sofort vernehmen werden, sobald Sie kommen. Sie hat sich furchtbar aufgeregt, daß wir sie festhalten. Ihren Anwalt hat sie auch schon verständigt…« Er blickte Caselli erwartungsvoll an. »Gehen Sie gleich zu ihr?«

»Was soll denn das?« rief Caselli, sich seines rüden Tonfalls bewußt. »Contessa … ich denke, seit dem Faschismus sind in Italien die Adelstitel abgeschafft. Die soll sich nicht so haben. Sie ist im Moment die Hauptverdächtige. Es hat sie schließlich keiner gezwungen, hier einzudringen, oder? Jetzt muß sie eben die Konsequenzen spüren!«

»Ich wußte gar nicht, daß Sie Kommunist sind«, murmelte Scurzi und tappte hinter ihm die Wendeltreppe hinunter.

»Wie?«

»Ach, nichts.«

»Ich möchte mir noch den Garten ansehen...«, sagte Caselli, im Parterre angelangt. Scurzi öffnete die Pforte aus Nußbaumholz. »Irgendwas Besonderes?« fragte Caselli, während sie den Kiesweg entlangliefen und die Kiesel unter ihren Füßen knirschten.

»Fand offenbar ein Picknick statt, in der Borromini-Perspektive. Haben sich manierlich verhalten. Alles wieder fein säuberlich aufgeräumt, sehen Sie?«

»Oila!« Caselli entdeckte den Säulenkorridor und staunte. »Das ist aber sehr schön!« Er blickte anerkennend zu Scurzi hinüber. »Wirklich sehr schön!«

»Was meinen Sie, wie lang der Gang ist?«

»Dreißig Meter?« schätzte Caselli auf gut Glück.

Scurzi grinste. »Gut getroffen, Commissario, genauso soll es auch wirken. Aber es sind nicht mal neun, genau gesagt: acht Meter zweiundachtzig!«

Caselli ging die Stufen hinauf und blickte in das Tonnengewölbe. »Wunderbar!« Er betastete den Marmor, der sich unter seinen Fingern glatt und kühl anfühlte.

»Die Säulenreihen verlaufen konvergent statt parallel ... auf einen Fluchtpunkt zu. Nach hinten zu werden sie niedriger, während der Mosaikboden ansteigt. Das macht die optische Täuschung perfekt...«, sagte Scurzi. Er seufzte und umschlang eine Säule. »Borromini war eben ein Meister ... für das Ganze hat er nur ein Jahr gebraucht, 1652 angefangen, 1653 aufgehört. Auftraggeber war Kardinal Bernandino Spada, von ihm hängt auch ein Porträt oben in der Galerie, gleich in Saal I.« Er ließ die Säule wieder los und zeigte auf das Ende des Korridors. »Übrigens war der Effekt früher verblüffender. 1861 hat dann Conte Clemente Spada die Statuette dahinten aufgestellt. Paßt nicht so recht hin. Vorher war da nur ein Fresko mit Blätterwerk und

Ranken, das verwirrte das Auge noch mehr. Man dachte, da geht's in einen Garten.«

Caselli hob den Weidenkorb auf, der auf einem karierten Plaid stand. »Guter Geschmack: Gänseleberpastete, Kuchen, Sekt…«, kommentierte er und stellte den Korb wieder ab.

»Und schauen Sie mal!«

Caselli wandte sich um. Scurzi hielt einen Vogelkäfig hoch, der der Tudorzeit zu entstammen schien. Auf dem Holzgestänge hüpfte aufgeregt eine Nachtigall.

»Eine Nachtigall! Das nenne ich Romantik. Im Borromini-Garten im Mondschein … im Mai!« Scurzi seufzte. »Ach, ja … Marcella hätte das sicher auch gefallen, früher…! Da hat sich jemand wirklich Mühe gegeben.«

»Und sein Gast es ihm übel vergolten…«, kommentierte Caselli und lief an beschnittenen Buchsbüschen vorbei zum Ausgang. »Kommen Sie, ich werde jetzt mit der Direktorin sprechen.«

»Und die Contessa?« rief Scurzi ihm nach.

»Ah, Commissario…«, Signora Vicenti trat aus ihrem Zimmer, den Bronzeknauf der Renaissancetür noch in der Hand. »Wollen Sie zu mir?«

»Ja«, sagte Caselli und beobachtete, wie Scurzi die Lippen schürzte und zur schmalen Tür blickte, die dem Büro der Direktorin gegenüberlag. Einen derart beflissenen Umgang mit dem Adel hätte er ihm gar nicht zugetraut. »Befragen Sie inzwischen den Pförtner!« rief er hinüber und folgte Signora Vicenti in ihr Büro.

»Entschuldigen Sie, Commissario … aber möchten Sie nicht zuerst Signorina Lante della Quercia befragen?«

Casellis Gesichtsausdruck verdüsterte sich. Ging das jetzt so weiter? Offenbar nahmen die Römer ihre Aristokratie wirklich ernst. Caselli tat sich schwer, dafür Verständnis aufzubringen. Jede Bevorzugung wegen Rang, Namen und Gesellschaftsschicht war ihm zuwider.

Offenbar bemerkte Signora Vicenti sein Mißfallen und setzte eine Erklärung nach. »Es geht ihr, glaube ich, nicht gut. Sie war die ganze Nacht in den Gärten und hat sich wohl etwas verkühlt. Ich vermute einen Harnwegsinfekt. Meine Nichte hatte das neulich, sehr unangenehm, wissen Sie? Sie wohnt vorübergehend bei mir, meine Nichte. Sie hat Ärger ... zu Hause. Elektra möchte Schauspielerin werden ... mein Bruder hat dafür leider gar kein Verständnis ... da habe ich sie, einstweilen, aus der Schußlinie genommen...« Sie strich sich mit routinierter Geste eine Locke aus dem Gesicht, die sich aus ihrer Frisur gelöst hatte. »Nun ja ... ich habe der Signorina eine Tablette gegeben, ich hatte noch eine Schachtel Antibiotika in der Schublade. Aber das arme Kind sollte so schnell wie möglich nach Hause.«

»Das arme Kind könnte eine Mörderin sein, verehrte Signora!«

»Aber Commissario...« Die Direktorin lächelte nachsichtig. »Doch keine Lante della Quercia! Sie entstammt einer der besten Familien Roms, wenn sie einmal heiratet, wird ihr der Papst persönlich seine Glückwünsche übermitteln! Wo denken Sie hin!«

»Ach ja? Wie sind sie denn alle zu Ruhm und Ehre gekommen, die römischen Adelsfamilien und die Aristokratie?« ereiferte sich Caselli. Endlich konnte er seinem seit dem frühen Morgen angestauten Ärger Luft machen. Ein Behördengang, wie er ihn hinter sich hatte, konnte selbst ein ruhiges Gemüt in Wallung bringen. Caselli war der Meinung gewesen, sein Nervenkostüm könne so schnell nichts erschüttern, doch dreieinhalb Stunden Schlangestehen vor einem Schalter der Steuerbehörde hatten ihn eines Besseren belehrt.

»Das waren doch durch die Bank Condottieri – die Barberini, Orsini, Colonna, und wie sie alle heißen!« fuhr er fort. »Denen der Papst für ihre getreuen Dienste, nämlich Morden und Plündern, wohlklingende Titel verliehen hat! Der Papst, der in Unzucht lebte, seine Widersacher kurzerhand vergiftete und Kriege führte, an der Spitze eines Heeres, das mordete und plünderte, um seinen Machtanspruch auszudehnen! Die Nachkommen von Mördern und Plünderern, das sind sie doch, die Adeligen, weiter nichts! Und degeneriert dazu!« schloß er und lockerte seinen Kragen.

»Entschuldigung, ich konnte nicht wissen, daß Sie Kommunist sind...«, sagte Signora Vicenti.

»Das tut nichts zur Sache! Und ich bin kein Kommunist!« Caselli hörte, wie sich seine Stimme überschlug.

»Um so besser. Ihre Ansicht teile ich nicht. Und Sie täten gut daran, Ihr sikulisches Temperament zu zügeln, Commissario ... auch wenn ich Sizilien sehr liebe, ich habe in Selinunt geheiratet im Frühjahr 1977 ... bei den Tempeln. Sie kennen sie sicher, die Tempel bei Selinunt, einfach wundervoll im Frühjahr, nicht wahr?«

»Ja, ja ... natürlich kenne ich Selinunt.«

»Das Mädchen war im Garten eingeschlossen. Der Schlüssel steckte außen. Es war also eine dritte Person in der Galerie. Das läßt unwahrscheinlich erscheinen, daß Signorina Lante della Quercia die Täterin ist, nicht?«

»Das herauszufinden überlassen Sie bitte mir!« erwiderte Caselli. Das belustigte Lächeln, das über Signora Vicentis Gesicht huschte, brachte ihn wieder auf den Boden der Tatsachen. Er räusperte sich und trat ans Fenster. Der Blick in den Garten ging geradewegs auf das Rondell mit den hellrosafarbenen Tulpen, und Caselli wandte sich wieder um.

»Natürlich, Commissario...« Signora Vicenti hob beschwichtigend die Hände. »Ich glaube dennoch, Sie sollten die Signorina nach Hause bringen lassen. Ein Harnwegsinfekt ist unangenehm, bei Männern tritt so etwas ja erst später auf, so um die fünfzig...«

»Also gut...« Caselli atmete durch. Er fühlte sich selbst nicht wohl. Sein Zeigefinger pochte. Am frühen Morgen war er der Katze seiner neuen Nachbarin zu nahe gekommen. Caselli nahm sich vor, gleich anschließend ins Fate-Bene-Fratelli-Hospital auf der Tiberinsel zu fahren und sich von seinem alten Freund Claudio eine Tetanusspritze geben zu lassen.

»Wo ist sie?« fragte er an der Tür.

»Ich begleite Sie hinüber.« Die Direktorin ging voran.

Eine dunkelhaarige junge Frau stand am Fenster des hohen Raums. Als sie Caselli und die Direktorin eintreten hörte, drehte sie sich um. Sie hielt die Arme vor der Brust verschränkt und wirkte ruhig. Ihre Wut schien verraucht. Die Polizistin stand auf, nickte Caselli zu und verließ den Raum.

»Schon besser?« fragte Signora Vicenti aufmunternd.

»Ja, etwas.«

Die Direktorin zog die Tür zu. Sie waren allein. Caselli stellte sich vor die Fensterfront und schwieg. Er wartete, was sie von sich aus sagen würde, die beste Methode, wie er aus Erfahrung wußte. Er ertappte sich dabei, daß er sich befangen fühlte.

»Ich werde nichts sagen, bevor Avvocato Verbiani eingetroffen ist«, sagte Lavinia und setzte sich in den Ledersessel neben dem Kamin.

»Haben Sie Ugo Terracini umgebracht?« Caselli wählte den direkten Weg.

»Natürlich nicht!«

»Dann haben Sie nichts zu befürchten.«

»Das kennt man doch! Die Polizei in Italien!« sagte sie verächtlich. »Ignoranz, Korruption und Willkür.«

Die Tür flog auf, und eine große, schlanke Frau eilte herein, gefolgt von einem älteren Herrn und Scurzi. Ihre Kleidung verriet ausgesuchte Eleganz. Die Frisur saß, der Schmuck und das Foulard, das sie trug, bezeugten Klasse und Reichtum.

»Um Gottes willen, Kind ... du siehst ja furchtbar aus! Hat er dir etwas angetan? Was ist passiert?« rief sie und packte Lavinia am Arm.

»Sie sind der Commissario, nicht wahr ... Avvocato Verbiani ...«

Der Anwalt reichte Caselli die Hand. »Signora Lucrezia Lante della Quercia ist die Mutter der Signorina. Darf ich fragen, was genau gegen sie vorliegt? Der Sergente hat mir die Fakten genannt: Ugo Terracini wurde ermordet. Lavinia hat man heute morgen auf den Stufen der Borromini-Perspektive gefunden. Sie war eingeschlossen und der Schlüssel steckte außen.«

»Mich interessiert, was die Signorina in der Galerie zu suchen hatte ...«, sagte Caselli trocken und wandte sich an Lavinia. »Ihr Anwalt ist nun da, wenn Sie so freundlich wären.«

»Antworte, Lavinia«, sagte der Avvocato. »Du hast doch nichts mit der Sache zu tun. Du brauchst nur die Wahrheit zu sagen. Es kann dir nichts passieren!«

»Hat Alessia dich eingeschlossen? Sprich doch endlich!« Die Contessa schüttelte ihre Tochter am Arm.

Lavinia machte sich los und trat ans Fenster.

»Warum bist du überhaupt hergekommen! Ich hatte es euch verboten! Ausdrücklich!« Die Contessa setzte sich auf den Sessel vor dem Kamin und preßte ihre Hand gegen die

Stirn. »Ach, diese Kopfschmerzen! Ich muß eine Tablette nehmen. Avvocato, seien Sie so gut!«

Sie nahm eine Pillendose aus ihrer Handtasche. Der Anwalt ging zum Tisch, auf dem ein Tablett stand. Er nahm die Mineralwasserflasche, schenkte ein Glas ein und reichte es der Contessa.

»Danke.« Sie schluckte ihre Tablette. Dann lehnte sie sich zurück, schloß einen Moment die Augen und wandte sich schließlich an Caselli. »Also, Commissario ... Lavinia, hat mir gestern eröffnet, sie habe eine Liaison mit diesem Schauspieler. Alessia, meine jüngere Tochter erhielt, ebenfalls gestern, eine Einladung für ein Picknick im Borromini-Garten, auch von Terracini ... es sollte hier stattfinden ... in der Nacht. Ugo hatte einen morbiden Hang zur Romantik ...«, erklärte sie und trank noch einen Schluck.

»Du mußt es ja wissen!« fuhr Lavinia halblaut dazwischen.

»Ich habe Alessia verboten, zu dem Rendezvous zu gehen. Ich hatte meine Gründe. Natürlich ist sie trotzdem hin, man kann seinen Kindern heutzutage ja nichts mehr verbieten.« Die Contessa machte eine kleine Pause und stellte ihr Glas auf dem Beistelltisch ab. Dann blickte sie zu Lavinia hinüber. »Aber daß du so dumm sein würdest, Alessia nachzuspionieren!«

Caselli räusperte sich. Der Tonfall der Contessa war alles andere als nobel. Auch Lavinias Verhalten erstaunte ihn. Aufmerksam verfolgte er das kleine Familiendrama, das sich vor seinen Augen abspielte. Eben ballte die Tochter ihre Hände.

»Du bist genauso auf Ugo Terracini hereingefallen wie ich! Ich lasse mich von dir nicht heruntermachen, die Zeiten sind vorbei!«

Avvocato Verbiani räusperte sich nun ebenfalls. Scurzi

machte ein betretenes Gesicht. Caselli war hellwach. Er wußte, daß dieser peinliche Disput zwischen Mutter und Tochter für die Lösung des Mordfalls möglicherweise aufschlußreich sein würde. Es gab keinen Grund, sich einzumischen.

»Ich habe bald meinen Magister in Kunstgeschichte ... und uneheliche Kinder habe ich auch nicht produziert, im Gegensatz zu dir!«

»Ach, du lieber Gott...«, murmelte die Contessa. »Ach, Kind ... jetzt werde doch erwachsen. In deinem Alter war ich längst verheiratet. Den Ausrutscher mit Alessia wirfst du mir wohl bis zum Jüngsten Tag vor, wie ermüdend«, sagte sie und betrachtete die Ringe an ihren Fingern. »Und wenn Ugo Terracini nicht gewesen wäre und mich verteidigt hätte, als der Einbrecher in meiner Wohnung stand ... dann ... Ich könnte tot sein. Dieser Irre hätte mich umgebracht ... oder schwer verletzt. Ich stehe immer noch unter Schock, aber dir ist das egal. Du wirfst mir rücksichtslos billige Anschuldigungen an den Kopf. Rücksichtnahme war noch nie deine Stärke. Du weißt nicht, wie ich mich fühle. Was weißt du überhaupt? Du hattest keine harten Prüfungen im Leben zu bestehen, dir geht es einfach zu gut.«

Die Contessa wandte sich an Caselli. »Es ist nicht gut, wenn einem alles in den Schoß gelegt wird ... so wie meiner Tochter!«

»Mutter! Wenn du jetzt noch ein Wort sagst ...!« schrie Lavinia. Dann drehte sie ihrer Mutter abrupt den Rücken zu und ließ die Drohung unausgesprochen. Die Contessa fuhr sich über die Lippen. »Commissario, lassen Sie uns zu einem Ende kommen, stellen Sie Ihre Fragen und das Kind soll antworten ... ich bin zum Lunch verabredet...« Sie drehte das Zifferblatt ihrer Uhr nach oben. »Na, wunderbar...«, seufzte sie. »Ich werde zu spät kommen.«

»Aber natürlich ... dein Lunch!« murmelte Lavinia und preßte die Lippen aufeinander. Dann ging sie an den Refektoriumstisch in der Mitte des Raumes und setzte sich. Caselli war gespannt. Nun würde sie erzählen, was geschehen war.

»Ich bin gestern nacht, gegen eins, hergekommen ... ja, ich habe Alessia nachspioniert. Ich wollte wissen, wie das Treffen abläuft, zu dem mein Liebhaber und der meiner Mutter...« Sie warf einen vielsagenden Blick zur Seite. »... Alessia eingeladen hatte.«

Im Raum war es stickig. Er schien seit längerem unbenutzt und ungelüftet. Caselli zog sein Jackett aus. Er hängte es über eine Stuhllehne und sah zu Verbiani hinüber. Der Anwalt wirkte ruhig. Er hielt eine Zigarette in den Fingern und schob den Aschenbecher heran. Offenbar war er mit den Dramen, die sich in der Familie der Lante della Quercia abspielten, vertraut. Ihn konnte nichts mehr erschüttern.

»Die Hauptpforte und Eingangstür waren nur angelehnt...«, fuhr Lavinia fort. »Ich wollte in den Garten, da habe ich vom ersten Stock Stimmen gehört und bin die Treppe hinauf ... nur ein Stück. Es waren Männerstimmen, ein Gemurmel. Dann war da ein Schrei ... dumpf, fast erstickt. Danach war es still. Jemand kam die Treppe herunter. Ich rannte in den Garten. Bevor ich die Tür schließen konnte, erreichte der, der von oben kam, das Parterre. Die Tür fiel ins Schloß und jemand drehte den Schlüssel um. Ich war allein im Garten. An einem Fenster sah ich Licht, Kerzenlicht. Erst habe ich gewartet, weil ich nicht wußte, was ich tun sollte. Als es immer kälter wurde, habe ich gerufen ... zu dem Fenster hinauf. Aber es hat niemand geantwortet, irgendwann habe ich es aufgegeben. In den frühen Morgenstunden, als es hell wurde, ging das

Licht aus, wie wenn Kerzen verlöschen...« Lavinia brach ab.

Es war eine Weile still im Raum, dann stand Avvocato Verbiani auf und legte Lavinia die Hand auf die Schulter. »Ich glaube das genügt, Commissario.«

Caselli nickte. Ihre Worte klangen aufrichtig. Sie sah mitgenommen aus. »Ja, das wäre es vorerst...« Er wandte sich an die Contessa. »Ich habe noch ein paar Fragen an Sie, Signora. Ich werde Sie morgen aufsuchen ... jetzt haben Sie ja einen Termin. Ihre Tochter Alessia möchte ich allerdings gleich vernehmen. Finde ich sie bei Ihnen zu Hause ... in Ihrer Wohnung?«

Die Contessa stand auf und sah einen Moment wie in Gedanken auf ihre Armbanduhr. Dann wandte sie sich Caselli zu. »Alessia ist nicht da. Sie ist weggefahren, ich glaube ... nach Florenz zu meinem Mann.«

*

Das Sonnenlicht spiegelte sich in den Fluten des Arno und fiel gleißend auf die hellen Häuserfassaden. Es war Mittag. Alessia kam von ihrem Spaziergang zum Borgo San Jacopo zurück. Sie ging die Stufen des Palazzos hinauf, nahm ihren Samthut ab und fuhr mit der Hand durch ihre rote Lockenmähne. Der Hut war zu warm. Es war Frühling. Der Mantel, den sie trug, war zu schwer. Sie hatte im Zentrum ein paar Sachen gekauft, um sich abzulenken. Sie wollte vergessen, was vorgefallen war. Bloß nicht mehr daran denken.

Sie stand vor dem Entree. Der Blick durch die kassettierte, zweiflügelige Eingangstür gab die Sicht auf eine weitläufige Halle mit gotischem Gewölbe frei. Die majestätischen Pilaster ruhten auf Kapitelen in Form von Akanthusblättern. Ihr beruhigendes Dunkelgrau hob angenehm den eierschalfarbenen Anstrich der Decke hervor. Vom Eingang gingen links zwei Türen mit wuchtigen Türstöcken ab. Auf der rechten Seite führte eine lichte Treppenflucht in den nächsten Stock. Der Terrakottafußboden war nach symmetrischen Mustern verlegt. Nach dem Eingangsbereich öffnete sich ein Innenhof, den eine rundbogige Kassettenglastür abschloß. Links neben der Eingangstür hatte Florinda einen baumhohen Philodendron plaziert, dessen verästeltes grünes Blätterwerk die Cremetöne der Wände und das dunkle Braun massiver Kastentruhen auffrischte. Immer wieder genoß Alessia den Anblick der Vorhalle. Ihr Stiefvater Torquato hatte den Palazzetto am Arno, den er mit seiner Freundin bewohnte, prachtvoll renoviert, das mußte man ihm lassen. Alessia stellte ihre Umhängetasche und einige Tüten auf den Sitz des antiken Armlehnstuhls. Sie zog ihren Mantel aus und ließ ihre Augen über die Schlachtengemälde schweifen. Mächtige Laternen, mit geschmiedetem Eichenlaub verziert, hingen an langen Kordeln von der Decke und tauchten den Eingang in warmes Licht. Alessia legte ihren Mantel über die Stuhllehne und ging auf das Prachtstück der Halle zu. Eine Marmorgruppe der drei Grazien, lebensgroß, sich innig umarmend, stand vor die Mitte der rundbogigen Durchgangstür zum Cortile. »Schönheit, Anmut und Freundschaft ...«, murmelte Alessia und strich vorsichtig über den Marmorbusen einer der Göttinnen. »Aglaia, der Glanz, Thalia, die Blühende ... und ...?« Alessia kräuselte die Nase.

»Euphrosyne, der Frohsinn ...«, ergänzte Torquato, der vom Lungoarno in die Halle getreten war. Er lockerte seinen Schal. »Was wohl am besten auf dich zutreffen dürfte, mein Schatz!« Er räumte den Armlehnstuhl ab. »Der stammt aus dem sechzehnten Jahrhundert, er ist authentisch. Er ist schon recht porös, bitte denk dran, ja?«

»Tut mir leid, Torquato!« Alessia beeilte sich, ihm die Tüten abzunehmen.

»Nulli est homini perpetuum bonum«, zitierte Torquato.

»Wie?« fragte Alessia.

»Mit gewisser Freiheit übersetzt: *Nichts hält ewig!* Aber man kann die Lebensdauer verlängern, wenn man achtgibt ... das gilt übrigens nicht nur für Möbel...«, fügte Torquato hinzu. »Hm ... und jetzt gelte ich als stockkonservativer Spießer...«, seufzte er.

»Aber nein ... wirklich nicht«, sagte Alessia hastig.

»Was hast du denn Schönes gekauft?« Ihr Stiefvater spähte in eine der Tüten. »Ziehst du das gleich beim Mittagessen an?«

»Soll ich?« Alessia stürmte die Treppe hoch.

»Hm, hm ... rot und pink ... paßt ausgezeichnet zu deinem Haar.«

»Ja, nicht...?« Alessia kam die Treppe hinuntergerannt, um ihm die Tüte abzunehmen. »Ich zieh mich gleich um!«

»Alessia?« Torquato zögerte.

»Ich will nicht darüber sprechen!« rief sie sofort.

Torquato strich sich durch das kurze graue Haar. »Ich verstehe, daß dich der Streit zu Hause belastet ... für mich ist die Sache ... auch nicht einfach ... das kannst du mir glauben ... aber ich wollte dich eigentlich etwas anderes fragen. Weißt du was über den Vorfall mit dem Einbrecher?«

Alessia sah ihn an. »Wenig. Die sprechen nicht darüber. Mutter schon gar nicht. Das Ganze ist schon drei Wochen her. Aurelio kam sich wie ein Versager vor, weil er Mamma nicht helfen konnte, als der Irre plötzlich mitten in der Nacht im Wohnzimmer stand und sie bedrohte. Ich war nicht da, ich hatte einen Hosteßjob in Neapel. Aurelio ist seither komisch, aber gestern nach dem furchtbaren Streit

… wegen Ugo Terracini … hat er die Sache in die Hand genommen.«

»Hm …«, meinte Torquato. »Danke, Schatz …, ich mache mir eben ein wenig Sorgen … auch um dich … du siehst gar nicht gut aus.«

Alessia überging die Bemerkung. »Rede doch mal mit ihm …«, schlug sie vor.

Torquato lächelte unglücklich. »Wenn das so einfach wäre …« Er strich sich noch mal durch das kurze graue Haar.

»Du mußt es eben probieren. Aurelio liebt dich, das weiß ich. Ihr solltet offen miteinander reden. Das wäre das Beste.«

Torquato hob beschwichtigend die Hände. »Schon gut … ich dachte ja nur …« Dann drehte er sich um. »Komm mal her …«, meinte er und streckte die Arme aus.

»Was ist denn?« Alessia ging auf ihn zu.

»Ich bin froh, daß du hier bist.« Torquatos Stimme klang belegt. Er schloß sie fest in die Arme. »Es war gut, daß du weg bist aus Rom … der leidigen Situation … und hergekommen bist zu mir … zu uns. Als Aurelio gestern anrief, war ich vollkommen … ich habe mir schreckliche Sorgen gemacht. Ich war gar nicht mehr ich selbst. Ich dachte …« Er brach ab. »Aber es ist alles vorbei … jetzt wird alles gut … es ist vorbei …«

Er preßte sein Kinn gegen ihr rotes Haar und atmete tief durch. »Ach, Kind … du bist das Liebste, das ich habe!«

»Sei doch nicht so schrecklich sentimental … Papà!«

»Du könntest ruhig etwas netter sein zu deinem alten Stiefvater!« sagte Torquato und ließ sie los.

Alessia stürmte die Treppe hinauf und streckte ihm die Zunge raus.

»Cheeky rat!« rief Torquato ihr nach und lächelte matt.

Florinda klemmte gerade den Telefonhörer unter das Kinn und sah die Post durch. Bei einem hellblauen Brief stutzte sie. Sie las den Absender, dann hörte sie seine Schritte und sah auf. »Ach, Avvocato Verbiani ... ich glaube, Sie haben Glück ...!«

Torquato ruderte abwehrend mit den Armen.

»Ach, nein ... es war die Zugehfrau ... tut mir leid ... ich werde es ihm ausrichten, natürlich. Torquato ruft Sie zurück.«

»Danke, daß du ihn abgewimmelt hast ...«, sagte Torquato und blieb auf der Schwelle stehen. »Er will sicher die Scheidungssache durchsprechen. Und du weißt, daß ich an diesem Wochenende für so was überhaupt keine Zeit habe. Ich muß unbedingt den Artikel über Palladio fertigschreiben, Abgabetermin war schon vorgestern.«

»Mein Gott, der liegt seit zwei Monaten auf deinem Schreibtisch. Ich habe dich mehrmals daran erinnert«, sagte Florinda gereizt. Sie legte den hellblauen Brief gut sichtbar auf die Anrichte. Dann nahm sie die Spange aus ihrem Haar, drehte die halblangen dunklen Strähnen zusammen und klippte sie wieder hoch. »Ich werde jetzt mal den Salat waschen.« Sie knöpfte ihren mit Farbklecksen gesprenkelten Kittel auf.

»Und? Bist du weitergekommen mit der schwierigen Stelle bei deiner ... Allegorie?« fragte Torquato versöhnlich.

»Ich trage gerade den Firnis ab. Es wird schon.«

»Na fein.« Er warf einen Blick auf den hellblauen Umschlag. Sein Blick kreuzte Florindas wache Augen. »Kindereien ...«, meinte er. »Corinna ist eine meiner begabtesten Studentinnen. Sie hat eine vielversprechende Karriere als Architektin vor sich. Ihre kleine Verliebtheit ist bedeutungslos. Ich kriege das schon in den Griff ...« Er steckte den Brief in die Manteltasche.

»Wenn du meinst...«, sagte Florinda ruhig. »Wie war dein Flug?«

»Ging schon.«

»Und sonst?«

»Schwierig.«

»Hm...« Florinda hängte den Kittel an einen Haken.

»Was gibt es denn heute Gutes, Schatz?« lenkte er ab und lächelte.

»Pastasciutta, Grünkernbrätlinge, Salat, Crème Caramel.«

»Mit Ahornsirup?« fragte er nach.

Florinda lächelte und nickte.

»Na, wunderbar!« Torquato drückte ihr einen Kuß auf die Wange. »Was habe ich für ein Glück mit dir! Eine international gefragte Restaurateurin, die hübsch ist, intelligenter als ich und auch noch gesund kochen kann!«

»Ja, ja...« Florinda wehrte ihn ab. »Fang doch schon mal mit dem Artikel an. Bis zum Mittagessen bleibt dir noch eine gute Dreiviertelstunde, hm? Ist Alessia schon zurück?« setzte sie hinzu. Er nickte.

»Ihre Kondition möchte ich haben. Sie kam gestern schrecklich spät an und ist in aller Frühe schon in die Stadt ... kaum, daß die Geschäfte geöffnet hatten.«

»Sie wollte doch mit dem Zehnuhrzug kommen«, sagte Torquato erstaunt.

»Ist sie aber nicht ... Sie hat mich um drei Uhr morgens aus dem Bett geklingelt...«, antwortete Florinda. »Bitte denk daran, daß du Verbiani zurückrufst. Es schien dringend ... und er wollte wissen, ob Alessia da ist.«

Torquato nickte und ging in den Salon. Er setzte sich an seinen Schreibtisch und betrachtete das Modell einer Palladiosäulenfront, das neben der Stehlampe stand. Er nahm es in die Hand und drehte es ein wenig hin und her.

Dann stellte er das Holzmodell auf die Tischplatte, setzte seine Brille auf und begann den Wust an Aufzeichnungen zu ordnen, der vor ihm lag. Doch es gelang ihm nicht, sich zu konzentrieren. Als das Telefon läutete, nahm er hastig den Hörer ab. Es war der Avvocato, wie er erwartet hatte.

*

»Warum lassen Sie den Rechtsanwalt in Florenz anrufen?« fragte Scurzi verständnislos.

Caselli beobachtete eine Schar Spatzen, die auf dem Kiesweg neben dem Tulpenrondell ihr Gefieder plusterten und im Sand badeten. »Es schien ihm ein Anliegen zu sein...«, antwortete er und ging vom Fenster weg.

Scurzi sah auf die Uhr. »Der braucht ganz schön lange. Sollten wir nicht lieber die Kollegen in Florenz verständigen?«

»Damit man Alessia Lante della Quercia in Gewahrsam nimmt?« fragte Caselli und sah sich den rauchgeschwärzten Kamin und eine Garnitur eiserner Schürhaken an. »Es handelt sich um ein junges Mädchen, Scurzi. Wir wissen nicht, ob sie überhaupt etwas mit dem Mord zu tun hat, da braucht man nicht gleich schwerste Geschütze aufzufahren.«

Caselli vergrub die Hände in den Hosentaschen. »Und? Was sagen Sie dazu? Eigenartige Sache ... für eine Adelsfamilie, die bei Hochzeiten und Geburten den Segen des Heiligen Vaters – persönlich – erhält, hm?« fragte er und sah den Sergente forschend an.

»In jeder Familie gibt es mal Schwierigkeiten.« Scurzi hob die Hände und zog den Kopf ein. Ihm war deutlich anzusehen, wie peinlich ihm das Ganze war. »Alessia, komischer Name...«, nörgelte er. »Irgendwie gar nicht passend... so als Vorname für eine Lante della Quercia.«

»Wieso?« Caselli öffnete eine Flasche Wasser, die vor ihm auf dem Tisch stand, und goß ein Glas voll. »Mir gefällt er! Möchten Sie auch?« fragte er und hielt die Flasche hoch.

»Nein, danke … ist ja gleich Mittag«, antwortete Scurzi und sah noch einmal auf die Uhr.

In diesem Moment betrat Avvocato Verbiani den Raum. Er schaltete sein Mobiltelefon aus und wandte sich direkt an Caselli. »Alessia ist tatsächlich in Florenz bei ihrem Stiefvater. Die Familie weiß Bescheid. Man erwartet Sie morgen. Ich nehme an, Sie möchten schnellstmöglich mit ihr sprechen, auch wenn nichts gegen die Signorina vorliegt …«, betonte der Anwalt. Er holte eine Visitenkarte aus seiner Brieftasche. »Ich notiere Ihnen die Straße. Torquato wohnt am Lungoarno im Zentrum, beste Wohnlage…«, fügte er hinzu und reichte Caselli die Karte. »Ich darf mich verabschieden. Die Nummer meiner Kanzlei steht auf der Karte … buongiorno, Commissario!« Er nickte Scurzi zu und ging. Caselli steckte die Karte ein.

»Wann fahren Sie nach Florenz?«

»Morgen.« Caselli trank das Glas in einem Zug aus und stellte es ab. »Machen Sie ruhig Mittag, Sergente. Ich werde noch mit Signora Vicenti sprechen … Ach, was hat eigentlich der Pförtner gesagt?« fragte er und nahm sein Jackett vom Stuhl. Dabei stieß er versehentlich an die Lehne. »Ah!« Der Finger schmerzte höllisch. Caselli hatte das Gefühl, der ganze Arm sei schon steif.

Scurzi kam näher. »Sieht aber gar nicht gut aus … Da brauchen Sie ein neues Heftpflaster, Schnittwunde?«

»Katzenbiß…«, Caselli zog die Stirn kraus, ihm war heiß. Er prüfte mit der flachen Hand die Temperatur auf der Stirn. Hatte er Fieber? »Heute früh hat die Katze meiner neuen Nachbarin…«

Er fühlte sich zu abgeschlagen, die Geschichte zu erzählen. »Die Katze drohte zu ersticken ... Gräte im Schlund ... ich wollte helfen...«, raffte er zusammen, »und da hat sie mich gebissen.«

»Sie sollten Antibiotika nehmen. Die römischen Katzen haben alle was.«

Caselli sah alarmiert auf. Scurzi schlug die Augen nieder. Caselli ließ es dabei bewenden. Er hatte keinen Bedarf an düsteren Prognosen.

»Sie wollten doch wissen, was ich herausgefunden habe, Commissario«, fuhr Scurzi fort. »Es wurde gestern um acht Uhr abends geputzt. Die Putzfrauen kommen mittwochs und freitags, gestern war Mittwoch. Der Pförtner bleibt dann eine Stunde länger, bis die Putzfrauen fertig sind. Viertel nach neun hat er die Alarmanlage eingeschaltet und abgeschlossen. Daran erinnert er sich genau. Er hat die Anlage eingeschaltet und abgeschlossen, wie immer.«

»Gut ... vielen Dank...« Caselli zog sein Jackett über. »Ich nehme an, heute kommen Sie nicht mehr in die Questura?«

Scurzi setzte zu einer Erklärung an.

»Schon in Ordnung...«, sagte Caselli hastig. »Geht es dem Kleinen besser?«

»Nicht so recht ... irgend etwas stimmt mit der Lunge nicht. Er war viel zu früh dran, mein kleiner Giacomino, viel zu früh...« Scurzi wirkte plötzlich sehr bedrückt.

Caselli sah zu Boden. »Wird schon werden, Sergente. Der Kleine schafft das. Der kommt nach Ihnen!« Er spürte, daß seine Gelassenheit unecht klang. »Sie werden sehen, der wächst Ihnen über den Kopf ... in ein paar Jahren! Also, ich bin dann ... in Florenz, morgen. Sie halten die Stellung! Und die Sache mit der Tablettenhülse...«

»Ich kümmere mich darum! Commissario?«

»Ja?«

»Nächsten Samstag ... da ist die Tauffeier, die richtige ... notgetauft wurde Giacomino ja schon im Krankenhaus nach der Geburt ... wäre schön, wenn Sie kommen könnten. Die Einladung liegt auf Ihrem Schreibtisch.«

»Gut ... danke ... ich werde sehen, was sich machen läßt.«

Signora Vicenti kam ihnen auf halbem Weg in der Halle entgegen. »Commissario, ich wollte gerade zu Ihnen! Ich habe gerade einen zweiten Anruf vom Ministerium erhalten. Heute mittag habe ich einen Termin mit dem Minister, ein Arbeitsessen. Es geht um die Bezuschußung für dieses Jahr ... Der Minister hat mir seine Unterstützung zugesagt, daß weitere Mittel für dringende Renovierungsarbeiten zur Verfügung gestellt werden. Ich habe versucht, den Termin zu verschieben, angesichts der Situation ... aber jetzt geht es offenbar doch nicht ...«

Die Signora wirkte völlig aufgelöst. »Morgen, morgen ... stehe ich Ihnen den ganzen Tag zur Verfügung! Bitte haben Sie Verständnis, Commissario!«

»Aber sicher, Signora, auf einen Tag kommt es nicht an«, versicherte ihr Caselli mit einem freundlichen Lächeln.

Sie sah ihn dankbar an und verabschiedete sich mit einem festen Händedruck.

»Fahren Sie dann heute schon?« Scurzi sah auf die Uhr. »Halb eins, gegen vier wären Sie dort.«

»Nein ... ich muß noch was erledigen.« Caselli wollte nach Hause und die Steuerbescheide suchen, die er am Vormittag bei der Behörde nicht dabeigehabt hatte. Danach mußte er unbedingt im Hospital auf der Tiberinsel vorbeifahren.

*

Avvocato Verbiani nahm die Contessa beiseite. Lavinia war vorgegangen und wartete im Sonnenschein des Cortile. »Was ist mit Tailor? Läßt er Sie in Ruhe, Lucrezia?«

»Von wegen. Ich bekomme Anrufe. Irgend jemand ruft immer wieder an.«

»Das tut mir leid. Als ich zuletzt mit Tailor sprach und ihm mitteilte, das Geld stünde abholbereit, hat er mir hoch und heilig versprochen, er würde Sie von nun an in Ruhe lassen.«

»Das hat er schon oft gesagt!« sagte die Contessa matt. »Ich kann es nicht mehr hören. Warum holt er den Koffer denn nicht ab?« fragte sie den Anwalt gereizt. »Worauf wartet er?«

»Ich habe keine Ahnung. Droht Ihnen Tailor bei diesen Telefonaten ...?« fragte er besorgt nach.

»Es ist nicht Andrew, der anruft ... es ist jemand anderes.«

»Sind Sie sicher?«

»Ich bin mir ganz sicher. Es ist jemand anderes.«

»Und was sagt er?« fragte Verbiani.

»Er will Geld, hundert Millionen Lire ... im Grunde ... eine lächerlich niedrige Summe.«

»Vielleicht erscheint sie dem, der sie fordert, sehr hoch. Womit droht er?«

»Er sagte, wenn ich nicht zahle, würde Alessia etwas zustoßen.«

»Alessia?«

»Alessia.«

»Aber Andrew Tailor würde doch nie ...«

»Eben. Ich sage ja, es ist nicht Andrew Tailor. Es ist jemand anderes.«

»Jemand, der über die Sache Bescheid weiß und zu Geld

kommen will, ein Trittbrettfahrer...« Der Avvocato zog die Stirn in Falten.

»Ja«, sagte die Contessa.

»Wir sollten die Polizei einschalten.«

»Was kann die Polizei denn tun. Sie sehen doch, was geschah, nachdem ich überfallen wurde ... nichts ... die Polizei tut nichts, mich zu schützen. Ich glaube, der Anrufer blufft. Deshalb unterbreche ich die Verbindung jetzt sofort, wenn ich merke, daß es wieder so ein Anruf ist. Ich glaube, daß Andrew dahintersteckt. Sie werden sehen, er wird bei Ihnen auftauchen und ein paar zusätzliche Millionen fordern, damit der Telefonterror aufhört...« Die Contessa preßte die Fingerkuppen an ihre Schläfen. »Er ist doch nicht bei Sinnen...« Sie brach ab. »Sprechen wir nicht mehr davon ... ich muß an Lavinia denken, meine Tochter braucht mich jetzt.«

Die Contessa ging in den Cortile. Der Avvocato atmete durch und folgte ihr.

3

Caselli sah die Türme der Stadt vorbeiziehen und fuhr bei Firenze Certosa kurzerhand von der Autobahn. Vergebens hatte er nach einem Hinweisschild ›Firenze Centro‹ Ausschau gehalten. Der Fall, in den die ganze Adelsfamilie Lante verwickelt schien, ließ ihm keine Ruhe, und bei dem herrlichen Frühlingswetter kam es einer Sünde gleich, verstaubte Akten zu wälzen. Die Steuer konnte warten. Auf ein paar Tage kam es sicher nicht an. Zu seinem plötzlichen Entschluß hatte auch beigetragen, daß man ihm, als er im Hospital anrief, mitteilte, Claudio habe seinen freien Tag. Daraufhin hatte Caselli den schmerzenden Finger, der schon viel besser aussah, mit Desinfektionsspray und einem Heftpflaster selbst verarztet. Nun fuhr Caselli durch endlose Vororte zurück zur Innenstadt, stieß auf ein Gewirr von Einbahnstraßen und umkreiste zum viertenmal dieselbe Verkehrsinsel, auf die alle erlaubten Straßen, früher oder später, zu münden schienen. Er fluchte und blickte auf den Stadtplan, der auf dem Beifahrersitz lag. Dann hielt er vor einem Vigile, der eine der Zufahrtsstraßen zum Zentrum absperrte, kurbelte das Seitenfenster herunter und zeigte seinen Ausweis. Der Kollege hatte ein Einsehen. Er ließ ihn durch, und zwei Minuten später fuhr Caselli den Lungoarno entlang. Vor ihm lag die Ponte Vecchio in der strahlenden Abendsonne. An den Häusermauern blühten üppig lilafarbene Glyzinien, und das flache Wasser des Arno glitzerte. Caselli fand mühelos Borgo San Jacopo und hielt vor dem Palazzetto mit der Hausnummer, die Avvocato Verbiani ihm aufgeschrieben hatte. Er atmete erleichtert durch und stellte den Motor ab. Er war es nicht mehr gewohnt, lange Strecken zu fahren, und war froh, daß er endlich da war.

*

»Ein Commissario ... aus Rom!« meldete die junge Zugehfrau ihn an und zog die gelben Gummihandschuhe aus. Sie hatte Caselli geöffnet und in das Arbeitszimmer geführt. Torquato saß hinter einem ausladenden Schreibtisch, hielt einen Stapel Papiere in der Hand und blickte über den Rand seiner Lesebrille.

»Commissario Caselli!« Er nahm seine Brille ab und ging auf Caselli zu. »Torquato Lante della Quercia...« Er drückte seine Hand und lächelte jovial. »Wollten Sie nicht erst morgen kommen?« fragte er und nickte der Zugehfrau zu. »Antonia, sind Sie so nett? Sie wissen ja, wo der Kaffee steht.«

»Natürlich, Professore...« Antonia zog den Stecker und nahm den Staubsauger mit.

»Tja, Alessia ist leider nicht da...«, begann er. »Ich habe ihr vorgeschlagen die Uffizien zu besuchen ... zur Ablenkung, das arme Kind ist völlig durcheinander. Und Sie wollten ja erst morgen kommen. Ach ... Moment!« Er ging rasch zu seinem Schreibtisch. »Ich bin immer noch im Netz!« fügte er entschuldigend hinzu, legte die Hand auf die Maus und klickte.

»Internet?« fragte Caselli interessiert und umrundete den Tisch, um einen Blick auf den Bildschirm zu werfen.

»Ja...« Torquato stützte eine Hand auf die Schreibtischplatte. »Mein einziges Laster...« Er lachte. »Na ja ... fast...«, fügte er hinzu und grinste. »Bringt einen mit der ganzen Welt in Kontakt, tolle Sache. Da schauen Sie...« Er klickte auf einen Button. »Ich tausche mit einem Universitätsprofessor in Chicago E-mails aus.«

»Sie sind Architekt, nicht wahr?« fragte Caselli und sah auf den Monitor.

»Ja … das hier ist aber nur Spaß. Das ist witzig. Schauen Sie mal! Verstehen Sie ein wenig Englisch?« Caselli nickte. »Hier!« Torquato öffnete eine E-mail. »Ein Wettbewerb … aus dem *New York Magazin.* Mich interessiert nicht nur Architektur, sondern auch alles, was mit Sprache zu tun hat. Deshalb schreibe ich auch so gern. Ich bin ein richtiger Fanatiker, was Wortspiele anbelangt, Puns … auf englisch. Brian, mein Kollege aus Chicago, hat gerade die Ergebnisse des Wettbewerbs aus dem Internet geholt und gemailt. Die Aufgabe hieß: *In einem nicht-englischen Sprichwort soll ein Buchstabe ausgetauscht und der Satz neu definiert werden.* Schauen Sie … hier geht's los …«, sagte Torquato begeistert und las vor.

Harlez-vous français?
(Can you drive a French motorcycle?)

Caselli grinste und lehnte sich an den Schreibtisch.

»Gut, nicht?« sagte Torquato. Er blickte Caselli an und steckte eine Hand in die Hosentasche. »Aber es kommt noch besser!« Er rückte den Cursor nach unten. »Hier …!«

Veni, VIPi, Vici
(I came; I'm a very important person; I conquered)

oder

Merci rien
(Thanks for nothing)

Haste cuisine
(Fast French Food)

Torquato las die Einträge laut vor und amüsierte sich prächtig. »Passen Sie auf, jetzt kommt mein bescheidener Beitrag!« Er sah Caselli erwartungsvoll an.

Posh mortem
(Death styles of the rich and famous)

Caselli lachte schallend. »Sehr gut!« sagte er anerkennend. Torquato richtete sich auf und schob die zweite Hand in die Hosentasche. »Ja, nicht ... !« Er sah Caselli mit Sympathie an. »Schön, daß es Ihnen gefällt! Sie haben Humor! Na, ja ... «, fügte er hinzu und fuhr sich nachdenklich über das Gesicht, »ein bißchen Spaß muß sein, nicht wahr ... in meinem Alter! *Ut horta sic dies nostri super terram* ... «, zitierte er.

Caselli betrachtete das Modell auf Torquatos Schreibtisch. »Palladio? Darf ich?« fragte er. Torquato nickte und Caselli nahm es in die Hand.

»Das inspiriert mich bei meiner Arbeit ... ich schreibe gerade einen Artikel über ihn. Solche Holzmodelle hat man früher oft gemacht in der Hochrenaissance, zur Zeit von Bramante und Sangallo, als die Kirche ihren religiösen und temporalen Machtanspruch gleichermaßen durchsetzen wollte ... *ecclesia militans et triumphans!* Da konnten die Bauwerke nicht bombastisch genug sein. Nehmen Sie das Holzmodell, das Sangallo für den Petersdom herstellen ließ, um 1540. Es war acht Meter hoch und elf Meter breit und begehbar! Gekostet hat es über fünftausendeinhundert Scudi. Dafür würden Sie heute locker ein Apartment im Trump-Tower kriegen. Schien allerdings nicht sonderlich gelungen, das Ganze. Der Außenbau war eine monotone Aneinanderreihung von Bögen und Stützen und der Innenraum überfrachtet und finster.

Nach Michelangelos Worten: der ideale Ort zum Vergewaltigen von Nonnen...« Torquato lächelte. »Nun, Gott sei Dank erhielt Michelangelo schließlich doch noch den Auftrag zur Fertigstellung der Basilika. Er nahm Bramantes Grundidee auf und schuf dazu die unvergleichliche Kuppel. Carlo Maderni hat dann die Fassade verhunzt, was Berninis Kolonnaden aber wieder einigermaßen wettmachen.«

Torquato seufzte und strich mit den Fingern über die Säulen des Holzmodells. »Tja ... und unsereins schlägt sich mit Altbausanierungen herum.«

»Na, nötigst du unseren arglosen Gästen wieder Komplimente ab!« rief eine melodiöse Stimme, und die Männer sahen auf. Eine attraktive Brünette brachte ein Tablett herein.

»Florinda, Liebling! Das ist meine Lebensgefährtin...«, stellte Torquato vor, und sein Gesicht strahlte vor Stolz. »Florinda, das ist Commissario Caselli ... aus deinem geliebten Rom. Er ist heute schon gekommen...«

»Sie stammen aus Rom?« Caselli reichte ihr die Hand.

»Trastevere«, lachte Florinda, doch Caselli gewann den Eindruck, ihr Lächeln sei aufgesetzt.

»Sie sind aber kein Römer, hm?« Sie stellte das Tablett ab.

Torquato griff gleich nach der großen Boule mit Milchkaffee. »Ist da Honig drin?« fragte er Florinda.

Sie nickte. »Akazienhonig.«

Und er trank zufrieden einen Schluck. »*Posh mortem, Death styles of the rich and famous!* Wie bin ich da bloß draufgekommen!« murmelte er. »Genial!«

Florinda wandte die Augen zum Himmel und machte eine typische Handbewegung. Caselli lächelte.

»Modica ... ich bin gebürtiger Sizilianer.«

»Die Perle des sizilianischen Barock!« rief Torquato und schlürfte hingebungsvoll seinen Milchkaffee. »San Giorgio! Noto ... die Kathedrale, Palazzo Beneventano in Scicli!«

»Sie kennen sich aus?« fragte Caselli überrascht.

»Aber sicher doch ... aber sicher!« sagte Torquato. »Wunderschön, Schatz, da müssen wir mal hinfahren, das muß ich dir alles mal zeigen ... Ragusa, Syrakus, Segresta...! Aber sie kann ja nie weg!« schob er, zu Caselli gewandt, ein. »Sie erhält einen lukrativen Auftrag nach dem anderen ... die renommiertesten Galerien vertrauen ihr Gemälde an! Galleria Doria Pamphili, Galleria Spada ... das Nationalmuseum!«

»Ich bin Restaurateurin«, erläuterte Florinda und reichte Caselli eine Espressotasse.

»Erst gestern hat sie wieder ein Bild geliefert und ist extra nach Rom gefahren! Ach, Schatz! Bin ich stolz auf dich! Du bist eine richtige Künstlerin! *Numine afflatur!*« sinnierte er und lehnte sich an seinen Schreibtisch. »Ja, ›vom Geist der Gottheit angeweht‹!« Er nickte und trank noch einen Schluck.

»Sie haben für die Galleria Spada gearbeitet?« fragte Caselli. Florindas Lächeln erlosch. »Das ist schon länger her.«

»Den Guercino hat sie restauriert. Den Kardinal Bernandino Spada persönlich! Wochen hat das gedauert, ich dachte schon, sie kommt überhaupt nicht wieder! Wir waren gerade erst hergezogen. Jetzt lasse ich sie nicht mehr so lange weg ... ja, es stimmt schon...«, reflektierte er. *»Errando dicitur!«*

»Hm...«, meinte Caselli.

»Torquato, das interessiert den Commissario doch gar nicht«, sagte Florinda. »Er ist wegen Alessia hier und dieser unseligen Geschichte, die arme Kleine ... wo ist sie überhaupt?«

»Hallo! Sprecht ihr über mich?« Alle drei blickten zur Tür.

»Das ging aber schnell!« meinte Torquato, nachdem er Caselli vorgestellt hatte.

»Bei den Uffizien stand eine Schlange bis vor zur Piazza, mehrere Busladungen japanischer Touristen, keine Chance...« Caselli sah Alessia an. Sie hatte grüne Augen und bezaubernde Grübchen.

»Torquato...«, sagte Florinda leise, und der Architekt nickte. »Sie möchten sicher mit Alessia allein sprechen...«, sagte er. »Sie finden uns dann unten. In der Bibliothek oder in der Küche ... na, ja ... bis später!« Er strich Alessia über die kupferroten Locken und verließ den Raum. Florinda schloß leise die Tür. Alessia setzte sich, samt giftgrünem Dufflecoat, auf die cremefarbene Polstergarnitur.

»Ich war es nicht«, sagte sie sofort und suchte Casellis Blick. »Ich war bloß eine Stunde dort. Aurelio hatte mich zum Zug gebracht ... nach dem furchtbaren Streit mit Mamma und Lavinia, also ... wegen Terracini ... sie hatten beide was mit ihm ... wissen Sie das schon?« fragte sie und sah Caselli unsicher an.

»Ja, erzählen Sie weiter...«, nickte er und lehnte sich gegen die Fensterbank.

»Mamma hat mir verboten, daß ich hingehe ... wir haben uns gestritten. Es kam alles wieder hoch. Meine Schwester stand immer schon in Mutters Schatten, und mich konnte sie noch nie leiden ... sie hat mir einiges an den Kopf geworfen ... danach war ich ziemlich fertig. Aurelio kam in mein Zimmer und sagte, ich solle für ein paar Tage nach Florenz ... das wäre das Beste. Er bestand darauf, mich zum Zug zu bringen ... obwohl ich gar nicht wollte

…«, schob sie ein. »Ich habe bald Zwischenprüfung … da kann ich den Unterricht nicht schwänzen … und außerdem wollte ich unbedingt die Chance nutzen, mit Terracini zu sprechen. Er ist doch Schauspieler … und ich möchte Schauspielerin werden … Mamma weiß nichts davon. Sie würde ausrasten, weil mein Vater doch Schauspieler war.«

Caselli verstand. »Haben Sie Kontakt zu Ihrem leiblichen Vater?«

»Nein, ich kenne ihn überhaupt nicht…«, sagte Alessia. »Ich weiß nur, daß er Engländer ist und Schauspieler.«

»Und woher kannten Sie Terracini?«

»Er war in der Jury, als ich mal vorgesprochen habe … für einen Theaterkurs. Es hat nicht geklappt…«, fügte sie nüchtern hinzu. »Aurelio hat mich zum Zug gebracht. Ich bin aber wieder ausgestiegen.«

Caselli betrachtete die Lockenmähne, die Sommersprossen und die grünen Augen…

»Ich habe gedacht, ich verpasse was…«, gab Alessia freimütig zu. Sie stand auf und zog ihren Dufflecoat aus. »Ich dachte, ich verpasse eine Chance.«

»Ich verstehe schon…«, sagte Caselli, als sie schwieg. »Bitte fahren Sie fort.«

Alessia setzte sich wieder. »Ich habe am Bahnhof meine Tasche in ein Schließfach getan und bis halb elf gewartet. Dann habe ich ein Taxi zur Galleria Spada genommen. Das Tor im Vicolo del Polverone war nur angelehnt. Ich bin rein … durch den Cortile und in die Galerie. Die Pforte zum Borromini-Garten war offen, und Ugo war schon da. Es brannten Fackeln und der Mond schien … er hatte eine Nachtigall mitgebracht in einem Vogelbauer … es war sehr romantisch. Ich habe Byron vorgelesen, Don Juan, das hatte er sich gewünscht … und wir haben über England gesprochen … und dann hat er versucht, na ja … was die Italiener immer versuchen ... aber ich sah dazu keine Veranlassung.«

Caselli unterdrückte ein Lächeln. Sie hatte eine entwaffnend direkte Art.

»Und ich wußte ja schon von der Sache mit Mutter und Lavinia ... ich wollte den letzten Zug nach Florenz erwischen ...«, sagte sie. »Ich habe mich nach Mitternacht verabschiedet und bin zum Bahnhof.«

»Zu Fuß?«

»Ich hatte dem Taxifahrer Bescheid gesagt, Viertel nach Zwölf vor dem Eingang zu warten.«

»Aha ...«, sagte Caselli überrascht. Offenbar war sie nicht so unbedarft, wie er vermutet hatte. Sie wußte sich zu helfen und besaß organisatorische Fähigkeiten.

»Und Ugo Terracini hat Sie gehen lassen?«

»Ja.«

»Er hat nicht versucht, Sie aufzuhalten?«

»Nein.«

»Haben Sie irgend etwas bemerkt? Ist Ihnen etwas aufgefallen?«

»Ich habe einen Lichtstrahl gesehen, oben in den Fenstern, als ich vorlas. Wie von einer Taschenlampe, ein langer breiter Streifen. Ich bin erschrocken und habe es Terracini gesagt. Ich dachte, es wäre der Sicherheitsdienst oder ein Wachmann ... ich hatte Angst, daß man uns entdeckt. Ich meine ... es war mir natürlich klar, daß es verboten ist, nachts im Borromini-Garten Byron zu lesen. Der Lichtstrahl war dann weg ... und Terracini hat mich beruhigt. Er sagte, es sei nichts, ich hätte mich getäuscht.«

»Und dann?«

»Nichts weiter, das ist alles.«

»Gut ...«, antwortete Caselli.

»Haben Sie ein Hotel?« fragte Alessia unvermittelt und

setzte sich ordentlich hin. »Fahren Sie heute schon nach Rom zurück?«

Caselli hatte sich darüber noch keine Gedanken gemacht. »Ich glaube kaum ...«, antwortete er und verstand nicht, warum sie ihn das fragte.

»Kennen Sie die Uffizien? Wenn Sie übernachten ... könnten Sie sich die Uffizien ansehen, wenn Sie schon mal hier sind. Und mich morgen mitnehmen! Ich hasse Bahnfahrten, die Strecke Rom–Florenz ist immer total überfüllt.«

Sie stand auf und ging im Zimmer auf und ab. »Und wenn man mal pinkeln muß, brauchte man Durendal, um sich eine Bresche zu schlagen.«

»Durendal?« lächelte Caselli.

»Na, das Schwert aus der Rolandsage, Roncesvalle, Karl der Große, 778 ... ach, in englischen Internaten lernt man eine Menge Schrott!«

»Könnten Sie denn ... mit einem Schwert umgehen?« murmelte Caselli.

»Ich kann Florettfechten. Aurelio und ich waren auf einer Privatschule. Es gehörte zum Sportunterricht.« Sie blieb stehen. »Fahren Sie morgen ... und nehmen Sie mich mit!« sagte sie. Sie sah zu ihm auf, und Caselli fühlte sich plötzlich ganz schwach.

4

Der tropfenförmige Perlenanhänger wollte nicht in ihr Ohrläppchen, und Contessa Lucrezia wurde ungeduldig. Sie tastete mit dem Fuß nach ihrem zweiten Pumps und fand ihn nicht. Ihr Sohn überquerte den Flur. Er trat ins Zimmer seiner Mutter, faßte sie an den Schultern und drückte ihr einen Kuß auf den Hals. »Wundervoll siehst du aus ...«, sagte er und schlang die Arme um ihre Taille. »Gehst du wieder mit dem Börsenidioten aus?«

»Aurelio!« Die Contessa machte sich los. »Ich wünsche nicht, daß du so über Pierluigi sprichst ... und laß das bitte ...«, fügte sie hinzu und strich ihr Kleid glatt. »Du bist kein kleiner Junge mehr.«

»Dann behandle mich auch nicht so!« erwiderte Aurelio und wandte sich ab.

Die Contessa beobachtete ihren Sohn im Spiegel. Das Haar war kurz, wie es römische Kaiser auf Münzen tragen. Er glich einem bildschönen, zornigen Prometheus. Sie konnte nicht umhin, stolz zu lächeln. »Schau doch mal, ob du meinen Pumps findest, vielleicht ist er unter die Kommode gerutscht«, sagte sie versöhnlich und schloß den zweiten Ohrring.

»Mutter ...« Aurelio fischte einen Seidenpantoffel unter dem ausladenden französischen Bett hervor und pustete den Staub von den Reiherfedern.

»Ach, da ist er ja!« Die Contessa schlüpfte in den Schuh, den sie neben dem Kleiderschrank entdeckt hatte.

Aurelio stand auf.

»Wolltest du etwas?« fragte sie beiläufig ihren Sohn und ärgerte sich, daß in ihrer Stimme die Gereiztheit durchklang.

Er schüttelte den Kopf. »Nein … amüsiere dich.«

*

»Ach, Liebling, du tanzt wie eine Feder!« Der Bankier wippte ausgelassen zum schnittigen Rhythmus und der rauchigen Stimme von Joe Cocker in der schummerigen Piano Bar der Osteria dell'Orso. Dann kam ein Slow, und Crasso zog sie eng an sich. Er war nicht sehr groß, und die Contessa überragte ihn bei weitem. Einer ihrer prachtvollen Perlenohrringe hing genau vor seinem Auge. »Kennst du die Geschichte von Kleopatra und Marc Anton?« raunte er.

»Willst du heute nacht mein Marc Anton sein?« säuselte sie.

»Das meine ich nicht.« Crasso schob sie von der Tanzfläche. »Ich glaube, wir sollten einen Happen essen, hm?«

Die Contessa nickte und blinzelte in die Lichtblitze der Bar. Sie gingen zum Restaurant im hinteren Teil des Palazzo. Ein Kellner wies auf einen Tisch mit Blick auf die Platanen des Lungotevere. Am gegenüberliegenden Ufer sah die Contessa die angestrahlten Statuen der Brücke und den runden Festungsbau der Engelsburg. Kellner und Sommelier traten an den Tisch, und Crassos Miene wurde düster. Die Contessa verschränkte die Arme vor der Brust und atmete angestrengt aus. Sie wußte, daß ihm das Lokal nicht zusagte. Die Osteria dell'Orso, die versteckt in einer Gasse am Lungotevere lag, war ihm zu nobel. Es hatte nichts genützt, daß sie ihm erzählte, Dante hätte hier gespeist und die Fresken hätten sein Auge auch schon erfreut. Pierluigi hatte eine bodenständige Ader. Er hielt es für übertrieben, daß zu jedem Gang ein anderer Wein gewählt werden mußte, und das Geplänkel über die Jahrgänge war ihm offenbar lästig. Schmackhaftes Essen war für ihn keine Frage des Preises. Es gab einfache Trattorien, in denen man weitaus besser aß, als in der sündteuren Osteria dell'Orso, da gab die Contessa ihm recht. Aber sie mischte sich nicht mehr gern unter Leute. Seit dem Überfall in ihrer Wohnung hatte sie Angst. Hier befand sie sich ausnahmslos in hochkarätiger Gesellschaft und fühlte sich sicher. Sie sah, wie Crasso das Tischlämpchen mit karmesinrotem Schirm näher an seinen Teller rückte. Außer den Lämpchen und ein paar Kerzen gab es keine Beleuchtung. Er hatte einmal gesagt, es erscheine ihm unmoralisch, wenn er nicht mal sehen könne, wofür er das Monatsgehalt eines Schalterbeamten seiner Bank hinblätterte. Sie hatte die Bemerkung deplaziert gefunden, aber aus Höflichkeit nichts erwidert. Die Contessa klappte ihre Serviette auf und hoffte, Pierluigi würde ihr nicht den ganzen Abend verderben. Der Pianospieler begann zu spielen, und sie faßte nach ihrem Glas. »Was wolltest du denn nun … mit Marc Anton?« fragte sie nach.

Crasso sah auf. »Ach, das war nur so ein Gedanke … du trägst heute kostbare Ohrringe. Die würden sogar mein Budget übersteigen.«

»Vater hat sie mir geschenkt …« Die Contessa kontrollierte unwillkürlich einen der Tropfen. Die Perle fühlte sich wunderbar an.

»Natürlich …«, fuhr Crasso fort. »Da ist mir eingefallen … nun, als Kleopatra Marc Anton empfing, löste sie einen Ohrring in Wein auf …« Crasso lehnte sich zurück. »Sie wollte ihm damit zeigen, daß Reichtum ihr nichts bedeutet …« Er hob eine Hand und ließ sie auf den Tisch fallen. »Tja …«

»Du lieber Gott, Pierluigi, ich muß schon sagen … das geht dir im Kopf herum? Sonst hast du keine Sorgen? Der Regenwald wird gerodet, das Ozonloch weitet sich aus, Venedig versinkt im Meer, und du möchtest, daß ich meine Perlen in einem Glas Wein auflöse?«

»Würdest du es denn tun?« Crasso strich sich über den Schnurrbart. »Für mich ...?« setzte er nach. »Würdest du überhaupt etwas tun für mich?« fragte er und sah sie an.

»Pierluigi, was ist denn los mit dir! Wie kann ein Mann, der im Vorstand eines der ersten Bankhäuser Italiens sitzt, eine derart kindische Frage stellen?« rief die Contessa aufgebracht. Sie stellte das Glas ab und rieb sich die Schläfen. »Ach, das ist heute wirklich ein gräßlicher Abend ... erst Aurelio und jetzt du ... ich habe schon wieder Kopfschmerzen. Daß ihr mir alle zusetzen müßt, womit habe ich das verdient. Niemand nimmt Rücksicht auf mich, ausgerechnet heute, wo ich ein wenig Entspannung wirklich nötig habe!« Sie faßte nach ihrem Abendtäschchen und nahm eine Pillendose heraus.

»Hattet ihr wieder eine Diskussion?« fragte Crasso.

»Ach, nein... ich spreche mit ihm nicht mehr darüber, er muß wissen, was er tut. Aurelio möchte hören, daß ich akzeptiere, wie er lebt ... da kann er lange warten. Mein Gott, was habe ich nur falsch gemacht mit meinen Kindern.«

Sie wählte zwei Tabletten und schluckte sie. »Torquato ist daran schuld ... er war unseren Kindern nie eine Vaterfigur, die ganze Verantwortung lastete auf mir ... auf mir allein!« Die Contessa ließ ihr paillettenbesticktes Abendtäschchen zuschnappen und legte es auf den freien Stuhl. »Das Leben war hart zu mir!«

»Lucrezia, ich bitte dich ... du bist eine wunderbare Mutter, deine Kinder sind ganz normal, warum beklagst du dich?«

Die Nachsicht in seiner Stimme reizte die Contessa noch mehr. »Normal, nennst du das?« erwiderte sie schneidend.

»Ach, lassen wir das ... und im Grunde ... sind es ja nur Aurelio und Alessia, die mir Sorgen machen.«

»Alessia?« fragte der Bankier hellhörig.

»Ich finde so gar keinen Zugang zu dem Kind.«

»Kein Wunder, sie war ja ständig nur im Internat«, gab Crasso zu bedenken.

Die Contessa blickte ihn herausfordernd an. »Ich kam einfach nicht mit ihr zurecht ... sie ist so ... anders.«

»Schlägt nach ihrem Vater, nehme ich an«, sagte Crasso.

Die Contessa rieb sich die Schläfen. »Seit sie wieder hier ist, finde ich überhaupt keine Ruhe mehr, ständig erinnert sie mich an ...« Sie brach ab. »Ach, ich wollte nicht davon sprechen ...« Sie blickte durch die Fensterfront.

»Was ist denn passiert?« fragte der Bankier alarmiert.

»Ach nichts ...« Die Contessa fingerte nervös an ihrer Stoffserviette.

Crasso faßte nach ihrer Hand und hielt sie fest. »Lucrezia ... mir kannst du es doch sagen ... was ist denn los?«

»Andrew ...«, sagte sie leise. »Er hat Verbiani angerufen, schon vor Wochen. Offenbar war er wieder mal blank. Jetzt holt er das Geld aber nicht ab. Deshalb hat Verbiani mich überhaupt informiert. Ich wage gar nicht daran zu denken, was er vorhaben könnte. Hat das denn nie ein Ende, Pierluigi?« sagte sie mutlos. »Seit der Sache damals ... siebzehn Jahre lang diese Unruhe, daß er wiederkommt, mich terrorisiert ... Forderungen stellt und mich quält mit seinen windigen Drohungen ...«

»Was macht er eigentlich? Wovon lebt er?« Crasso lehnte sich zurück.

»Ich habe keine Ahnung ... Pierluigi ...« Sie holte ein Taschentuch aus ihrer Abendtasche und betupfte ihre Nase. »Avvocato Verbiani hat nichts darüber gesagt ...« Sie schüttelte den Kopf und steckte das Taschentuch weg.

»Daß mir so etwas passieren konnte, ausgerechnet mir! Daß ich auf so einen Mann hereinfallen konnte! Wenn ich ihn wenigstens vergessen könnte, aber Alessia ...! Es ist unverzeihlich, wenn eine Mutter das sagt, Pierluigi ... aber ich ertrage es nicht, sie um mich zu haben ... sie ist Andrew wie aus dem Gesicht geschnitten. Offenbar hat sie von mir überhaupt nichts, gar nichts ... ich habe entsetzliche Schuldgefühle deswegen, aber ich kann es nicht ändern.«

»Alessia ist doch jetzt erwachsen ...«, meinte Crasso und schob das karmesinrote Lämpchen zur Seite. »Alessia wird bald ihr eigenes Leben führen ...« Er schwenkte um: »Dich belastet immer noch die Episode mit dem Einbrecher ... stimmt's?«

Die Contessa sah ihn dankbar an. Manchmal erstaunte sie seine Feinfühligkeit. Sie nickte. »Ja ... ich habe Angst. Es war furchtbar. Wenn meine Kinder später von der Premiere gekommen wären, dann ...!« Sie konnte nicht weitersprechen.

»Er sitzt hinter Schloß und Riegel ... denk nicht mehr daran!« Crasso beugte sich vor und umfaßte ihre Hand.

»Ach, Pierluigi ... wenn das so einfach wäre!« seufzte sie. »Ach Gott ... weißt du es überhaupt schon?«

»Was denn?«

»Ach ... nichts ...« Die Contessa brach ab. Sie wollte nicht über den Mord an dem Schauspieler Ugo Terracini sprechen, nicht mit Pierluigi Crasso.

*

Die Contessa warf das Abendtäschchen auf ihr Bett, setzte sich an den Toilettentisch und blickte in den Spiegel. Die Lider waren gerötet. Verlaufener Maskara hatte schwarze Flecken hinterlassen. Sie wischte sie mit einem Kleenex weg und zerknüllte es. Der Abend hatte sie erschöpft. Sie haßte es, sich von der Angst manipulieren zu lassen, und sie haßte Andrew Tailor für das Leid, das er ihr seit Jahren antat. Irgendwann mußte das doch aufhören! Würde er sie ein Leben lang verfolgen und erpressen? Der stechende Schmerz in der rechten Kopfhälfte wurde stärker, und ihr Magen rebellierte. Die Contessa kreuzte die Arme vor dem Bauch und atmete aus. Als der Schmerz nachließ, ging sie zur Kommode. Ihre Tabletten lagen immer griffbereit. Sie drückte zwei aus dem Blister und faßte nach dem Mineralwasser auf ihrem Nachttisch. Es klopfte.

Lavinia öffnete vorsichtig die Tür. »Geht es dir nicht gut?«

Die Contessa setzte sich auf das Bett und zog die Schuhe aus. »Wieder Migräne …«, murmelte sie.

Lavinia zog die Vorhänge zu. »Hast du schon was genommen?« Die Contessa schüttelte den Kopf. Lavinia griff nach dem Wasser. »Ach, leer … Teresa wird immer nachlässiger!« Sie ging ins Bad und ließ das Glas vollaufen. »Deine Tabletten?«

»Ich habe sie schon …« Contessa Lucrezia hob schwach die Hand, in der sie die Pillen hielt. Sie preßte die freie Hand gegen ihren Kopf. Der Schmerz hämmerte unerträglich.

»Hier!« Lavinia hielt ihr das Glas hin.

»Danke …« Sie trank hastig nach. Vielleicht ließ sich der Anfall noch abmildern.

»Ich lasse dir Tee bringen …« Lavinia reichte ihr ein Plaid. »Versuche, dich zu entspannen. Die Tabletten helfen bestimmt gleich.«

»Danke, Schatz«, murmelte die Contessa. Sie zog die Decke bis zum Kinn und schloß die Augen. Aber sie kam nicht zur Ruhe. In ihrem Kopf liefen immer wieder die gleichen Bilder ab, nie konnte sie vergessen, was in jener

Nacht geschehen war. Pierluigi hatte sich rasch verabschiedet. Sie hatte keine Bemerkung verloren, daß sich die Vorstandssitzungen, die er vorschob, in letzter Zeit erstaunlich häuften. Sie hatte es sich auf dem Sofa bequem gemacht und gelesen. Irgendwann hatte sie ihre Brille abgenommen, den Kunstband auf den Couchtisch gelegt und auf die Uhr gesehen. Es war kurz nach halb zwei, die Kinder waren noch nicht zurück. Sie war in Sorge gewesen. Sie hatte förmlich die Sirene des Krankenwagens gehört und das Blaulicht blinken sehen. Andererseits: Was sollte denn passieren, mitten im Zentrum? Rom war eine sichere Stadt. Sie hatte überlegt, Tee zu machen, konnte sich aber weder aufraffen, in der Küche zu hantieren, noch dazu, ins Bett zu gehen, obwohl sie müde war. Bevor die Kinder nicht zu Hause waren, würde sie sowieso keine Ruhe finden. Sie hatte den Kunstband wieder in die Hand genommen und sich in das weiche Plaid gekuschelt. Sie wußte genau, daß sie sich mit einem Schlag unbehaglich gefühlt hatte. Aus dem Entree kamen Geräusche. Sie hatte aufgeblickt. »Ich bin im Salon!« hatte sie gerufen. Und dann war es passiert. »Weiß ich doch ...«, hatte eine widerliche Stimme gesagt. Sie war hochgefahren. »Wer sind Sie? Verschwinden Sie!« Sie hatte geschrien und nach ihrem Schuh getastet, der unter die Troddelposamenten der Couch gerutscht war. Und dann stand er mitten im Zimmer. Stoppelhaarschnitt, Armeehosen, Knobelbecher. Sie hatte sofort das Messer gesehen, den wirren Blick und das nervöse Zucken der Schulter, das sich bis in den Mundwinkel zog. Er hatte ihr die Klinge an den Hals gedrückt. »Freund schickt mich ...«, hatte er gesagt und sie angefaßt. »Braucht Geld ... und du willst es ihm nicht geben ... überlege es dir lieber noch mal!« Sie hatte sich gewehrt und er hatte sie auf die Knie geworfen. »Hättste nicht tun sollen ...«, hatte er leise gesagt und den Kopf schief gelegt. Und dann kam der Schlag. Er hatte ihr brutal ins Gesicht geschlagen. Dann stand plötzlich Terracini in der Tür. Ihre Kinder hatten den Schauspieler auf ein Glas mitgebracht. Terracini hatte sofort reagiert. Sie hatte gespürt, wie warmes Blut aus ihrer Nase rann, und ihn vor dem Messer gewarnt. Während Aurelio reglos dastand und Lavinia die Polizei rief, hatte Ugo Terracini im Zweikampf mit dem Einbrecher gerungen. Es war ihr wie eine Ewigkeit vorgekommen, bis die Polizei eintraf. Die Contessa drehte sich vorsichtig auf den Rücken, um den Kopfschmerz nicht zu verstärken, und starrte zur Decke. Später hatte Ugo dann neben ihr auf der Wartebank der Notaufnahme gesessen. Er war schlimm zugerichtet gewesen. Sie hatte die kahle Wand des Ambulatoriums angestarrt und sich schuldig gefühlt. Sie wußte, daß er Vorstellungen hatte und daß er sich Verletzungen zugezogen hatte, die ein Maskenbildner nicht mit Schminke beheben konnte. »Es tut mir entsetzlich leid ...«, hatte sie gemurmelt. Ugo hatte sich für die Premierenfeier ein Hamlet-Hemd aus dem Theaterfundus geborgt. Als er seine Hand auf ihre legte, war die Spitzenmanschette über den zerschundenen Handrücken gefallen, blutverschmiert, zerrissen, und die Contessa hatte noch mehr geweint. »Es wird schon wieder ...«, hatte er geflüstert und einen Kuß auf ihr Haar gedrückt. Sie hatte sich an ihn gelehnt und getröstet gefühlt. Auch wenn sie wußte, daß er es nur gesagt hatte, damit sie aufhörte zu weinen. Wann würde sie vergessen können? Warum hatte Ugo ihr erst das Leben gerettet ... und dann ein absurdes Spiel mit ihr getrieben? Würden die Schuldgefühle sie ein Leben lang verfolgen? Würde sie jemals wieder frei und sie selbst sein können?

Die Contessa schloß die Augen und hoffte, der Schmerz werde nachlassen.

5

Eine Schar Singvögel tirilierte penetrant in den Bäumen im Garten. Caselli schlug die Steppdecke zurück und knallte das Fenster zu. Er blickte auf seine Armbanduhr. Es war fünf Uhr dreißig. Er sah aus dem Fenster auf Florenz hinunter. Die Stadt lag ihm zu Füßen. Die Kuppel des Doms leuchtete im sanften Morgenlicht, und der grüne Marmor schimmerte matt. Caselli hatte nur ein Hotelzimmer in Fiesole bekommen. Das *Bellavista* bot reichlich toskanisches Landhausflair, aber die 350 000 Lire mit Frühstück konnte er nicht als Spesen absetzen, und außerdem hatte er schlecht geschlafen. Caselli legte sich noch einmal ins Bett und dachte nach. Er durfte sich nicht involvieren lassen, was er tat, verstieß gegen die Dienstvorschrift. Er konnte eine Verdächtige, auch wenn er sich sicher war, daß sie mit dem Mord nichts zu tun hatte, nicht in seinem Privatwagen mit nach Rom nehmen. Aber genau das hatte er vor. Und er freute sich darauf. Er konnte es kaum erwarten. Und schlafen konnte er auch nicht mehr. Er beschloß aufzustehen. Um halb sieben stand er geduscht und fertig angezogen in seinem Zimmer, aber Frühstück gab es erst um halb acht. Caselli öffnete die Balkontür und stellte einen Stuhl hinaus. Er setzte sich in die schwache Morgensonne und genoß die Aussicht. Dann ließ er sich noch einmal die Gespräche vom Vorabend durch den Kopf gehen. Man hatte ihn zum Abendessen eingeladen, und er war geblieben. Auch ein Verstoß gegen die Dienstvorschrift. Caselli dachte an Torquato Lante della Quercia, seine herzliche Art, seine Vorliebe für Wortspiele, Zitate und Naturkost. Er war ihm sympathisch, und offenbar verstand er sich ausgezeichnet mit seiner Lebensgefährtin, Florinda Bellucci, der Restaurateurin ... der jungen Römerin, aus Trastevere. Hatte Terracini nicht in Trastevere gewohnt? Florinda Bellucci hatte sich freundlich gegeben, doch Caselli war nicht entgangen, daß sie blaß war und Schatten unter den Augen hatte. Trotz aller Bemühungen, hatte sie müde und angegriffen gewirkt. Sie hatte in der Galleria Spada gearbeitet ... die Direktorin, Signora Vicenti, kannte sie folglich. Das Thema Galleria Spada war am Abend sorgfältig vermieden worden, aus Rücksicht auf Alessia, zu sorgfältig ... Alessia ... nachher würde er mit ihr ins Museum gehen, völlig gegen die Dienstvorschrift. Sie würde um zehn Uhr dreißig vor den Uffizien auf ihn warten. Caselli stand auf und ging hinein. Er legte sich auf das Bett und zog den Telefonapparat zu sich heran.

»Guten Morgen!«

»Commissario ...! Einen Moment, Raffaele ist gerade im Bad, einen Moment, ja?«

»Mi scusi tanto, Marcella, ma ...« Doch sie hatte den Hörer aus der Hand gelegt. Er wartete.

»Pronto? Scurzi? Tut mir leid, ein bißchen früh, hm?« sagte Caselli und stützte sich mit dem Ellenbogen auf dem Bett ab.

»Ach, da fällt mir ein ...«, fuhr er fort, »es heißt Durendal ...«

»Wie bitte?« fragte Scurzi.

»Na, das Schwert, die Schlacht in den Pyrenäen, Roland ...!«

»Ah, ja ...«, sagte Scurzi. »Jetzt, wo Sie's sagen ...«

Es war still in der Leitung.

»Scurzi?«

»Sì?«

»Und, was gibt es Neues?«

»Die Tabletten heißen Ergolonarid. Ein starkes Migränemittel. Der Autopsiebericht ist noch nicht da. Der Pathologe, wir haben diesmal Tossi, ist sich aber ziemlich sicher, daß der Tod zwischen ein Uhr und ein Uhr dreißig eingetreten ist. Ach ... und es gibt eine Besonderheit. Tossi hat gesagt, der Schauspieler habe Schnittwunden und einen Einstich an der linken Schulter. Und das Komische daran ist: nicht von einem Messer.«

»Was denn dann?« fragte Caselli.

»Degen, Florett, Säbel.«

Caselli sagte nichts.

»Eigenartig, nicht? Heute läuft doch keiner mehr mit einem Degen herum ... die von der Spurensicherung haben gesagt, im Saal gäbe es Blutspuren. Ich hatte das ja auch schon bemerkt ...«, schob er ein. »Lauter Blutstropfen, den Saal rauf und runter, Terracinis Blutgruppe.«

Caselli schwieg.

»Commissario?«

»Ja ... sehr gut, Scurzi ...«, lobte Caselli nachdenklich.

»Danke, Commissario. Liegt sonst noch was an?«

»Ich brauche Informationen über eine gewisse Florinda Bellucci, eine Restaurateurin. Sie hat am Mordabend ein Gemälde in den Palazzo Doria Pamphili gebracht. Finden Sie heraus, wann sie dort weg ist, und melden Sie uns an, bei den Doria-Pamphilis ... für heute nachmittag.«

»Also ...«, setzte Scurzi an.

»Und, Scurzi ... ich nehme heute einen halben Tag Urlaub!«

Caselli legte auf. Er überlegte kurz, dann faßte er einen Entschluß. Bevor er nach Rom zurückfuhr, würde er noch einmal mit Torquato und seiner Lebensgefährtin sprechen.

*

»Guten Morgen, Commissario!« Caselli merkte unschwer, daß Florinda Bellucci sich nicht über seinen Besuch freute. Sie stand in der Küche und putzte Gemüse. Eine Tasse schwarzer Kaffee stand neben einem Berg Erbsenschoten. »Alessia ist noch nicht auf ... sind Sie nicht erst um halb elf verabredet?« fragte sie kühl und warf ein paar geputzte Schoten in ein Plastiksieb.

»Ich wollte zuvor noch kurz mit Ihnen sprechen.«

Florinda sah nicht auf. »So?«

»Wann sind Sie am Mittwoch nach Florenz zurückgefahren? Mit welchem Zug ... und wann waren Sie hier?«

»Ich habe den Zug um zehn Uhr zwanzig genommen und war gegen halb eins hier. Ich bin dann gleich zu Bett gegangen.«

»Und Signor Lante della Quercia ... wann kam er aus Mailand zurück?«

»Am Donnerstag vormittag ... am späten Vormittag.«

»Haben Sie noch sein Flugticket?«

Florinda sah verärgert auf. »Ich glaube, jetzt übertreiben Sie ein wenig, Commissario Caselli. Sie verdächtigen doch nicht etwa auch Torquato. Das ist doch lächerlich!« sagte sie und nahm sich wieder die Erbsenschoten vor.

»Wissen Sie, wie der Kunde heißt?«

»Trucceri ... es ist ein neuer Designer.«

Die Tür ging auf, und Torquato kam herein. Er blieb überrascht auf der Schwelle stehen. Für einen Moment hatte Caselli den Eindruck, Torquato mustere ihn kalt und abschätzig, doch dann hellte sich Torquatos Gesicht zu dem bekannten herzlichen Lächeln auf, und Caselli kam zu dem Schluß, daß er sich getäuscht hatte.

»Commissario! Buongiorno. So früh schon unterwegs?«

Er schüttelte Caselli die Hand und ging schnurstracks auf seine Lebensgefährtin zu. »Komm her, Liebling ... ich brauche dringend einen Kuß von dir. Du mußt mir vorgaukeln, daß du mich furchtbar liebst, damit mein Ego wieder Kraft schöpft!«

»Ja, furchtbar, Torquato!« lachte Florinda und wehrte ihn nicht ab, als er sie umarmte. »Wie ist es denn gelaufen?« fragte sie liebevoll und gab ihm einen Kuß. »Wohl nicht so gut?«

»Ach ...«, seufzte Torquato. Er legte Schal und Mantel über die Lehne und stellte die Papiertüte, die er in der Hand hielt, auf den Tisch. Florinda schüttete die duftenden Cornetti in den Brotkorb. »Der Kunde zieht nicht. Es wird ihm zu teuer. Ich habe gerade mit ihm gesprochen, ich war kurz im Büro. Nun, einen Attico ausbauen, mitten in der Mailänder Altstadt, das ist auch kein Pappenstiel ...« Torquato setzte sich an den Tisch. »Dabei bin ich vorgestern extra hingeflogen und habe mir alles angeschaut ... das hätte ich mir sparen können.«

»Wo haben Sie übernachtet?« fragte Caselli gewohnheitsmäßig.

»Ja ... ich bin am nächsten Morgen zurückgeflogen ...«, antwortete Torquato. »Ja, also ... vor Ort hat der Kunde gesagt, er wolle es sich noch einmal überlegen, aber jetzt ... nimmt er doch Feltretti, diesen elenden Stümper ... und läßt sich die prachtvolle Substanz mit Plexiglas verhunzen ...«, sagte er zerknirscht. Er deutete auf den Kaffee. »Ist der für mich ...?«

Florinda stellte eine dampfende Tasse auf den Tisch. »Das ist deiner ...«, sagte sie.

Caselli wollte seine Frage wiederholen, dann überlegte er es sich anders. Torquato stand auf und ging zur Anrichte. Er nahm ein Schraubglas mit ockergelben Körnchen von einem Bord. »Propolis ...«, sagte er und tippte auf das Etikett, »hat mir mein Sohn mitgebracht, letzte Woche, aus einer Trattoria in Montepulciano, wo sie frisches Holzofenbrot haben und die ganzen anderen himmlischen Produkte, Honig, Gelee Royal ... ›Damit du gut ins Frühjahr kommst!‹ hat er gesagt. ›Stärkt die Abwehrkräfte, jetzt haben doch alle die Grippe.‹ Ist das nicht nett von ihm? Was habe ich doch für phantastische Nachkommen!« Torquato lächelte zufrieden. Er nahm wieder Platz, das Glas in der Hand. »Übrigens ... Alessia ist ganz schön gewachsen, mein Gott, ich habe sie kaum wiedererkannt, als sie vor ein paar Monaten aus dem Internat kam ...«, sinnierte er. »Jetzt ist sie eine junge Frau, und ich habe die letzten Jahre ihrer Kindheit verpaßt, ständig diese englischen Internate, sogar in den Ferien. Ich hätte mich mehr um sie kümmern müssen ...« Mit einem Mal wirkte er sehr niedergeschlagen. Florinda legte ihm eine Hand auf den Arm. »Es lag ja nicht an dir ...«, bemerkte sie sanft.

»Ja ...«, seufzte er. »Lucrezia hat sie die letzten Jahre praktisch unter Verschluß gehalten, seit ...« Er brach ab. »Seit unserer Trennung«, setzte er bitter hinzu. »Sie weiß genau, wo sie mich treffen kann.« Er schraubte das Glas auf und löffelte langsam Propoliskörnchen in seinen Milchkaffee. »Wollen Sie einen Espresso?« fragte er plötzlich, als bemerke er nun erst wieder, daß er einen Besucher hatte. Er sah irritiert auf. »Florinda ... warum bietest du dem Commissario denn nichts an?«

Caselli hob abwehrend die Hände. »Nein, danke ... ich muß los. Ich habe im Hotel gefrühstückt ... zeitig. Ich verabschiede mich. Arrivederci!«

*

»Also, die Uffizien wurden 1559 bis 1580 erbaut nach den Plänen Vasaris ...« Alessia trat von einem Fuß auf den anderen.

»Hm …« Caselli reckte den Hals.

»Es tut mir leid, daß wir solange anstehen müssen …«, sagte sie und sah ihn von der Seite an. »Aber Sie werden sehen, es lohnt sich!«

Eine Reisegruppe Amerikaner verließ das Gebäude, und die Warteschlange setzte sich in Bewegung. Caselli und Alessia rückten dem Eingang ein gutes Stück näher.

»Na, wenn das so weitergeht, sind wir in einer halben Stunde drin«, schätzte Caselli und legte die Stirn Falten. Sein morgendlicher Besuch im Hause Lante ging ihm nicht aus dem Kopf. Warum hatte Torquato so ausweichend geantwortet? War es Zerstreutheit? Caselli würde sein Alibi überprüfen. Aber welches Motiv sollte Torquato haben? Eifersucht? Lucrezia Lante della Quercia hatte ihre Affäre mit dem Schauspieler offen zugegeben. Welchen Grund hätte Torquato gehabt, einen Mord zu begehen? Möglicherweise einen Mord im Affekt? Terracini war mit einem stumpfen Gegenstand erschlagen worden. Wollte Torquato seine Töchter und seine Ehefrau vor Terracini schützen, die Familienehre wiederherstellen? Oder es war gar kein Mord im Affekt, schließlich sprach die aufgebaute Kulisse dagegen. *Posh mortem … Death styles of the rich and famous* … fiel Caselli unvermittelt ein. Torquatos Beitrag im *New York Magazin*. Ein harmloses Wortspiel? Und Florinda? Sie hatte sich in der Mordnacht in Rom aufgehalten, stand aber scheinbar in keinem Zusammenhang mit Terracini, außer daß beide aus Trastevere kamen. Hier würde er nachhaken. Caselli war gespannt, was Scurzi ihm zu berichten hatte, wenn er wieder in Rom war.

*

»Hat es Ihnen gefallen?« Alessia stürmte die Stufen hinunter. »Die Wartezeit hat sich gelohnt, nicht wahr?« rief sie begeistert. »Und Lavinia sieht doch aus wie die Panciatichi auf dem Porträt von Bronzino … finden Sie nicht?«

»Ja, die Ähnlichkeit ist wirklich erstaunlich«, lächelte Caselli und erreichte Alessia am Fuß der Treppe.

»Nur Lavinias Haar ist dunkler!« Dann schwenkte sie um. »Ich habe unheimlichen Hunger.« Sie sah Caselli mitleidheischend an.

»Möchten Sie in der Bar an der Piazza della Signoria einen Cappuccino trinken?« fragte Caselli. Er blickte in den strahlend blauen Himmel. »Das Wetter paßt, wir können uns raussetzen.«

Alessia sah auf die Uhr. »Ach, fahren wir lieber …«, meinte sie und kräuselte die Nase. »Wissen Sie was? Ich habe eine prima Idee. Aurelio hat mir neulich eine Trattoria gezeigt, in Montepulciano. Eine Stunde vor Rom. Wir brauchen nur die Ausfahrt bei Chastelchiara zu nehmen und sind in zehn Minuten im Ort. Da ißt man prima! Das gefällt Ihnen bestimmt. Die Aussicht ist auch so schön. Über das ganze Tal … und die Olivenhaine. Ach, sagen Sie ja … in einer Stunde sind wir dort!« bettelte Alessia und sah Caselli erwartungsvoll an.

»Halten Sie noch solange durch?« fragte Caselli und lächelte.

»Aber ja doch …«, meinte Alessia und lief schon voraus. »Kommen Sie! Worauf warten Sie denn?« Sie lachte, machte kehrt und hakte sich bei Caselli unter, damit er schneller ging.

»Also … ich nehme die Crostini al fegatino oder die Minestrone mit den großen Bohnenkernen, den Bortolotti oder beides und eine Bistecca alla fiorentina, auf jeden Fall … mit Zitronenstückchen und Rucola … mmh!«

*

Der Kellner brachte eine Schale mit Walderdbeeren und Sahne, und Alessia griff zum Löffel. Caselli hatte einen Espresso vor sich stehen und genoß die herrliche Aussicht auf das Tal. Die sanften Hügelketten der toskanischen Landschaft lagen im leichten Dunst. Er blickte auf die Zypressen neben einem Haus auf der Anhöhe, über Felder und Olivenhaine. Sie hatten eine Weile zusammengesessen, und Caselli hatte es Freude gemacht, sich mit Alessia zu unterhalten. Ihre erfrischende Art versetzte ihn unwillkürlich in gute Stimmung.

»Von unserer Generation wird nicht viel bleiben ...«, fuhr Alessia fort und tauchte den Löffel tief in die Glasschale, um zur Eiscreme vorzudringen. »Wir sind eine Zwischengeneration und erleben nur Revivals, das der sechziger, siebziger, achtziger Jahre. Außer Raverpartys haben wir nichts auf die Beine gebracht. Sehen Sie mich an, ich werde einen Teil des Lante-Quercia-Vermögens erben, einen winzigen Teil. Ich brauchte nicht zu studieren. Jetzt mache ich diese Hosteßjobs, neben der Schule, weil Lucrezia meint, wir sollen während des Studiums mit selbstverdientem Geld auskommen. Aber ich brauchte überhaupt nichts zu tun – theoretisch.« Alessia schleckte ihren Löffel ab.

Caselli sah sie nachdenklich an. »Haben Sie keine Ideale?«

»Was denn?« fragte Alessia. »Greenpeace, Amnesty International? Moral, Ethik, Philosophie? Ist doch alles für die Katz. In ein paar Jahren ist die Umwelt vollends vergiftet und Folter, Ausbeutung und Habgier wird es immer geben. Daran können wir nichts ändern. Und keiner weiß, was nach dem Tod kommt. In meiner Generation ist die Moral untergraben, was Ethik eigentlich ist, weiß keiner so recht, und Philosophie ist reine Zeitverschwendung, erfunden von Leuten, die Angst vor dem Sterben haben.«

Caselli wußte nicht, was er von Alessias unausgegorenen Ausführungen halten sollte. Ihm kamen unwillkürlich die Ideale in den Sinn, die er gehabt hatte, als er in den Staatsdienst getreten war, und er zog die Stirn kraus ... was hatte er eigentlich erreicht? Er hatte ein paar Mörder kurzfristig hinter Schloß und Riegel gebracht, die wegen guter Führung oder Hafturlaub bald wieder freikamen. Er hatte der Justiz einen Dienst erwiesen, aber war Italien dadurch besser geworden? Und welchen Preis hatte er dafür bezahlt? Zu seinen Plänen hatte auch gehört, eine Familie zu gründen. Caselli blickte ins Tal, über die silberglänzenden Olivenhaine, die in der Mittagssonne gleißten, und dachte an Sizilien, an den Blick aus schwarzen Augen, neben dem Stamm eines Maulbeerbaums. Er hatte nicht vergessen, wie diese Augen ihn das letzte Mal angesehen hatten: haßerfüllt. »Dann geh doch! Nach Rom! Aber denke nicht, daß ich auf dich warte! Dann werde ich eben meinen Cousin Santino Turlà heiraten, hörst du ... wie es unsere Familien vereinbart haben!« hatte Dora geschrien und die Zuckerdose auf den Boden geworfen, und was sonst noch greifbar war auf dem gedeckten Mittagstisch.

»Ich versuche aufrichtig und freundlich zu sein. Ich hasse alles Intrigante ...«, hörte Caselli wie aus weiter Ferne. »Ich möchte offen und aufgeschlossen sein. Das finde ich wichtig ...« Alessia nickte altklug.

»Was machen Sie denn nach dem Studium, wissen Sie das schon?« Caselli bemühte sich, den Gesprächsfaden wieder aufzunehmen.

»Ich wollte immer ein schönes Leben haben, ohne daß ich mir viel darunter vorstellen könnte. Ich würde gern berühmt werden ... eine berühmte Schauspielerin ... Aber wissen Sie was ...« Sie sah Caselli in die Augen. »Ich habe das Gefühl, daß ich bei allem, was mir vorschwebt, eigentlich nur das Drumherum wirklich möchte ... das Klischee ..., verstehen Sie ... nicht die Sache selber, und das macht mich nachdenklich. Ich überlege, was ich wirklich will. Ich bin besorgt, daß ich aus Illusionen, Selbstüberschätzung oder kurzsichtig verbissen handle. Ich frage mich, was ich übersehe ... was ich einfach nicht merke. Ich sehe ganz deutlich, wenn andere sich verrennen, und habe Angst, mir könne selbst nicht auffallen, daß ich falschliege. Verstehen Sie das? Ich wünschte, jemand würde mich darauf hinweisen, mir sagen, was richtig ist. Wo sind sie denn, die weisen Alten, die einen an der Hand nehmen und gute Ratschläge erteilen mit ihrer Lebenserfahrung und inneren Stärke? Und dann ... da gibt es so einen Satz ... den habe ich mal aufgeschnappt ... er sagt, nichts sei schlimmer, als wenn man in sich hineinhorcht und da ist nichts ... Solche Sätze klingen blöd, aber oft sind sie wahr. Ich habe viel darüber nachgedacht. Ich finde mich hohl, total leer ...«

Sie fuhr sich mit der Zungenspitze über die Lippen und überblickte die Olivenhaine. »Ich weiß nicht mal, was ich werden will. Und an die Liebe glaube ich auch nicht. Alles nur komplizierter Schrott. Ich kann so wütend werden, daß ich alles kurz und klein schlagen könnte oder mit einem Schlüsselanhänger den Glanzlack eines schwarzen Alfa Romeos aufkratzen ... manchmal ist das Leben grauenvoll ...«, sagte sie und preßte die Lippen aufeinander.

Fast hätte Caselli laut losgelacht, doch er nahm sich zusammen. Er wußte, wie ernst man sich in diesem Alter nahm. Außerdem hoffte er, sie würde wie nebenbei irgendeinen Hinweis auf die Ereignisse der letzten Tage äußern.

»Bestimmt denken Sie, ich sei noch sehr jung ...«, sagte sie und sah ihn an. »Und im Moment ziemlich durcheinander, weil ich Ugo Terracinis Tod noch nicht verkraftet habe, nicht wahr, Commissario?«

Caselli hob die Hände und gestattete sich nun ein Lächeln.

»Ja … ja … keine Angst, ich zerkratze keine Autos. Erstens ist es strafbar und zweitens bin ich gegen sinnlose Zerstörung. Ich erzähle Ihnen jetzt mal was …«, fuhr sie fort und legte den Löffel weg. »Ich war neulich im Park der Villa Borghese. Da hat ein Zirkus seine Zelte aufgeschlagen. Ich wollte was zurückbringen, einen Schirm … den mir dort jemand geborgt hatte … vor ein paar Wochen … oder einem Monat. Ich hatte nicht mehr daran gedacht. Der Mann war nicht da. Er hatte einen Unfall … hat man mir gesagt. Ich war in der Nachmittagsvorstellung … in der für die Schulklassen. Da war so ein Bus … mit Kindern aus einem Heim … Kindern, die ein Handicap haben … das hat mich schockiert. Das war eine richtige Monstergruppe …« Sie sah, wie Caselli mißbilligend eine Augenbraue hochzog. »Ja, gut … Entschuldigung … das war nicht das passende Wort. Die Kinder waren alle behindert … aber die Betreuer waren unglaublich geduldig. Ich habe das sehr bewundert. Da waren noch andere Schüler im Zirkus aus den Privatschulen, picobello feingemacht saßen sie in den vorderen Reihen, bunte Popcorntüten neben sich, und haben mit ihren Tamagotschis rumgespielt … und gar nicht hingeguckt in die Manege. Ein paar aufgetakelte Mütter waren auch dabei … sie haben hingeschaut zu den behinderten Kindern, pikiert. Nach der Vorstellung bin ich auf dem Zirkusgelände herumgegangen und habe mir die Tiere angesehen in den engen, stinkenden Käfigen. Ich habe ein Mädchen mit zotteligen Haaren, das ein Lama an einem Strick hinter sich herzerrte, nach dem Wohnwagen gefragt … von dem Tierpfleger, den ich kannte … Andrew … da wußte ich noch nicht, daß er einen Unfall gehabt hatte. Ich bin zu dem Wagen … durch den Matsch und Schmutz, die Tür war nur angelehnt …« Alessia schluckte und sah auf. »Sie können sich nicht vorstellen, wie armselig das darin war … zwei Pritschen, die Klappseite aus einem Pornoheft neben der Madonna, ein verdreckter Gaskocher, Konservendosen. Sicher … auf dem Abstellplatz gab es auch ›luxuriöse‹ Wohnwagen mit türkisfarbenen Plüschbezügen, Satellitenschüssel und einem Mercedes vor der Tür. Aber dieser eine Wagen …« Sie senkte den Kopf. »Das war bittere Armut, Verwahrlosung … Trostlosigkeit. Keine Ahnung, wie er das im Winter gemacht hat … der Tierpfleger … der Wagen sah aus, wie Wellblech. Dann hat mich ein Jugendlicher angebrüllt … mit Knobelbechern und einem Tick … seine Schulter zuckte dauernd. Die Haare waren stoppelkurz und blond … gefärbt … Ich habe nach dem Tierpfleger gefragt … Andrew habe einen Unfall gehabt, den gäbe es nicht mehr. Der Wohnwagen gehöre jetzt ihm. Ich bin weg. Den Schirm habe ich mitgenommen, ich weiß nicht, warum. Ich war durcheinander. Als ich zum Eingang kam, war die Monstergruppe beim Einsteigen. Die mußten die Rollstühle zusammenklappen und die Kinder einzeln in den Bus heben. Ich bin hin und habe einen Betreuer angesprochen. Nächste Woche gehe ich in das Reha-Zentrum und helfe als Volontärin mit …« Alessia atmete durch und sah auf. Caselli strich sich über die Stirn.

»Tut mir leid, daß sie das abgekriegt haben, Commissario. Ich wollte mit jemandem darüber reden, und es gibt niemand, der das verstehen würde … außer vielleicht Concetta. Also … habe ich es Ihnen gesagt und nun haben Sie Kopfweh, hm?«

Caselli sah auf. Es stimmte. Sein Kopf schmerzte und der Finger pochte gnadenlos. Er dachte betreten an die Kindergruppe, von der Alessia gesprochen hatte, und führte sich schuldbewußt vor Augen, daß er sich wegen eines läppischen Katzenbisses sterbenselend fühlte. »Ich habe nicht gut geschlafen ...«, sagte er entschuldigend. Aber das war nicht alles. Ihre Worte hatte ihn deprimiert. Sie hatten etwas zu Tage gebracht, das ihm die Illusion, raubte, die er von ihr gehabt hatte. Hinter den Sommersprossen und der Unbeschwertheit verbarg sich eine andere Seite, die unglücklich und voller Zweifel war. Das tat ihm leid.

Alessia kramte in ihrer Tasche. »Ich habe auch nicht gut geschlafen, und habe heute morgen schon was eingeworfen ... hier ...« Sie reichte Caselli eine Packung über den Tisch.

»Sie leiden unter Migräne?«

Alessia schob den Eisbecher von sich. »Nein.«

»Aber Ergolonarid ist doch ...« Caselli schluckte.

»Florinda hat mir Tabletten mitgegeben ... sie hatte keine anderen da. Florinda sagt ... eine geht schon ... wenn Sie Bedenken haben, nehmen Sie eben eine halbe. Geben Sie mal her, ich mache sie Ihnen auseinander!« Sie griff nach der Packung.

Caselli hielt sie fest. »Nein ... lassen Sie nur ... ich nehme lieber eine ganze ...«, sagte er und zog langsam seine Hand unter ihren Fingern weg.

6

Caselli kam am späten Nachmittag in die Questura. Er grüßte Scurzi und legte seinen Trench über die Lehne seines Bürostuhls.

»Ah, Commissario … der Obduktionsbericht ist da … und um halb fünf erwartet uns der Verwalter der Galleria Doria Pamphili …«, berichtete Sergente Scurzi und stand auf. »Da hat gerade jemand für Sie angerufen … privat … Tiberio Nenci. Er sagte, Sie kennen ihn.«

Caselli sah auf. »Tiberio? Was wollte er denn?«

»Sie sollen ihn zurückrufen. Hier, ich habe die Nummer notiert.« Caselli nahm den Zettel entgegen. »Hm … mache ich später …« Er sah auf die Uhr. »Wir müssen los, wenn wir um halb fünf dort sein wollen. Ich erzähle Ihnen alles auf dem Weg. Wir nehmen Ihren Wagen, meiner ist in der Werkstatt. Ein Wunder, daß ich es nach Rom zurück geschafft habe. Es tropft Öl …« Er nahm den Trench von der Lehne.

»Tut mir leid, Commissario. Wir müssen ein Taxi rufen. Ich habe auch keinen Wagen … der Auspuff!«

*

Caselli stieg in das gelbe Taxi, das vor dem Polizeipräsidium wartete. Scurzi setzte sich neben ihn, zog die Wagentür zu und preßte seine Knie gegen das Lederpolster des Vordersitzes. »Piazza del Collegio Romano!«

Der Taxifahrer nickte und fuhr los.

Caselli sah auf die Uhr. »Zwanzig Minuten haben wir gewartet, nicht zu fassen, na ja … wenigstens sind Sie jetzt auf dem letzten Stand …« Er stützte den Ellenbogen an der Fensterablage ab, preßte die Hand gegen sein Kinn und blickte auf die Straße. »Machen Sie das Fenster bitte ein Stück hoch. Es zieht!« sagte er beiläufig zum Fahrer.

Scurzi schob die Knie auseinander und studierte die rückseitig auf dem Beifahrersitz angebrachte Gebührentafel. »Eine Nachtfahrt kostet 5 000 Lire Zuschlag. Wußten Sie das? *Aufschlag pro Gepäckstück 2 500. Aufschläge können nicht summiert werden*«, las er vor.

»Haben Sie nicht gehört, was ich gesagt habe? Drehen Sie bitte das Fenster hoch!« rief Caselli lauter.

»Ein bißchen frische Luft ist doch gesund. Ich fahre immer mit offenem Fenster. Sind Sie krank, oder was?«

»Hören Sie mal, ich bin hier der Fahrgast. Machen Sie das Fenster hoch!« sagte Caselli mit Nachdruck.

Der Fahrer kurbelte und murmelte etwas Unverständliches.

»Nehmen Sie den Lungotevere und dann Via del Corso!«

»Sí, Signore!«

»Zuschlag von Fiumicino in die Stadt 15 000 Lire«, informierte Scurzi.

»Was sagen Sie denn zu dem Autopsiebericht?« unterbrach ihn Caselli. »Er hat sich sterilisieren lassen ... dabei ... er war nicht mal fünfunddreißig.«

»Im besten Mannesalter, sozusagen ...« Scurzi drückte die Plastikfolie der Gebührentafel fest, die in der linken oberen Ecke locker war.

»Er hatte keine Kinder ... da macht man so was doch nicht«, sinnierte Caselli.

Ein Mopedfahrer scherte ein, der Taxifahrer trat auf die Bremse und gestikulierte mit beiden Händen. »Coglione! Dove vai!« Die Ampel sprang auf Rot. Der Fahrer drehte das Fenster herunter.

Scurzi rüttelte an der Gebührentafel, um sie geradezurichten. »Ich habe selber auch schon daran gedacht, ob ich eine Kastration …« Caselli zuckte zusammen. »Also, ich meine, eine Vasektomie machen lasse …«, sagte Scurzi halblaut. »Marcella hat die letzte Geburt sehr mitgenommen. Ich habe mir richtig Sorgen um sie gemacht. ›Jetzt ist Schluß!‹ hat sie gesagt. Ich weiß bloß nicht, wie wir das fortan machen …«, murmelte er und hatte plötzlich die Gebührentafel in der Hand. Er versuchte wieder, sie zu befestigen. »Ich meine … Marcella verträgt die Pille nicht … sie wird dann so … nervös … und wegen der Figur will sie's auch nicht.«

»Die Metallöse oben rechts ist ausgerissen, das bekommen Sie nicht mehr fest …«, bemerkte Caselli.

»Ach, ja …« Scurzi überlegte einen Moment. »… nicht, daß mich die paar Kilo stören würden …« Er schob die Gebührentafel unter den Beifahrersitz. »Aber diese Möglichkeit fällt schon mal weg … und … mit den anderen Sachen …« Eine Ecke lugte noch hervor. Scurzi gab ihr mit dem Fuß einen Schubs. »… komme ich irgendwie nicht klar … das ist doch auch nichts … vom Gefühl her … passen tun sie auch nicht, na ja … ich bin ja sowieso etwas … stärker gebaut …«, meinte er und legte die Hände in den Schoß.

Der Taxifahrer blickte in den Rückspiegel.

»Das hängt wahrscheinlich mit der Körpergröße zusammen … also proportional … ich bin ja auch sonst ziemlich kräftig und nicht gerade klein.«

»Blödsinn!« mischte sich der Taxifahrer ein. »Ich bin einsfünfundsechzig … und die Nachtfalter unter der Ponte Fascista, da wo ich manchmal hinfahre Samstagnacht … haben gesagt, so was wie meinen haben sie noch nie gesehen … alle miteinander haben sie das gesagt … sogar die mit dem weißen Pelz und der Strumpfhose und sonst nichts an … hat das gesagt, die wo so teuer ist!« prahlte er. »Die habe ich mir mal geleistet zu meinem Sechzigsten … letzten November!«

»Ach ja, die kenne ich …«, sagte Scurzi unbedarft.

»Arrà …!« Nun reichte es! Caselli streckte seine Hand aus, um Scurzi in den Arm zu fallen. Es kam selten vor, daß Caselli ins Sizilianische verfiel.

»Dienstlich!« beeilte sich Scurzi richtigzustellen. »Ich war doch vorher …«

Autos hupten. Die Ampel war auf Grün gesprungen, der Taxifahrer fuhr mit quietschenden Reifen an, schaltete in den dritten Gang und beschleunigte. Kalter Luftzug wehte Caselli entgegen. »Das Fenster … verdammt noch mal!«

Der Taxifahrer schwang eine Hand durch die Luft.

»Mein Gott, jetzt reg dich doch nicht so auf … wenn ich dich erst mal abgesetzt habe, da bin ich vielleicht froh …« Er wandte sich an Scurzi: »Ganz schön gereizt, dein Freund, was? Hat wohl schon lange nicht mehr …« Er grinste und machte eine eindeutige Handbewegung.

Scurzi entfuhr ein Auflacher. »Mi scusi, Commissario«, sagte er sofort.

»Cazzo … Polizia?« Der Taxifahrer blickte in den Rückspiegel.

»Fahren Sie rechts ran!«

»Wieso? Wir sind noch nicht da«, murmelte der Fahrer und rieb sich den stoppeligen Bart.

»Rechts ran!« Caselli sah rot. Das Taxi hielt mit einem Ruck bei Piazza del Popolo, genau vor Rosati.

»Bitte sehr …!«

»Steigen Sie aus! Zeigen Sie die Papiere! Scurzi, Sie bleiben sitzen, damit er nicht wegfährt. Taxinummer 1453, notieren Sie das!«

Der Fahrer zog einen Führerschein aus seiner abgegriffenen Brieftasche und sah unsicher um sich. Caselli umrundete den Wagen und kontrollierte die Versicherungsplakette an der Windschutzscheibe. »Aha, seit zwei Monaten abgelaufen.«

»Ich bin eben nicht dazu gekommen ... Dottore, morgen hätte ich sie verlängert!«

Der Vigile, der in der Via Ripetta das Zentrum absperrte, pfiff in seine Trillerpfeife. Das Taxi stand im absoluten Halteverbot. Caselli winkte ihn energisch heran und hielt seine Polizeimarke hoch, dann warf er einen Blick in den Führerschein. Ein verächtliches Lächeln huschte über sein Gesicht. Der Vigile erreichte den Wagen.

»Sie können hier nicht stehenbleiben ...«, sagte er zum Fahrer.

»Das ist dem seine Schuld!« rief der Taxifahrer und deutete auf Caselli. »Der hat mich genötigt, daß ich hier halte!«

»Mordkommission ...« Caselli hielt dem Verkehrspolizisten seine Dienstmarke unter die Nase. »Mein Mitarbeiter ...« Er wies auf Scurzi, der ausstieg. »Der Fahrer behindert Ermittlungsarbeiten. Ich habe die Fahrzeugpapiere kontrolliert und festgestellt, daß massive Unregelmäßigkeiten vorliegen.«

Der Vigile warf einen geschulten Blick auf Versicherungsmarke und Führerschein.

»Hm, abgelaufen ...«, sagte er und zog seinen Schreibblock hervor. »Das kann Sie die Lizenz kosten. In jedem Fall eine Geldstrafe von 750 000 Lire«, erläuterte er dem Taxifahrer. »Name?« Er nahm das Protokoll auf.

»Valetti, Bruno.«

»Straße?«

»Via Balduina 256«, antwortete der alte Mann mechanisch. Er lehnte sich gegen seine Wagentür und nahm die Schirmmütze ab. »Mamma mia! Ich habe fünf Kinder … das können Sie doch nicht machen! Porca miseria! Meine Frau ist krank, mein Schwiegervater kriegsbeschädigt … und alle essen von dem, was ich heimbringe!« jammerte er. »Signor Vigile … mi dia retta! Morgen erneuere ich alles … gleich um halb acht, da gehe ich hin!«

»Das Fahrzeug wird abgeschleppt. Ihr Führerschein ist abgelaufen. Sie dürfen nicht weiterfahren. Hier, Ihre Durchschrift …« Der Polizist reichte ihm einen Zettel. »Sie können das Fahrzeug morgen vom Parkplatz der Verkehrspolizei in Saxa Rubra abholen, natürlich … nachdem Sie die Geldbuße gezahlt haben. Das machen Sie auf der Post in Via Tuscolana 25, ab acht Uhr dreißig ist dort geöffnet. Nehmen Sie jemand mit, der den Wagen fährt. Ihren Führerschein behalte ich.«

»Santa Madonna Vergine! Ma che me' dice, Vigile, ma abbi pietà!« Der Taxifahrer schlug die Hände vors Gesicht.

Der Verkehrspolizist forderte per Funkgerät den Abschleppwagen an.

»Danke für Ihre Hilfe, buonasera!« sagte Caselli.

Der Vigile nickte. »Keine Ursache, ich tue nur meine Pflicht, Commissario.«

Caselli überquerte die Via Ripetta. Scurzi lief schweigend neben ihm her. »Das trifft ihn hart. Er ist Familienvater …«, sagte er leise.

»Es gibt Grenzen, Scurzi …«, antwortete Caselli, während sie auf den Taxistand vor der Via del Babbuino zugingen.

»Ma perché non ve ne restate a casa … voi Siciliani … brutti mafiosi, che ci avete rovinato l'Italia!« schrie der Taxifahrer ihnen nach, bevor der Vigile ihn zum Schweigen brachte.

Caselli stoppte. Seine Kiefermuskeln traten hervor, und sein Blick wurde finster. Scurzi faßte ihn am Arm. »Kommen Sie, wir wollen doch zum Palazzo Doria-Pamphili. Der Verwalter erwartet uns. Gehen wir die paar Schritte zu Fuß, ja?« sagte er rasch und zog Caselli am Arm mit sich fort. »Wir müssen auch besprechen, was die Spurensicherung sonst noch ergeben hat.«

Sie überquerten den Platz, liefen vorbei an den Doppelkirchen an der Via del Corso und bogen in eine ruhigere Seitenstraße ein.

»Sie können mich jetzt wieder loslassen, Scurzi ...«, sagte Caselli in der Via del Babbuino. Der Sergente nahm augenblicklich die Hand weg. Caselli strich sich den Ärmel glatt. »Kommen Sie, ich lade Sie ein ...«, sagte er und schwenkte in die Bar, an der sie vorbeiliefen.

»Cappuccino?« fragte er freundlich.

Scurzi nickte. Caselli ging an die Kasse. »Due Cappuccini!«

»Und ein Cornetto ...«, rief Scurzi.

»Ehm ...« Er fingerte in seiner Jackettasche nach Lirescheinen. Caselli hob die Hand. »Ich sagte doch ... ich lade Sie ein!« Er nahm den Kassenbon in Empfang und stellte sich an die Theke.

»Hmm, mit Vanillefüllung«, bemerkte Scurzi, nachdem er in sein Hörnchen gebissen hatte. Dann nahm er eine der winzigen Papierservietten aus dem Metallspender und wischte sich über den Mund. »Also, ich habe mit dem Verwalter der Galleria Doria-Pamphili, Signor Castagnati, gesprochen ... die Familie ist zur Zeit in Genua. Aber Signor Castagnati kann uns weiterhelfen. Er erinnert sich genau an die Restaurateurin. Er sagt, die Bellucci habe das Bild gegen halb acht Uhr in den Palazzo gebracht. Nachdem die Formalitäten erledigt waren, baten Principessa Marina Doria-Pamphili und ihr Mann die Restaurateurin, zum Abendessen zu bleiben. Sie blieb. Signor Castagnati hat mir zugesagt, er würde sich bei der Principessa erkundigen, wann die Bellucci gegangen ist ...« Scurzi schob den letzten Bissen Hörnchen in den Mund, säuberte seine Finger und warf die Serviette in den Papierkorb.

»Ausgezeichnet«, lächelte Caselli. »Dann können wir ja gespannt sein, was Signor Castagnati uns zu berichten hat.«

7

Alessia saß auf den kalten Stufen und zog mit der Fußspitze das Muster der abgetretenen Majolikafliesen am Boden des Treppenabsatzes nach. Der Aufzug begann zu rumpeln. Jemand hatte im Parterre den Knopf gedrückt, die Kabine glitt abwärts. Die Ellenbogen auf die Knie gestützt, Hände unter dem Kinn verschränkt, saß sie und wartete. Die Laterne links neben ihr gab wenig Licht. Hinter dem achteckigen, messinggefaßten Glassturz glomm eine staubige Glühbirne. Sie war auf einen Stab montiert, der weißgrün gestrichen war und einem venezianischen Gondelmast glich. Schräg lehnte er am Geländer und gab dem heruntergekommenen Flur, der keine Reinigungsordnung kannte und dessen blaßblaue Wandfarbe abgeblättert war, eine exotische Note, die Alessia sonst immer gefiel. Aber nun war sie durchgefroren, von der Autofahrt aus Florenz erschöpft und wartete seit fast einer Stunde. Die Aufzugkabine glitt herauf und kam zum Stehen. Alessia beobachtete die Tür. Pierluigi Crasso öffnete das Schutzgitter. Er trug einen hellgrauen Maßanzug aus glänzendem Stoff, der Burberry hing über dem Arm. Die Krawatte war dezent gestreift, und der Hemdkragen saß zu eng. Der Bankier war ständig auf Diät, aber es nützte nichts. Es waren zwar nur zwei oder drei Kilo, die er loswerden mußte, um wieder perfekt in Form zu sein, aber er schaffte es einfach nicht, was Alessia sonst immer liebenswert fand.

»Entschuldige! Signora Peltrami-Barnhaus hatte ihren Anschlußflug verpaßt … sie kam erst vor knapp einer Stunde. Seit ihrer Scheidung lebt sie in Südfrankreich und kommt nur noch selten nach Rom.«

Alessia lümmelte auf dem Ellenbogen, Knie zusammengedrückt, Füße nach außen gedreht, und machte keine Anstalten aufzustehen.

»Willst du mir keinen Kuß geben?«

Crasso durchsuchte die Taschen des Trenchcoats nach den Schlüsseln. Alessia stand auf.

»Hier ist es schweinekalt…«, sagte sie muffig und verschränkte die Arme vor dem Körper. »Ich bin dir nicht mal einen Schlüssel wert«, maulte sie und trat ungeduldig von einem Fuß auf den anderen, während Crasso aufschloß. Alessia hörte, wie die verschiedenen, innen an der Tür angebrachten Sicherheitsriegel zurücksprangen. »Ein langweiliger Banktresor ist das … kein Ort, an dem fröhliche Menschen lauten Sex haben«, sagte sie verdrossen.

»Ssst!« Crasso knipste das Licht an. »Würdest du bitte etwas leiser sein…« Er ging zur Terrasse und zog die Jalousie hoch. Die Nachmittagssonne schien sanft durch die vorhanglose Fensterfront. »Jetzt kannst du das Licht wieder ausmachen«, sagte der Bankier und lockerte seine Krawatte.

Alessia blieb an der Tür stehen und drückte auf den Schalter. Das Mobiliar des zwanzig Quadratmeter großen, frisch renovierten Raums war eine mit großblumigem Chintz überzogene Klappcouch, ein Stuhl und ein Telefonapparat auf dem Fußboden.

»Hilfst du mir mal?« fragte Crasso, während er seine Schnürsenkel öffnete.

Sie faßte mit an, die Couch zu einem Bett auseinanderzuklappen, irgend etwas klemmte, und Alessia rüttelte ungeduldig am Rahmen.

»Schatz, da unten den kleinen schwarzen Hebel … unten rechts … den mußt du runterdrücken.«

»Wieso muß dieses Ding jedesmal zusammengeklappt werden! Kannst du mir das mal erklären?« rief Alessia wütend und gleich darauf schossen ihr Tränen in die Augen. Metallfedern krachten und schnappten ein.

»Na bitte!« meinte Crasso und knöpfte sein Hemd auf.

Alessia wischte sich mit dem Handrücken über die Nase.

»Was ist denn?« fragte der Bankier und umrundete die Couch. »Alessia, was ist denn los?« Sie umarmte ihn und schluchzte.

»Was ist, hm?« fragte er zärtlich und zog sein Hemd unter ihrem Kinn weg.

»Aua!«

»Entschuldige, Schatz, weißt du ... Wimperntusche hält besonders gut auf Hemden ... und ich habe nachher noch eine Besprechung.«

»Ach!« Sie machte sich los, lief ans Fenster. Die Nachmittagssonne tauchte die Dächer Roms in goldenes Licht, auf den Dachterrassen blühten in Tontöpfen die ersten Azaleen.

»Ich komme gleich ...«, hörte sie Crasso aus dem Badezimmer rufen, und dann rauschte der Wasserhahn. Als er wiederkam, hatte sein Hemd einen großen Wasserfleck. In der anderen Hand hielt er einen Fön. »Das haben wir gleich ...«, meinte er zuversichtlich. Alessia beobachtete ihn mißmutig. Crasso räusperte sich und zog verschämt sein Hemd über. Seine olivfarbene Haut war makellos und sein Oberkörper für einen Bankier ganz ordentlich, nicht muskulös, aber in keiner Weise abstoßend. Doch der Zentimeter Rettungsring, der sich über seinen Krokogürtel wölbte, war ihm peinlich, das wußte sie. »So kann ich mich nicht präsentieren ... halb angezogen!« hatte er einmal gesagt. »Entweder nackt oder ordentlich gekleidet, dazwischen gibt es für mich nichts.« Also schlüpfte er in den nassen Ärmel, strich das Hemd glatt, und Alessia nahm es mit einem Seufzer hin.

»Was hast du nur, Schatz ...?« Er steckte das Kabel in die Steckdose neben dem Telefonanschluß und blickte Alessia aufmerksam an. Alessia kannte diesen Blick. Sie sollte wissen, daß er ihre Probleme wichtig nahm. Wenn er wollte, daß sie sich sicher und verstanden fühlte, sah er sie immer so an.

»Also ...«, begann sie, atmete tief ein und schob sich eine Strähne aus dem Gesicht.

Crasso schaltete den Fön an, hielt den Arm ausgestreckt und wedelte den heißen Luftstrahl über den feuchten Stoff. »Gibt es Probleme zu Hause?« rief er.

»So ähnlich ...«, sagte Alessia. Sie blickte zur Decke und suchte nach Worten. »Ugo Terracini ist ermordet worden ...!«

»Muß ich ihn kennen?« Crasso setzte den Fön seitlich unter dem Hemd an.

»Er war der Liebhaber von Lavinia und Lucrezia ...!«

»Sie ist deine Mutter, Alessia, warum nennst du sie nicht ...!« Pierluigi Crasso schaltete den Fön aus. »Was hast du gesagt?« Es schien, als würde er blaß unter seiner olivfarbenen Haut. Er strich sich mit seiner zierlichen Hand über den dunklen Schnurrbart. Alessia musterte ihn. Er wirkte wie ein Süditaliener, obwohl er ausnehmend stolz darauf war, daß seine Familie seit Generationen eines der ersten Bankhäuser der Ewigen Stadt leitete. Er hatte die besten Schulen besucht, gehörte dem Herrenclub der hundert erfolgreichsten Geschäftsmänner Italiens, *Club Canova,* an und war Mitglied im römischen Golfclub. Erst vor geraumer Zeit hatte er sich eine Achtmeteryacht geleistet, die nun in einem kleinen Hafen auf Elba, wenig benutzt, dümpelte. Er hatte gesagt, er würde sie nach Fregene überführen lassen. Dann käme er öfter mal zum Segeln und sie könne mitkommen. Segeln hatte Alessia in England gelernt, und sie war stolz darauf, daß sie es gut konnte. Aber wahrscheinlich waren das nur leere Versprechungen. Er würde sein Boot nicht überführen lassen. Und er würde sich niemals von Lucrezia trennen. Es würde sowieso nie etwas werden mit ihm und ihr, dachte Alessia mutlos.

»Was hast du gesagt?« wiederholte er und kam auf Alessia zu.

Sie wich zurück, lehnte sich gegen den Heizkörper unter dem Fenster und verschränkte die Arme vor der Brust.

»Er ist tot«, sagte sie. »Er wurde ermordet, und ich bin die letzte, die ihn lebend gesehen hat. Wir hatten ein Picknick im Garten der Galleria Spada, im Säulengang von Borromini … er hatte eine Nachtigall mitgebracht und wir sprachen über Byron …« Sie hielt sich die Hand an ihr Gesicht und weinte, und dabei wurde ihr schlagartig bewußt, daß es weniger aus Schmerz über Ugo Terracinis Ableben war, als aus Traurigkeit darüber, daß sie und Crasso nie eine Zukunft haben würden.

»Hast du auch?« fragte Crasso.

Alessia schüttelte den Kopf. »Sonst hast du nichts zu fragen?« schluchzte sie auf. »Nur das interessiert dich? Nein, ich habe nicht …« Sie brach ab, atmete angestrengt aus und wischte die Tränen weg, die ihr über das Gesicht rannen.

»Komm her, mein Schatz …«, sagte Crasso zärtlich und zog sie an sich. Alessia schob das Hemd von seiner Schulter, dann klammerte sie sich an ihn. »Es ist alles so furchtbar …«, sagte sie. »Halt mich fest!«

*

»Tut mir leid, Commissario ... da muß ein Mißverständnis vorliegen. Der Verwalter sagte, er wäre um halb fünf hier in seinem Büro. Ich weiß auch nicht, warum er jetzt nicht da ist ... der Pförtner hat keine Ahnung, er sagt, Signor Castagnati habe vor einer halben Stunde den Palazzo verlassen und nichts gesagt. Er weiß nicht, ob und wann er heute noch mal in die Galerie kommt ...«, seufzte Scurzi und machte ein ratloses Gesicht.

»Da kann man nichts machen ...« Caselli stand auf. »Ich glaube, es hat keinen Sinn, daß wir länger warten, hm?« fügte er hinzu, und Scurzi nickte. »Lassen Sie uns kurz überlegen, wie wir weiter vorgehen ...«, sagte Caselli. »Castagnati übernehmen Sie, morgen ...«, entschied er. »Ich werde Signora Lucrezia aufsuchen.«

»Sie glauben, die Töchter scheiden als Tatverdächtige aus?«

»Ich bin mir so gut wie sicher, daß beide die Wahrheit sagen. Und was denken Sie?«

»Ich bin Ihrer Meinung, Commissario.«

»Trotzdem möchte ich, daß sie noch mal mit Lavinia sprechen. Wie sie zu Terracini stand und so weiter. Sie kennt bestimmt auch seinen Freundeskreis ... die Leute, mit denen er zu tun hatte. Bohren Sie da mal ein bißchen nach. Der Mörder könnte auch ein Außenstehender sein ... oder jemand aus Terracinis Vergangenheit. Ich möchte mich nicht zu sehr auf die Lantes fixieren und ... dabei etwas Wichtiges übersehen.«

»Genau ... Commissario.«

»Der Contessa traue ich keinen Mord zu, obwohl sie ein Motiv hätte ... Eifersucht, verletzter Stolz ...«, überlegte Caselli.

»Oder ihr Lebensgefährte ... ist ausgerastet ...«, sagte Scurzi. »Aber dann paßt der griechische Chor nicht und die Inszenierung vor dem Bild. Nein, das paßt nicht ... ich finde auch, daß wir mehr in Richtung Schauspielermilieu ermitteln sollten.«

»Ihr Lebensgefährte?« fragte Caselli hellhörig.

»Marcella sagt, sie ist mit dem Bankier Pierluigi Crasso zusammen. Sie wissen schon, Istituto Bancario Monte Pascoli. Zumindest ist er an ihrer Seite auf Pressefotos von Benefizveranstaltungen und Premieren ... na ja, eben den kulturellen und gesellschaftlichen Ereignissen hier in Rom.«

»So?« Caselli hob eine Augenbraue.

»Marcella liest *Gente*«, erläuterte Scurzi. »Da steht alles drin.«

Caselli nickte. Er kannte das Regenbogenblatt. Dora hatte es immer gelesen am Strand. Wenn sie eingeölt mit einem Kopftuch auf dem Haar und hinter einer Sonnenbrille versteckt in einem Liegestuhl gesessen hatte, im Sommer am Meer, in dem lauschigen Fischerort Sampieri.

»Vielleicht sollte man ihn abklopfen, routinemäßig, wer weiß ...«, riß sich Caselli aus seinen Gedanken. »Was ist eigentlich mit Terracinis Familie, Eltern, Geschwister?«

»Da habe ich noch nichts.«

»Hm ... und der Freund von Ugo Terracini. Wie hieß der noch gleich?«

Scurzi holte seinen Notizblock aus der Jackentasche. »Dario Crisostomi ... wohnt in Trastevere, Vicolo del Cedro 23. Arbeitet als Maskenbildner im Teatro Argentina, seit kurzem. Terracini hat ihn eingeschleust. Vorher war er am Opernhaus ...«, las er ab.

»Hat er ein Alibi?«

»Er hatte Dienst.«

»Wann ist da Schluß?«

»Die Vorstellung ging bis halb eins.«

»Und war er bis halb eins dort?« hakte Caselli nach.

Scurzi senkte den Kopf und preßte die Lippen aufeinander. »Da muß ich noch mal nachfragen.«

»Gut, tun Sie das. Ich werde morgen Signora Vicenti aufsuchen und dann schaue ich bei Dario Crisostomi vorbei ... mal sehen, was er mir erzählt. Wie hat er denn reagiert, als Sie ihm die traurige Mitteilung machten?«

»Hm ...« Scurzi kratzte sich am Kopf und überlegte. »Gefaßt, würde ich sagen ...« Er sah auf die Uhr. »Commissario, ich müßte dann ...«

»Ja, ja ... Schichtwechsel in der Pförtnerloge in der Via Paisiello, nicht wahr?«

Sergente Scurzi nickte.

»Gehen Sie nur ... ich komme auch gleich mit«, sagte Caselli. »Wir haben ja alles besprochen ... wie geht's dem kleinen Giacomino?«

»Wird schon ...«, sagte Scurzi.

»Na, sehen Sie ...« Caselli zog seinen Trench über.

»Ich nehme ein Taxi. Soll ich Sie auf der Piazza Farnese absetzen?« bot Scurzi an, als sie den quadratisch angelegten Arkadenhof des Palazzo Doria-Pamphili durchquerten.

»Aber nein ... das ist doch gar nicht Ihre Richtung ... ich laufe ein paar Schritte.«

*

Caselli genoß den Spaziergang. Der Frühlingsabend war mild, und die Geschäfte im Zentrum hatten noch geöffnet. Er schlenderte die Via del Corso hinunter, bog am Lago Chigi ab, ließ die rege Piazza San Silvestro links liegen und bog schnurstracks in die Via del Gambero, um dort ausgiebig die Auslagen seines Herrenausstatters zu mustern. Dann schwenkte er, rechts, in die Via Borgognona und gelangte nach ein paar Schritten zur Piazza di Spagna. Die

Trintà dei Monti leuchtete in mediterranen Farben in der Abendsonne, und über dem Obelisken strahlte blauer Himmel. Er ging an der Fontana della Barcaccia vorbei und stellte sich vor die Fenster von Missoni, wo er gern mal einen buntgestrickten Cardigan erworben hätte.

In diesem Moment fiel ihm Alessia wieder ein. Sie hatte ihn überrascht, das mußte er zugeben. Er glaubte, sie einschätzen zu können, nach dem Abendessen im Borgo San Jacopo und dem Ausflug in die Uffizien. Er hätte ihr nicht zugetraut, sich aktiv sozial zu engagieren. Er prüfte seine eigene Einstellung und kam zu dem Schluß, daß er das nicht könnte. Kranke und behinderte Menschen taten ihm leid, aber er hatte keine Ahnung, was er tun sollte, ihnen zu helfen. Natürlich hieß es, man solle sich ganz normal verhalten, aber in der Praxis sah das anders aus. Da hieß es zupacken. Caselli hatte seinen bettlägrigen Großvater versorgt. Die Erinnerung an gewisse Vorfälle trieb ihm manchmal noch die Schamesröte ins Gesicht. Auch Vögeln mit gebrochenem Flügel konnte er nicht helfen. Er gehörte nicht zu den Jungs, die tüchtig eine Schiene bastelten. Gott sei Dank war er, was Leichen anging, abgehärtet. Doch solange ein Lebewesen litt, litt er mit und fühlte sich machtlos. Caselli ging die langgezogene Via del Babbuino mit ihren Antiquitätengeschäften hinunter. Am leise plätschernden, moosüberwucherten Sileno-Brunnen, vor dem Zeitungsstand, überquerte er die Straße und schaute nach links in die Via dei Greci. Im Gegenlicht der tief in die Gasse einfallenden Sonnenstrahlen trat ein Paar aus einem Palazzo: ein nicht sehr großer, eleganter Italiener und ein junges Mädchen mit roten Haaren, das einen Dufflecoat über dem Arm hielt. Caselli zuckte zurück. Im überdachten Eingang des Silberwarengeschäfts an der Ecke wartete er, bis das Paar vorbeikam. Er hatte sich nicht getäuscht. Es war Alessia Lante della Quercia. Sie hatte sich bei ihrem Begleiter untergehakt und drückte ihm einen Kuß auf die Wange. Sie unterhielten sich leise. Caselli umrundete den Pfeiler des Portikus und verbarg sich hinter dem Eingang. Er spürte einen Stich in der Herzgegend und blickte den beiden lange nach.

*

Alessia balancierte vorsichtig ein Tablett.

»Du hättest Concetta schicken können ... gib her, ich bringe es Mutter ...« Lavinia nahm ihrer Schwester das Silbertablett aus der Hand und ging den Korridor hinauf. Alessia blickte durch die Glasfront. Hinten aus den Flügeltüren zur Dachterrasse leuchteten die Sterne und die Lichter der Ewigen Stadt. Das Telefon schrillte. Sie sah den Gang hinunter, dann ging sie an den Apparat. Wer rief so spät noch an?

»Pronto?«

»Ah! Ciao cara, hier spricht Avvocato Verbiani. Wie geht es dir, Alessia? Alles in Ordnung?«

»Ja, danke ... Sie möchten sicher mit Mutter sprechen. Sie hat sich hingelegt. Sie hat Migräne.«

»Mein Kind, ich insistiere ungern, aber es ist wirklich dringend«, beharrte Verbiani.

»Avvocato, ich stelle Sie auf den anderen Apparat, ja?« Alessia drückte eine Taste und legte auf. Einen Augenblick kämpfte sie mit den Tränen, dann ließ sie den Kopf hängen und ging den Korridor hinauf. Aus der Küche hörte sie das Klappern von Tellern und Töpfen. Concetta räumte die Spülmaschine aus. Sie ging immer spät. Alessia blickte in den engen Raum. Vor dem Hocker, auf dem sie meistens saß, stand eine dampfende Tasse Kakao. Alessia lächelte ein bißchen und wischte sich mit dem Handrücken über die Wange. Sie kam sich dumm vor, schließlich war sie kein kleines Kind mehr, das losheulen konnte, wenn ihm gerade danach war. Es schien ihr, als hätte sie ihre Kindheit nur dank Concettas Kakao überstanden. Immer wenn sie mit Lavinia gestritten, sich zurückgesetzt und allein gefühlt hatte, stand in der Küche eine Tasse bereit. Nie hatte Concetta ein Wort verloren oder Partei ergriffen, aber Alessia hatte gespürt, daß die alte Zugehfrau auf ihrer Seite war und sie mochte. Sie setzte sich auf den Hocker, doch dann ging sie, später wußte sie nicht recht, weshalb, zurück zum Telefon und nahm den Hörer auf.

»Es tut mir leid, aber die Sache duldet keinen Aufschub ...«, hörte sie Verbianis Stimme. »Unser Einbrecher ist auf freiem Fuß. Schon bei der Verlegung von der U-Haft ins Gefängnis ist er geflohen. Niemand versteht, wie das passieren konnte, aber er ist weg! Ich habe es erst jetzt erfahren.«

Alessia hörte einen dumpfen Schlag und Verbianis Ruf: »Lucrezia!?« Alessia warf schnell den Hörer auf die Gabel und sah den Korridor hinunter. Die Contessa stürzte ins angrenzende Bad. Offenbar mußte sie sich übergeben.

8

Es war Samstag und Caselli war der Einladung zur Tauffeier von Scurzis Jüngstem gefolgt. Er teilte ein Stückchen von der Sachertorte, schob die Gabel in den Mund und begann vorsichtig zu kauen. Er wartete auf das Ziehen, das ihn so lange begleitet hatte, aber da war nichts. Caselli nahm noch ein Stück, kaute auf der anderen Seite, wieder nichts. Seine Miene hellte sich auf. Seine Zähne waren saniert. Der schmerzhafte Zahnarztmarathon, der ihm während des vergangenen halben Jahres zugesetzt hatte, war endlich vorbei. Das nächste Stück hatte stattliche Ausmaße.

»Na, immer noch Zahnweh?« fragte Scurzi.

»Nein, alles bestens!« antwortete Caselli und hob seinen Teller ein wenig höher. Er war in Bestform, wäre da nicht der lästig pochende verletzte Finger gewesen, den er abspreizen mußte, um die Gabel zu halten.

»Gratuliere, Commissario! Ich hab schon gedacht, Ihr Zahnarzt wird überhaupt nich' mehr fertig!« rief Scurzi, wobei er den Mittelteil des Satzes lauter sprach, dann absackte und gegen Ende zu nuscheln anfing. »Sie waren ja ständig überreizt ...!«

»Überreizt?« wiederholte Caselli.

»Na, was war denn neulich im Taxi ... und überhaupt dauernd ...!« setzte Scurzi trotzig nach. Caselli musterte ihn von oben bis unten. Der Sergente hatte zweifellos einen über den Durst getrunken. Marcella kam auf sie zu und Casellis Blick hellte sich auf. Sie hielt den Täufling, und die hellblauen Bänder des Taufkleids umspielten ihre kräftigen Arme.

»Commissario!«

»Signora ...«, lächelte er.

Marcella trug ein helles Etuikleid, die Jacke hatte sie ausgezogen, ihr dunkelbraunes Haar war hochgesteckt, und sie wirkte sehr attraktiv.

»Er is' mit'm Zahnarzt fertig!« teilte Sergente Scurzi seiner Frau mit.

»Steht Ihnen ausgezeichnet ... die Frisur.«

»Ja?« Marcella strahlte. »Eine Cousine von mir ist Friseuse. Sie kam heute früh ... und hat mir die Haare gemacht.«

Scurzi hielt den Blick starr auf den Commissario gerichtet. »Mir is' so komisch.«

Marcella beachtete ihn nicht weiter. Caselli zog eine Augenbraue hoch.

»Sie haben es überstanden! Ach, Commissario, da sind Sie froh, nicht?«

»Und wir erst!« Scurzi schob das Kinn vor und trank noch einen Schluck. »Aber jetzt ... jetzt hat er Probleme mit ...« Er brach ab, stützte sich am Tisch ab und verzog das Gesicht. »Ich glaub, mir wird schlecht.«

Der Täufling quengelte. Marcella knuddelte ihn. »Ach, jetzt geht es dem Commissario wieder gut und er ist nicht mehr dauernd so überreizt, wie dein Papà immer sagt ... gell, Giacomino!«

»Also ...«, begann Caselli.

»Jetzt hat er Probleme ... mit der Steuerbehörde ...«, beharrte Scurzi, »... und das sieht schlecht aus ... ganz schlecht!«

Caselli sah irritiert zu ihm hinüber. Was wußte denn Sergente Scurzi über seine Steuerangelegenheiten?

Scurzi hielt sich die Hand auf den Magen. »Ganz schlecht ...!« nuschelte er und nickte.

»Wie gefällt Ihnen mein Jüngster, Commissario?« warf Marcella mit einem kurzen Seitenblick auf ihren Mann ein.

»Ist er nicht schon richtig kräftig? Dabei war er viel zu früh dran, ganze zwei Monate, hm ... mein Goldstück?« Giacomino nuckelte an ihrem kleinen Finger.

»Ja, ein reizender Bub ... meine Glückwünsche!« sagte Caselli.

Scurzi kniff die Augen zusammen und grinste über das ganze Gesicht.

»War doch schön in der Kirche, nicht?« fuhr Marcella fort. »So feierlich mit der Orgel ... und das herrliche Wetter! Mamma sagt, an der Appia blühen die Mimosen ... ach, da drüben ist sie ja ... also, Raffaele ... ich weiß gar nicht, was du immer hast ... er ist doch gar nicht überreizt!« sagte sie im Vorbeigehen zu ihrem Mann.

»Sagen Sie mal, Scurzi ...«, begann Caselli. Sergente Scurzi kämpfte mit einem Schluckauf und setzte sich auf einen Stuhl. Caselli beobachtete, wie Marcella den Säugling ihrer Mutter in den Arm legte und ans Büfett ging. Dann kam sie mit einer Espressotasse in der Hand wieder. Caselli hielt es für besser, sich zurückzuziehen, und stellte die Frage, woher Scurzi über seine Steuer Bescheid wisse, zurück. Er ging zum Büfett mit den verlockenden Pasteten und Salaten. Er hörte noch, wie Marcella hinter ihm die Untertasse auf den Tisch knallte, daß das Porzellan nur so schepperte.

9

Am Montag saß Caselli bis mittags allein im Büro in der Questura.

Der rührige Familienvater Scurzi ging nach wie vor seinen Nebenbeschäftigungen nach. Die Gehaltsaufbesserung hatte nichts genutzt, und Caselli war verärgert. Er hatte sich für den Sergente eingesetzt, und das Resultat war gleich Null. Sicher, er mochte ihn und auch seine Marcella. Wenn der Junge sich ins Zeug legte, brachte seine Arbeit ja tatsächlich ganz ordentliche Ergebnisse, aber das war allzu selten der Fall. Caselli hatte es satt, andauernd auf Scurzi warten zu müssen. Im Grunde war die Situation untragbar – für einen Rechtsstaat! Nun, vielleicht verlangte er zuviel, der Fall lag kaum vier Tage zurück, die Ermittlungen standen noch am Anfang.

Dann ging die Tür auf, und Scurzi kam herein, gefolgt von Signorina Flavia. Sie trug einen knielangen schwarzen Rock und einen weichen schwarzen Pullover. »Wie läuft es beim Mordfall Terracini?« fragte sie scheinbar höflich interessiert und legte Caselli eine Aktennotiz auf den Tisch.

»Das wüßte ich auch gern.« Caselli registrierte mit Genugtuung, daß Scurzi schuldbewußt den Kopf einzog.

»Verdacchiano bittet Sie, in sein Büro zu kommen ...«, fügte Flavia wie nebenbei hinzu und hatte schon die Klinke in der Hand.

»Ach, Signorina ...?« Caselli stand auf und steckte die Hände in die Hosentaschen. »Es tut mir leid ... das mit Ihrer Mutter ... mein aufrichtiges Beileid.«

«Ja, auch von mir ...«, setzte Scurzi hinzu. »Ich habe es gerade erfahren, als ich ins Büro kam.«

»Danke.« Flavia schloß lautlos die Tür.

»Wie lange soll das eigentlich noch so weitergehen?« Caselli ging ans Fenster. Er lehnte sich gegen den Heizkörper und fixierte Scurzi eindringlich.

Scurzi sah auf. »Was denn?«

»Sie wissen ganz genau, wovon ich spreche! Wofür, denken Sie, habe ich Ihnen die Gehaltserhöhung verschafft!«

»Aber, Commissario ... ich habe heute morgen ... zeitig, die Contessa Lavinia Lante della Quercia befragt ... und dann, nur ganz kurz ... in der Bar an der Piazza Cavour vorbeigeschaut ... ein Notfall ... mein Cousin hatte angerufen. Die Aushilfe ist krank.«

»Na gut ... warum haben Sie das nicht gleich gesagt!« Caselli nahm die Aktennotiz von seinem Schreibtisch. Es war ein internes Rundschreiben über PC-Schulungen.

»Ich halte mich lieber zurück ... wo Sie doch immer gleich gereizt reagieren ... in letzter Zeit!«

»Verdammt noch mal!« Caselli warf das Zirkular in die Ablage und umrundete seinen Schreibtisch. »Ich bin nicht gereizt! Aber so können wir hier nicht arbeiten, so geht das alles nicht!« Caselli war es mittlerweile gleichgültig, ob er sich lächerlich machte, und ließ seiner Laune freien Lauf. »Merken Sie sich das!«

Scurzi zog sich hinter seinen Drehstuhl zurück.

Die Tür ging auf und Ruggiero di Verdacchiano streckte den Kopf herein. »Na, geht mal wieder Ihr sizilianisches Temperament mit Ihnen durch, Caselli? Kommen Sie doch mal in mein Büro.«

»Ja, gut ...« Caselli beherrschte sich. Sein Vorgesetzter wartete in der Tür. »Jetzt gleich?« fragte Caselli und hatte seinen Ton noch immer nicht ganz im Griff.

»Überreizt, hm?« bemerkte Verdacchiano süffisant.

Scurzi setzte schon an, doch Casellis Blick war Warnung genug. Scurzi zog den Kopf ein und schwieg.

»Liegt wohl am Wetter, bei Ihnen da unten in Sizilien blühen ja jetzt die Orangenbäume, schön muß das sein ... vielleicht fahre ich auch mal runter, nächsten Sommer ... Palermo, die Perle des sizilianischen Barock, aber man muß aufpassen, daß einem keine Kugeln um die Ohren pfeifen, sonst bleiben einem die Canoli im Hals stecken, nicht wahr?« Verdacchiano lachte künstlich. »Also kommen Sie?« fügte er jovial hinzu und ging schon vor. Caselli atmete tief durch.

*

Caselli schloß die Tür und wartete. Ruggiero di Verdacchiano ging hinter seinen mächtigen Mahagonischreibtisch und setzte sich in den massigen Drehsessel mit dunkelblauem Leder. »Tja, Caselli ...«, sagte er und ruckte ein wenig an seinen Akten. »Sie haben das ja gehört, mit der ... Polidori, also, Signorina Flavia. Ihre Mutter ist dahingeschieden, traurige Sache ...« Er blickte auf. »Ich habe da gewisse Verpflichtungen, als ihr Chef und ...«

Er räusperte sich. »Organisieren Sie einen Kranz ... irgendwas Grünes mit einer schwarzen Schleife ... und breiten Goldlettern: *Vice-Questore Ruggiero di Verdacchiano und Mitarbeiter der Mordkommission Centro, in stiller Anteilnahme* ... oder so ... und gehen Sie zur Beerdigung ... die ist am Sonntag auf dem Cimitero Flaminio ...« Er sah auf eine Notiz. »... 17 Uhr, Halle 7B ... ich kann da nicht.«

*

Nachdem Caselli in sein Büro zurückgekehrt war und die Tür geschlossen hatte, begann Sergente Scurzi unverzüglich mit seinen Ausführungen. »Also, Lavinia Lante della Quercia hat Terracini durch ihren Bruder Aurelio Lante della Quercia kennengelernt.«

Caselli steckte den Zettel mit dem Beerdigungstermin in seine Brieftasche. »Aurelio Lante delle Quercia ...«, fuhr Scurzi fort.

»Herrgott noch mal ... Sergente, müssen Sie denn immer den ganzen Titel sagen ... wir wissen doch, um wen es geht!«

Scurzi preßte die Lippen aufeinander. »Das gehört sich so ... aber bitte, wenn Sie darauf bestehen ...« Er hob die Hand. »Wo Sie doch in letzter Zeit ...«

Ein Blick genügte, und Scurzi verkniff sich weitere Bemerkungen. »Also ... Aurelio ...«, setzte er noch einmal an, wobei es ihm sichtlich hart ankam, den Titel wegzulassen.

Caselli schob die Brieftasche in sein Jackett und schüttelte den Kopf.

»Aurelio jobt als Fechtlehrer neben der Uni ... im Centro Sportivo Tevere, und Terracini hat dort Unterricht genommen. Für die Rolle. Lavinia ...« Scurzi stockte wieder. Caselli wandte die Augen zur Decke.

»Lavinia ... hat sich in ihn verliebt ... kurze Sache ... es ist bei einem Mal geblieben.«

Caselli schob seinen Stuhl zurecht und setzte sich. »Wirkte sie wütend, verbittert oder rachsüchtig?«

Scurzi schüttelte den Kopf. »Den Eindruck hatte ich nicht. Sie ist sehr rational ... ich glaube, das einzige, wofür sie sich wirklich interessiert, ist, daß sie ihr Studium der Kunstgeschichte mit summa cum laude abschließt ... ja, was noch?« Scurzi kratzte sich am Kopf.

Caselli hatte sich zurückgelehnt und spielte mit einem Kugelschreiber, den er quer hielt und hin- und herwippte.

»Ah, ja ... Lavinia kann ihre Stiefschwester, Alessia ...« Diesmal kam ihm der Name ganz leicht über die Lippen, fiel Caselli auf. »... nicht ausstehen, dafür vergöttert sie Aurelio ... ihren Bruder.« Scurzi setzte seine Tasse ab.

»Terracinis Freundeskreis kannte sie nicht, aber sie hat mir die Adresse seines Schauspiellehrers gegeben, sie wollte da mal hin, um ihre Referate zu verbessern, rhetorisch ... dialektisch.« Scurzi griff zum Telefon. »Auch noch einen?« fragte er und deutete auf die Cappuccinotasse.

Caselli nickte. »Aber ... lieber einen Espresso, einen doppelten ... und eine Flasche Mineralwasser. Was ist eigentlich mit Terracinis Familie?«

»Da habe ich noch nichts ... Tramezzini?« schob Scurzi nach.

»Immer noch nicht?« Caselli sah auf die Uhr. »Ach, schon wieder so spät?« Er bog den Rücken über die Stuhllehne und streckte sich. »Machen Sie ruhig Mittag ... Scurzi!«

»Ach ... bleiben wir lieber dran, Commissario ... morgen früh wird es bei mir ein wenig schwierig ... ich sagte, ja ... die Aushilfe, die mein Cousin jetzt beschäftigt ... hat die Grippe.«

»Aber bei der Müllabfuhr ist alles in Ordnung?«

»Ja, danke. Pronto? Ecco, sono Scurzi ... un'attimo, eh!« Er legte die Hand auf den Hörer. »Mit Thunfisch und Tomaten, wie immer?« rief er über den Tisch.

Caselli ruckte seinen Stuhl gerade und goß den letzten Schluck Mineralwasser in sein Glas. »Ja, alles wie immer ...«, wiederholte er. Caselli spürte eine Mischung aus Machtlosigkeit und Resignation hochsteigen, ein Gefühl, das ihm über alle Maßen zuwider war. Bei dieser römischen Vetternwirtschaft hätte er gleich in Sizilien bleiben können, statt sich nach Rom versetzen zu lassen und sein Privatleben zu ruinieren.

»Ich vernehme jetzt die ›Contessa‹!« rief er kurzentschlossen und stand abrupt auf.

»Und ich komme morgen so gegen Mittag ...«, erinnerte ihn Scurzi.

»Ja, ja.« Caselli schlüpfte in seinen Trench.

»Ach, Commissario ... da war ein Anruf für Sie ... als Sie bei Verdacchiano waren ... Signor Granucci von der Steuerbehörde im EUR, der hatte neulich schon mal angerufen, da waren Sie gerade in Florenz. Sieht nicht gut aus ...«, fügte Scurzi hinzu.

Caselli sah Scurzi durchdringend an. »Was soll das heißen?«

»So wie die Dinge liegen, kriegen Sie bald ziemliche Schwierigkeiten.«

»Können Sie mir mal verraten, woher Sie das wissen wollen?«

»Luigi sagt ... der Beamte, der Ihre Sache bearbeitet, ist ...« Scurzi klopfte sich demonstrativ an den Schädel. »... ein harter Knochen, wie man so sagt ... einer der alles ganz genau nimmt. Und Sie haben die Abgabefrist überschritten, Commissario, zweimal ... also, eigentlich einmal, aber beim zweiten Mal, haben Sie das falsche Stempelpapier genommen, 6000 statt 11000 Lire ... somit ist der Antrag nichtig. Da sind die pingelig.«

»Und wer ist dieser Luigi?« fragte Caselli, ein Ausbund an Selbstbeherrschung.

»Das ist ein Schwager von Marcellas Cousin, dem ... der die Autowerkstatt hat ... an der Via Tuscolana ... Luigi arbeitet in der Finanzbehörde an der Kasse. Ich habe ihn gebeten, sich mal zu erkundigen.«

»Ach, Sie haben ihn gebeten, sich zu erkundigen ...?«

»Ja, weil ... hier in Rom ... also, hier geht keiner persönlich zur Steuerbehörde, nur arme Schlucker. Dafür beauftragt man einen Steuerberater ... das ist viel effizienter ... ein guter Steuerberater kennt die Beamten da ... und der weiß, was zu tun ist ... damit sie die Akte in die Hand nehmen und auch mal ein Auge zudrücken. Ich wollte Ihnen das schon letzthin sagen ... aber ... na, ja.«

»So ... so ...« Casellis Stimme hatte ein gefährliches Vibrato, aber Scurzi merkte es nicht.

»Mein Schwiegervater hat übrigens eine Kanzlei ... ich habe vorhin mit ihm gesprochen ... er schickt einen von seinen Leuten, gleich morgen, wenn Sie wollen.« Caselli zuckte zusammen. Das war der Satz bei dem er rot sah: Er schickt einen von seinen Leuten.

»Sie müßten nur eine Vollmacht unterschreiben. Die kommt gleich, die Sekretärin meines Schwiegervaters schickt sie per Fax.« Scurzi lächelte stolz. »Ich habe das veranlaßt. Marcellas Vater regelt die Sache ... unkompliziert. Ein bißchen wird es Sie natürlich kosten, aber dafür haben Sie den ganzen Ärger vom Hals.«

»Ich fasse es nicht!« rief Caselli. »Sie ziehen Erkundigungen über meine Steuersache ein, erzählen meine Privatangelegenheiten weiter und schlagen mir Beamtenbestechung vor, um die Sache unkompliziert zu regeln? Wo sind wir denn hier! Das wird ein Nachspiel haben, Scurzi! Verlassen Sie sich drauf! Und nochwas: Ich erwarte Sie morgen früh pünktlich zum Dienst!« Er schlug die Bürotür hinter sich zu, daß das Glas nur so schepperte.

»Aber Commissario! Und ... die Tramezzini?« hörte er Scurzi noch rufen, dann war er draußen. Auf der Treppe blieb Caselli stehen, holte tief Luft und fuhr sich über das Gesicht. Wie oft hatte er sich vorgenommen, die alten Geschichten ruhen zu lassen, dann holte ihn die Erinnerung doch wieder ein. Ein banaler Satz, den jemand aussprach ... und alles, was er jahrelang verdrängt hatte, kam wieder hoch. Erst hatte man ihn gewarnt: zerstochene Reifen, mehrmals. Dann kamen die Drohanrufe: »Laß die Picciotti frei, Commissario ... oder der Don schickt einen von seinen Leuten!« Er hatte nicht nachgegeben. Ein paar Tage später hatte einer seiner Polizisten tot in einer Blutlache gelegen, die Dienstmarke im Dreck, das Portemonnaie durchsiebt, Geld und Papiere verstreut, ein Paßbild von seiner Verlobten blutbespritzt auf dem Kopfsteinpflaster. Er war zwanzig, hatte seine erste Stelle angetreten, wollte heiraten. Sie hatten das schwächste Glied der Kette eliminiert und Caselli ins Mark getroffen. Diesen Vorfall verzieh er sich nicht. Er ging ihm nach, seit Jahren schon. Caselli lief die Stufen hinunter. Scurzi hatte ihm behilflich sein wollen. Der Stolz, daß er die richtigen »Kontakte« besaß, hatte ihm im Gesicht gestanden. War Korruption und Vetternwirtschaft für ihn eine ganz normale Sache, die nur dazu diente, leichter durch den Alltag zu kommen? Was war das für ein Staat, in dem Beamte öffentlicher Behörden erst dann eine Akte anfaßten, wenn man ihnen einen »Anreiz« bot, wenn leichtfertig Dienstgeheimnisse ausgeplaudert wurden, um »Gefälligkeiten« zu erweisen, und sich selbst Mitarbeiter der Polizei stillschweigend den ungeschriebenen Regeln beugten? Caselli hatte keinen Zweifel daran, daß der Sergente sich nicht einmal bewußt war, welch kriminelles Potential sich hinter seiner gutgemeinten Aktion verbarg. Auf einmal mußte Caselli lachen. Er spürte die wärmenden Sonnenstrahlen auf seiner Jacke und stellte sich vor, welche Räderwerke Scurzi in Gang gesetzt hatte, nur um sich bei seinem Vorgesetzten beliebt zu machen. Wahrscheinlich verstand er jetzt die Welt nicht mehr und heulte sich bei Flavia aus. Caselli zog das Jackett aus, legte es sich über die Schultern und winkte ein Taxi heran.

10

Als Caselli im Verkehrschaos des Lungotevere im Stau stand, klingelte sein Mobiltelefon. Er hatte seinen Wagen aus der Werkstatt geholt, und die Sonne brannte nun so heiß durch die Windschutzscheibe, daß Caselli das Fenster öffnete. Er drückte auf eine Taste, kniff die Augen zusammen und überblickte den Tiber bis zur Kuppel des Petersdomes, weiter vorn, am Ende der Via della Conciliazione, in der sich Touristenbusse voranquälten und schwarze Abgaswolken in die Luft pusteten. Auf der Baustelle hinter ihm knatterten Preßlufthämmer. Caselli drehte das Seitenfenster hoch.

»Pronto? Tiberio! Nein … natürlich hat Sergente Scurzi mir deinen Anruf ausgerichtet. Ich habe verschwitzt, dich zurückzurufen. Tut mir leid!«

»Hör mal, Alessandro … kann ich mal bei dir vorbeikommen?« hörte er Tiberio sagen, die Stimme vom Funk verzerrt.

»Du bei mir? Wir sehen uns doch dauernd in der Trattoria.«

»Es ist geschäftlich.«

Sie verabredeten sich für neun. Caselli beendete die Verbindung und betrachtete nachdenklich das Telefon. Was konnte Tiberio von ihm wollen, geschäftlich? Nun, am Abend würde er es erfahren. Caselli warf das Handy auf den Beifahrersitz, legte den ersten Gang ein und fuhr an. Die Kolonne bewegte sich kaum einen Meter vorwärts. Bei diesem Tempo würde er bis nach Parioli eine Stunde brauchen. Caselli disponierte den Nachmittag um. Bei der nächsten Brücke bog er ab und schlug den Nachhauseweg ein. Die Contessa mußte ausnahmsweise einmal warten. Heute nachmittag würde er die Steuersache erledigen. Er würde diesen Granucci zurückrufen, den fehlenden Beleg heraussuchen, die Fristverlängerung beantragen und ein Begleitschreiben verfassen, das Hand und Fuß hatte. Anschließend dann Herrenabend mit Tiberio. Dazu würde er ein paar Kleinigkeiten beim Alimentario besorgen. Schinken, Feigen, Brot, Rotwein und eine gute Grappa. Er konnte sich nicht erinnern, wann er zuletzt gekocht hatte. Vielleicht wäre das die Gelegenheit, mal wieder einen Teller Spaghetti auf den Tisch zu bringen. Nun, er würde es sich überlegen. Die Geschäfte waren noch zu. Vor halb fünf machten sie nicht auf. Somit war ausreichend Zeit, sich erst einmal in Ruhe dem Papierkram zu widmen.

Zu Hause angekommen, holte sich Caselli eine Packung Kekse aus dem Küchenschrank und setzte Teewasser auf. Dann ging er ins Schlafzimmer, wo noch mehrere volle Umzugskartons standen. Er fand den Karton, der die Steuerordner enthielt, schleppte ihn ins Wohnzimmer und stellte ihn neben dem Schreibtisch auf den Boden. Der Teekessel pfiff.

Um einiges später saß Caselli mit hochgekrempelten Hemdsärmeln vor einem Aktenberg und blätterte staubige Unterlagen durch. Sein Blick fiel auf die Uhr. Es war kurz vor fünf. Er nahm den Hörer ab, um im Büro anzurufen, ob es Neuigkeiten gab. Vor lauter Steuer hatte er ganz vergessen, Scurzi Bescheid zu geben, daß er nicht mehr ins Büro kommen würde. Signor Granuccio zurückzurufen, das hatte er ebenfalls verschwitzt. Signorina Flavia nahm ab.

»Wo ist der Sergente?«

»Er mußte weg. Ich habe den Telefondienst übernommen.«

»Hm … hm. Gibt es etwas Neues?«

»Nein.«

»Wie geht es Ihnen?«

»Geht schon.«

»Kann ich irgend etwas für Sie tun? Ich meine ... brauchen Sie Hilfe mit dem Beerdigungsinstitut oder dergleichen?«

»Ich habe das schon geregelt.«

»Ich komme heute nicht mehr ins Büro.«

»In Ordnung ... ach, Commissario?«

»Ja?«

»Werden Sie zur Beerdigung ... kommen? Ich meine ... ich habe kein Auto, und der Friedhof ist weit draußen. Ich müßte den Bus nehmen.«

»Möchten Sie mit mir fahren?«

»Ginge das denn?«

»Selbstverständlich. Ich hole Sie am Sonntag ab. Wo wohnen Sie?«

»Via Piave 5, Interno 13.«

»Reicht fünfzehn Uhr?«

»Ja, danke, Commissario. Also, dann bis Sonntag. Ich nehme frei ... ab morgen ... die Nerven.«

»Ich verstehe. Alles Gute, Flavia. Es wird schon wieder.«

»Ja.«

Caselli legte nachdenklich auf. Es war das erste persönliche Gespräch, das er mit Flavia, der Sekretärin seines Vorgesetzten geführt hatte, seit er vor eineinhalb Jahren seinen Dienst in der römischen Questura angetreten hatte. Caselli schlug sich gegen die Stirn. Der Kranz! Er mußte den Kranz bestellen. Er sah nochmals auf die Uhr. Kurz nach fünf. Die Geschäfte waren offen. Er würde erst zum Alimentario gehen und dann auf dem Nachhauseweg bei einem der Blumenstände auf dem Campo haltmachen.

*

Kurz nach neun Uhr läutete es, und Tiberio schnaufte die Treppe herauf. Caselli stellte erstaunt fest, daß er sich in Schale geworfen hatte. Er trug einen zerknitterten hellen Leinenanzug, der schon ein paar Jahre sommerliche Ausflugssonntage in Torvaianica oder Ostia hinter sich hatte. Dazu hatte er sich eine schmale, blaßblau getupfte Krawatte umgebunden, deren Knoten bombenfest zusammengezurrt war und darauf schließen ließ, daß Tiberio jede Krawatte nur einmal im Leben band. In der Rechten hielt er einen großen Vertreterkoffer und in der Linken einen Panamahut mit schwarzem Band.

»Einen Staubsauger habe ich schon!« scherzte Caselli. Dann sah er Tiberios ernste Miene und räusperte sich. »Sag bloß ... du bist unter die Vertreter gegangen ...«, setzte er halbherzig hinzu. Und Tiberio antwortete schlicht und einfach: »Ja, bin ich.«

*

Caselli hantierte in der Küche. »Was kann ich dir zu trinken anbieten, Tiberio? Einen Roten? Ich würde sagen, wir essen erst mal einen Happen, hm?« Er klemmte die Flasche unter den Arm und balancierte die Schinkenplatte ins Wohnzimmer. »Tiberio?«

»Hm, Gründerzeit ... Biedermeier wäre besser oder Bauhaus ...«, klang es unter dem Schreibtisch hervor. »Vom Wert her.«

Caselli beugte sich hinunter. Tiberio lag auf dem Rücken und begutachtete eine Schublade von unten. »Da ist der Holzwurm drin ... weißt du das?« fragte er und lugte hinter einem gedrechselten Bein hervor. »Aber mit Heißluft kriegen wir das wieder hin. Den laß ich dir abholen ...«, sagte er. Er krabbelte unter dem Schreibtisch hervor und rieb sich den Hinterkopf. »Hab mir vorhin den Kopf angestoßen ... hast du mal ein nasses Handtuch?«

»Ja … machst du den Wein auf? Dann trinken wir in Ruhe ein Glas.«

»Mache ich.«

Caselli kam mit einem feuchten Handtuch wieder.

»Danke …« Tiberio preßte es gegen seinen Hinterkopf. »Sonst gibt es eine Beule … sagt Giuseppina immer.«

»Wie geht's ihr denn?« fragte Caselli.

»Hm?«

»Deiner Frau … wie geht es ihr?« Caselli deckte den Tisch mit zwei Holzbrettchen, Brotzeitbesteck und karierten Servietten, wie es sein Großvater gern gehabt hatte. Schließlich waren sie unter Männern.

»Gut …« Tiberio nahm ein Brettchen vom Tisch. »Hm … Rotbuche, ißt man da drauf?«

»Möchtest du lieber einen Teller?«

»Nee, laß nur.«

»Die sind von meinem Großvater … wie der Schreibtisch …« Caselli deutete mit dem Messer hinüber. »Du weißt doch … mein Großvater stammte aus Deutschland. Er ist vor einem Jahr gestorben. Hat mir seinen Hausstand vererbt. Und ein bißchen Geld … seitdem habe ich Ärger mit der Steuerbehörde … wegen der Erbschaftssteuer. Ich hatte meinen Wohnsitz bereits umgemeldet, als er starb. Unten in Modica hätte es keine Probleme gegeben.«

»Hm, ja. Hast du das gemacht?« Tiberio nickte auf die Platte. »Sieht lecker aus … ich wußte gar nicht, daß du so was kannst … ich wollte dir keine Umstände machen …« Er senkte den Kopf.

»Tiberio … jetzt red keinen Stuß. Ich muß schließlich auch was essen. Komm, setz dich … wir trinken einen Schluck, und du sagst mir, was ich für dich tun kann, hm?«

Tiberio nickte und drehte den Korkenzieher in die Flasche.

Ein Karton stand ausgepackt auf dem Boden, der Vertreterkoffer leer daneben, Styroporteile und Plastiktüten lagen auf dem Teppich verstreut. Caselli hielt den Krug Wasser bereit, den Tiberio angefordert hatte, und gab einer Zellophantüte einen kleinen Schubs, damit er nicht darauf trat. Tiberio hatte einen neuen Nebenjob als Vertreter für Wasserentkalkungsgeräte und erläuterte seit fünf Minuten sein Produkt.

»Also, das harte Wasser ... das fließt durch den Entkalker«, er zeigte auf den Filter, »also ... da durch ... da sind Aktivkohle-Ionen drin, spezielle, und in denen wird der Magnesium-Kalk gebunden und gegen lösliche Na-Ionen ...«, las er vom Faltblatt ab. Er kratzte sich am Kopf. »Das wird dann wohl Natrium heißen, oder? Ja, das heißt bestimmt Natrium ... oder vielleicht Nano? Also gegen diese Ionen da ... ausgetauscht ... äh, ja. Den Plastikeinsatz ...« Er zeigte auf den Filter. »Den kannst du mir übrigens zurückgeben ... mehrfach ... ich leite ihn an den Großhändler weiter ... die rezirkulieren die, dort bei sich ... in der Fabrik, saubere Sache, umweltfreundlich, wo du doch sogar dein Regal gewischt haben willst statt gelackt ... also ohne Lösungsmittel, gell? Also, das Prinzip ist simpel: Oben schüttest du kalkhaltiges Wasser rein, wie es aus der Leitung kommt, und unten läuft es eins a gefiltert raus, ohne Schadstoffe mehr drin. Kostet 56 000 Lire mit Skonto 50 000. Ich mache dir einen Spezialpreis, Alessandro. Barzahlung, wenn's dir nichts ausmacht. Quittung brauchst du keine, oder?«

»Moment ...« Caselli stellte den Krug ab – Tiberio verzichtete offenbar auf den Durchlauftest – und nahm seine Brieftasche aus dem Jackett, das über dem Stuhl hing.

»Und das Bücherregal mache ich dir, wie besprochen ...« nickte Tiberio und ließ den Schein in der Hose verschwinden. »Ich habe eine Menge vorgefertigter Bretter. Das geht ratzfatz ...« Er kippte die Grappa, die Caselli ihm nachgeschenkt hatte.

»Aber genau, wie besprochen ... ja?«

»Aber sicher, Alessandro. Nur gekalkt ... nicht lackiert ... ganz ohne Gift!«

»Genau.«

»Eben ...!« Tiberio nickte und stellte das Grappaglas ab. Caselli drückte den Korken auf die Flasche. Tiberio hatte es nicht weit. Bottega und Wohnung lagen ein paar Palazzi die Straße runter, aber mit einem Schnaps mehr im Blut war ungewiß, ob er hinfinden würde.

»Also dann ...« Tiberio senkte die Stimme. »Bist 'n anständiger Kerl, Alessandro, echt ... und danke für das gute Essen, und die Brettchen da ... die nehme ich ins Sortiment, wie gesagt ... für die Touristen! Mit ›Arrivederci Roma‹ drauf! Arrivederci!« Er wandte sich noch mal um. »Ah! Und der Filter, der darf nicht austrocknen! Da mußt du aufpassen! Der muß feucht bleiben ... der Aktivkohlefilter, sonst funktioniert's nicht mehr mit dem ... dem Ionenaustausch, da drin ... also ... schlaf gut!«

»Du auch! Ciao!« Caselli schloß die Tür. Er schob die Hände in die Hosentaschen und stellte sich vor die weiße Wand. Ja, hier würde nun ein Regal hinkommen. Caselli hatte ein Bücherregal in Auftrag gegeben. Tiberio war in Finanznöten. Es war Ehrensache, ihm ein wenig unter die Arme zu greifen. Außerdem brauchte Caselli tatsächlich ein Regal. Hoffentlich hatte Tiberio richtig verstanden, wie er sich sein neues Holzmöbel vorstellte.

11

Am nächsten Morgen im Büro erwähnte Caselli den Disput, den er und Scurzi gehabt hatten, mit keiner Silbe. Auch der Sergente schnitt das Thema nicht an.

»Ich habe gestern kurz angerufen ... aber Sie waren schon weg ...«, sagte Caselli in normalem Umgangston.

»Ich war im ›Santo Spirito‹.«

Caselli sah alarmiert auf. »Giacomino?« Vom Hörensagen war ihm bekannt, daß das »Santo Spirito« das Notaufnahmekrankenhaus der Stadt war.

Scurzi schüttelte den Kopf. »Nein, Commissario.«

Flavia streckte den Kopf herein. »Buongiorno!«

»Ich denke, Sie haben frei?« sagte Caselli.

»Habe ich auch. Vice-Questore di Verdacchiano hat mich herzitiert. Es muß ein dringender Bericht raus, den muß ich tippen. Ich bin dann gleich wieder weg. Ach übrigens ... ich habe Zirkusfreikarten ...?« sagte sie mit Blick auf Caselli. »Wie wär's, Commissario? Keine Lust?«

»Nein danke, Flavia.«

»Wie viele hast du denn?« fragte Scurzi.

»Drei.«

Scurzis Augen leuchteten.

»Für dich und die Jungs, hm?«

»Würde genau passen ...«, meinte er.

»Liegen auf meinem Schreibtisch, nimm sie dir! Arrivederci.«

Scurzi nickte. »Danke!«

»Keine Ursache.«

»Also ...«, begann er, nachdem Flavia die Tür zugezogen hatte. »Dario, der Freund von Terracini, hat versucht, sich das Leben zu nehmen ... meiner Meinung nach.«

»Was heißt das?« fragte Caselli.

»Ich habe gestern bei Dario Crisostomi noch mehrmals angerufen. Gegen Abend hat die Zugehfrau abgenommen. Eine Philippinin, sprach aber gut Italienisch. Sie sagte, die Sanitäter hätten Signor Dario gerade abgeholt. Sie hatte ihn gefunden auf dem Bett mit leeren Tablettenröhrchen daneben. Sie nannte das ›Santo Spirito‹. Als ich dort ankam, hatte man ihm schon den Magen ausgepumpt. Seine Mutter war da. Sie ist Ärztin, Augenärztin. Sie hat geschafft, daß ihr Sohn entlassen wird, ohne Meldung bei der Psychiatrie. Die offizielle Version heißt: Fischvergiftung. Ich konnte nicht mit ihm sprechen. Seine Mutter hat es unterbunden. Er sah sterbenselend aus, als sie ihn an mir vorbeischoben.«

»Interessant! Was meinen Sie, Scurzi? War es der Schmerz über den Verlust oder das schlechte Gewissen?«

»Keine Ahnung, Commissario.«

»Ich möchte so schnell wie möglich mit ihm sprechen. Rufen Sie mal bei ihm an.«

Der Sergente versuchte es, aber es nahm niemand ab. Als es um elf noch nichts Neues gab, beschloß Caselli, nach Parioli zu fahren, um Contessa Lucrezia Lante della Quercia zu befragen.

*

Nach mehrmaligem Klingeln hörte Caselli ein Schlurfen. Die Tür wurde einen Spalt breit geöffnet. Caselli zeigte seinen Ausweis.

»Signor Commissario ...« Die Zugehfrau schob die Sicherheitskette zurück. »Es ist keiner da ... möchten Sie warten? Die Contessa müßte bald hier sein.«

»Danke, gern.« Caselli steckte seinen Ausweis ein.

»Ich heiße Concetta ... Concetta Restivo. Hier entlang.« Sie wies auf einen langen Korridor, dessen Wände als Bibliothek dienten. Caselli betrachtete die Bücherwand. Sie gefiel ihm. Das hätte auch bei ihm zu Hause hingepaßt. Vielleicht sollte er Tiberio noch mal anrufen. Ihm fiel auf, daß einige Regale leer waren. »Was ist denn mit den Büchern passiert?«

»Die hat der gnädige Herr mitgenommen ... nach Florenz«, antwortete Concetta. »Wir gehen in die Küche. Der Salon ist für die Herrschaft ... und wenn Gäste da sind.«

»Natürlich.« Caselli folgte ihr. Er bewunderte die Tische und Intarsienkommoden, die in den Zwischenräumen der Flügeltüren zur Terrasse standen. Kunstbände, Obstschalen aus glasiertem Terrakotta und antike Uhren waren ungezwungen dekoriert. Sie erreichten die Küche, die eng und klein wirkte. Concetta zeigte auf einen rustikalen Hocker, auf dem ein verschlissenes Gobelinkissen lag. »Bitte!«

Caselli zog den Trench aus und setzte sich. Auf dem Küchentisch stand eine Vase mit Mimosen. Robuste Stengel bargen zartgrünes Blättergefieder und die samtigen Blütenkugeln verströmten einen intensiven Duft, den Caselli tief einatmete. Und schon hatte er wieder das Bild blühender Mandelbäume in Sizilien vor sich. Er hatte einen Entschluß gefaßt. Er würde Dora anrufen. So konnte es nicht weitergehen. Vielleicht hatte sie ihre Meinung geändert und wartete nur darauf, daß er den ersten Schritt tat ... zur Versöhnung, stolz und eigensinnig, wie sie war.

»Jetzt ist es Frühling, nicht wahr?« lächelte Concetta. »Also, Kaffee oder Tee?«

»Im Moment möchte ich gar nichts, danke.«

»Wie Sie wollen ...« Sie nahm das Metallkännchen und goß sich Kaffee in eine Espressotasse. »Ich habe vorhin einen gemacht.« Sie stellte die Tasse auf den Tisch und setzte sich zu ihm.

»Wie lange sind Sie schon hier?« fragte Caselli freundlich.

»Achtzehn Jahre! Im Oktober sind es achtzehn Jahre. Ich habe angefangen, gleich nachdem die kleine Signorina Alessia geboren wurde. Da war ich auch schon nicht mehr jung. Ich habe mein ganzes Leben lang hart gearbeitet. Mir ist nichts geschenkt worden. Jetzt bin ich eigentlich zu alt. Die Beine machen nicht mehr mit und das Kreuz … und ich sehe schlecht. Eigentlich müßte ich mich operieren lassen … grauer Star. Das machen die heutzutage mit Laser, geht ruck, zuck! Wenn ich das Geld hätte, würde ich es machen lassen, sofort! Sie behalten mich, obwohl ich alt bin. Montags und Mittwochs kommt dann eine Junge. Die denken, ich merke das nicht, aber ich weiß sehr wohl, daß weder die Contessa, noch die Mädchen Küchenschrank und Kühlschrank auswischen. Und wenn die dann am nächsten Tag tipptopp sind, dann ist doch klar, daß eine andere das gemacht hat, nicht wahr? Teresa, das Hausmädchen macht solche Arbeiten nicht, dafür ist sie nicht angestellt … außer Tee zu kochen, macht die ja nichts …« Concetta machte eine kleine Pause. »Aber das ist sehr anständig von der Contessa, daß sie mich nicht entläßt … nach all den Jahren, nicht?«

Caselli nickte.

»Ich weiß gar nicht, warum ich Ihnen das erzähle. Normalerweise sage ich keinem etwas von mir. So, jetzt muß ich wieder an die Arbeit. Ich mache alles, was ich noch tun kann. Soll mir keiner nachsagen, daß ich hier faulenze.«

Caselli setzte zu einer Frage an, als die Eingangstür aufgeschlossen wurde. Concetta erhob sich. »Das wird die Contessa sein … Commissario, kommen Sie mit!«

»Ciao, Concetta, come va?« Die Contessa trat ein, gefolgt von einem leicht untersetzten, gutgekleideten Mann um die fünfundvierzig. Caselli erkannte ihn sofort wieder.

»Oh …!« Die Contessa zog ihren Lederhandschuh aus und reichte Caselli die Hand. »Buongiorno, lieber Commissario … ja richtig, Sie sagten ja, daß Sie mich sprechen wollten.«

»Buongiorno, Signora!« Caselli spürte ihren kräftigen Händedruck und nickte ihrem Begleiter zu. Er trug einen Maßanzug und eine Krawatte mit einem ausgefallenen Muster, das Caselli sehr zusagte.

»Commissario Caselli … Pierluigi Crasso«, machte die Contessa sie bekannt.

»Piacere …« Crasso lächelte verbindlich und reichte ihm die Hand. Caselli war sich sicher. Ihn hatte er in der Via dei Greci gesehen.

»Signor Crasso ist Bankier und berät mich in geschäftlichen Angelegenheiten …«, erläuterte die Contessa, zog ihren Mantel aus und gab ihn Concetta, die wortlos gewartet hatte.

»Also, Pierluigi, wir sehen uns morgen. Ich möchte dich nicht länger aufhalten.« Crasso verabschiedete sich.

»Buon dì, Dottore …« Concetta schloß die Tür, hängte den Mantel der Contessa auf einen Bügel und schlurfte in die Küche.

*

»Bitte, Commissario, setzen Sie sich doch …« Die Contessa wies auf die strahlend weiße Couch, über der ein modernes Gemälde hing, das in schwungvollen Pinselstrichen und kräftiger Polychromie einen liegenden Akt zeigte. »Guttuso«, erläuterte sie.

»Hm … hm«, nickte Caselli. Er nahm Platz und sackte in weiche Polster. Er verlagerte das Gewicht auf die Lehne und schlug die Beine übereinander, trotzdem fühlte er sich unwohl, an diese Art Sitzgelegenheiten würde er sich wohl nie gewöhnen.

Das Telefon läutete.

»Pronto?« Die Contessa hörte einen Moment zu, zwischen ihren Augenbrauen entstand eine Falte. Ohne ein weiteres Wort zu sagen, legte sie auf, sah einen Moment vor sich hin, als hätte sie vergessen, daß jemand bei ihr war.

»Verwählt ...«, sagte sie dann und wich Casellis Blick aus. Sie setzte sich und griff zu einer Packung Zigaretten, die neben Kunstbänden auf dem flachen Couchtisch lag. Concetta brachte ein Tablett herein. »Danke, stellen Sie es hin, wir bedienen uns schon ...« Die Contessa lächelte pflichtschuldig. »Sie sind ja dann fertig, nicht?«

»Ja, ich gehe dann ...«, antwortete die alte Frau. »Ich räume nur noch die Waschmaschine aus ...«, nickte sie.

»Das kann Teresa machen ... gehen Sie ruhig.« Die Contessa wartete, bis die Zugehfrau den Raum verlassen hatte. Dann stand sie auf und schloß die Tür. »Sie ist schon fast zwanzig Jahre bei uns ...«, sagte sie zu Caselli. »Da kann man einen Menschen nicht mehr wegschicken, sie gehört praktisch zur Familie!« Sie setzte sich wieder und legte die Zigaretten beiseite. »Sie bedienen sich doch, nicht wahr?«

»Ja, danke ...« Caselli griff nach der Zuckerzange.

»Sie waren in Florenz?« Sie nahm mit den Fingern zwei Zuckerstücke aus der Dose.

»Ja.« Caselli gab einen Würfelzucker in seinen Kaffee, legte die Zange ab und faßte nach dem Löffelchen, das auf dem Unterteller der Espressotasse lag.

»Alessia hat erzählt, Sie hätten sie nach Rom mitgenommen und sie hätte Ihnen Montepulciano gezeigt?«

»Ja.« Caselli rührte um.

»Und? Sie sind zu dem Schluß gekommen, daß sie nichts mit dem Mord zu tun hat, nicht wahr?« Die Contessa legte ihr Löffelchen ab.

»Ihre Tochter Alessia hat ausgesagt, sie habe die Galerie nach Mitternacht verlassen, und ich glaube ihr.« Caselli nahm vorsichtig einen Schluck.

»Wie schön! Und Lavinia verdächtigen Sie auch nicht mehr?«

»Nein.«

Die Contessa lehnte sich zurück und atmete durch. »Na, dann ist ja alles in Ordnung«, sagte sie erleichtert. »Gott sei Dank, die ganze Sache ist vorbei!«

Caselli blickte auf. »Das ist nicht ganz richtig, Signora. Der Mörder ist noch nicht gefaßt.«

Sie kreuzte die Arme vor der Brust. »Soll das heißen, jetzt verdächtigen Sie auch mich?«

»Contessa, Sie wissen, daß ich Ihnen diese Frage stellen muß: Wo waren Sie letzten Mittwoch gegen Mitternacht?« sagte Caselli. »Sie sollten das nicht als Affront sehen.«

»Wie soll ich es sonst sehen?« Gereizt stand sie auf. »Ich war hier, in meiner Wohnung.«

»Kann Ihr Sohn das bezeugen?«

»Nein, Aurelio war, soweit ich weiß, mit Freunden unterwegs. Ich war allein.«

Sie öffnete eine Holzschatulle auf dem Schreibtisch und nahm eine Tablettenpackung heraus. Aus einer Karaffe auf dem Teewagen goß sie sich einen Whisky ein und gab Eis dazu. »Möchten Sie auch?« fragte sie und drehte sich um.

»Nein, danke …«, sagte Caselli und beobachtete sie. Ihre Erregung war nur zu verständlich: Sie hatte kein Alibi für die Tatzeit, aber was war ihr Motiv? Noch einmal ging sie ein paar Schritte im Zimmer umher, als überlege sie sich, auf welchem Sessel sie Platz nehmen solle. Dann setzte sie sich wieder und warf die Tabletten achtlos auf den Tisch. »Fragen Sie!«

»Ihr Verhältnis zu Ihrer Tochter Lavinia schien mir angespannt«, begann Caselli. »Vielleicht aus Eifersucht? Weil sie Ihnen Ihren Liebhaber nahm?«

Die Contessa lachte ein girrendes, entspanntes Lachen, das Caselli erstaunte.

»Ach, lieber Commissario, glauben Sie wirklich, Lavinia könnte eine Rivalin für mich darstellen? Ausgerechnet Lavinia? Sie ist doch noch ein Kind. Im Grunde müßte ich Ugo dankbar sein, daß er sie endlich auf den Weg gebracht hat ... und sie kapiert, daß es im Leben noch anderes gibt als Kunstgeschichte und Kaschmirtwinsets. Dankbar müßte ich ihm sein, hätte er nicht so einen miserablen Charakter gehabt und diesen ›Rachefeldzug‹ geführt ... gegen uns alle«, sagte sie matt. »Schade, er hätte einen wunderbaren Liebhaber abgegeben.«

Caselli hob eine Augenbraue.

»Ja, das hätte er ...«, wiederholte sie und nahm die Tabletten, die sie in der Hand gehalten hatte, mit einem Schluck Whisky ein.

»Natürlich muß ich Sie jetzt fragen ...«

»Ja, ja ...«, unterbrach sie ihn. »Sie wollen wissen, worin der ›Racheakt‹ bestand. Ich sehe keinen Grund, es Ihnen nicht zu sagen, banal, wie es ist ...«, meinte sie und trank noch einen Schluck. »Ich habe Ugo unter Umständen kennengelernt, die ich nicht weiter erläutern möchte. Ich muß dazu sagen, daß er mir das Leben gerettet hatte und ich ihm deshalb emotional verbunden war. Ich vertraute ihm, aus Dankbarkeit. Das machte mich natürlich empfänglicher für seine Avancen. Ich besuchte ein paarmal seine Vorstellungen, danach trafen wir uns in einem Restaurant. Er kam, wie er die Bühne verlassen hatte, als Hamlet ... und damit traf er meinen Schwachpunkt. Das Theater ist meine Schwäche, die großen Themen des Lebens, die griechische Tragödie, Shakespeare. Sie finden alles darin. Jede menschliche Regung, jede vertrackte Situation, die verwirrten Gefühle, die absurden Querverbindungen, alles schon dagewesen, x-mal durchgespielt, von Generation zu Generation und diesmal ... sind wir die Protagonisten, schlagen uns herum mit Zwangslagen, widrigen Umständen, realen und psychologischen, die uns gefangenhalten, ein Leben lang. Vatermord, Muttermord, im Geiste und in Wirklichkeit, Selbstmord, Inzest. Hat nicht alles seinen Ursprung darin, ob wir unsere Eltern hassen oder lieben? Nehmen Sie Papà und mich. Meine Mutter starb bei meiner Geburt, damit war mein Leben erledigt, von vornherein. Mein Vater liebte mich, doch jedesmal hatte er vor Augen, daß seine noch mehr geliebte Frau sterben mußte, für mich, und keinen männlichen Erben mehr produzieren konnte, für ihn. Und ich mußte mich mein ganzes Leben lang dafür entschuldigen. Alles tun, um es ihm recht zu machen, was ich natürlich nie konnte. Dann habe ich Torquato kennengelernt, Sie wissen, er ist ein begabter Architekt. Er hat den ganzen Palazzo renoviert, wunderbar renoviert. Papà war mit unserer Verbindung einverstanden. Er wollte, daß der Titel auf Torquato und unseren Sohn übergeht. Er hat meinen Mann adoptiert, so war ich letztlich mit meinem Stiefbruder verheiratet. Eine griechische Konstellation, nicht?« Sie lächelte müde. »Torquato akzeptierte es aus Liebe. Kein Mann ändert gern seinen Familiennamen. Wir haben uns sehr geliebt, ich liebe ihn immer noch. Wir haben eine sehr gute Ehe geführt, bis er achtundfünfzig wurde. Da mußte er sich *verwirklichen* mit einer Kunststudentin. Er zog aus und ging nach Florenz, um mit ihr zu leben. Banal, typisch, symptomatisch für unsere Zeit, finden Sie nicht? Achtundzwanzig Jahre Ehe, und dann zieht er nach Florenz, um sich zu *verwirklichen*. Das heißt, daß er das in den letzten achtundzwanzig Jahren mit mir nicht konnte, was meinen Sie?«

Die Contessa redete sich in Rage. Immer wieder nahm sie kleine Schlucke aus ihrem Glas, auf ihrer Wange schimmerten rote Flecken. Caselli antwortete nicht. Er versuchte bloß, ein möglichst teilnahmsvolles Gesicht zu machen.

»Ich habe begriffen, daß um die fünfzig der vernünftigste Mann durchdreht, alles psychologisch und hormonell bedingt, da ist nirgendwo ein Geheimnis, gar keins. Es passiert einfach, Tausenden von anderen Frauen ist es auch passiert. Es ist banal und sonst nichts, vorprogrammiert, ermüdend banal. Nun, wir sprachen von der griechischen Tragödie, nicht? Gehen wir doch auf ein Feld, das dafür prädestiniert ist. Die Beziehungen zwischen einer Mutter und ihren Kindern. Entweder die Kinder befreien sich oder sie hängen Psychosen nach. Lavinia hat das Haßliebeproblem, auch ein Klassiker. Sie möchte mich ja lieben, weil ich nun mal ihre Mutter bin, aber sie verkraftet nicht, daß sie mich in nichts übertrumpfen kann. Jetzt versucht sie es mit Kunstgeschichte. Da kann sie gern ihren Abschluß machen. Ich bin mit Vater gereist, ich habe unsere Sammlungen katalogisiert. Ich kenne mich auf dem Kunstmarkt aus, kann einen Giotto von einem Pinutricchio unterscheiden, auch ohne Abschluß summa cum laude. Außerdem leidet Lavinia darunter, daß sie ein bißchen unscheinbar aussieht. Das würde sie mir am liebsten auch noch anlasten. Daß ich sie nicht strahlend schön geboren habe, wie Aurelio …«

Die Contessa strich sich über die Stirn. Ihre Lippen bebten. Für einen Augenblick fürchtete Caselli, sie würde in Tränen ausbrechen. Doch sie war mit ihrer Anklage noch nicht zu Ende.

»Die Kinder werfen einem ja ständig alles vor, daß man

ihnen nicht richtig gezeigt hat, wie man die Zähne putzt, wenn sie mal ein Loch im Zahn haben, bis dahin, daß sie psychologisch verkorkst sind, von den schlimmen Erziehungsfehlern, die man an ihnen begangen hat, und folglich nichts aus ihnen werden kann. An allem ist man schuld, für immer und ewig. Ich finde, irgendwann muß mal Schluß sein, immer diese Schuld, die alle auf einem abladen, erst Papà und dann meine Kinder ... tja, Aurelio liebt mich, so sehr, daß er keine andere Frau lieben kann, sagt er. Natürlich ist das auch wieder meine Schuld, daß ich einen schwulen Sohn habe.«

Sie stellte das Glas auf das Tischchen, nahm die Tasse und nippte. Doch offenbar war der Kaffee längst kalt, und sie stellte die Tasse wieder ab.

»War Ihr Sohn auch mit Terracini befreundet?« fragte Caselli, da sich ihm die Gelegenheit bot, ihren Wortschwall zu unterbrechen.

Sie nickte.

»Aurelio erzählte, Ugo habe ihn im Sportclub angesprochen. Terracini mußte Fechten lernen für die Bühne. Aurelio betreibt Fechtsport seit seiner Kindheit. Ich habe ihn dort angemeldet, als er acht war ...« Die Contessa lächelte versonnen.

»Fechten Sie auch? Oder sonst jemand aus Ihrer Familie?«

»Nein, ich bin nicht sportlich ... Lavinia auch nicht. Fechten war Aurelios und Alessias Sport. Sie haben an Turnieren teilgenommen, zusammen mit meinem Mann. Torquato war in jüngeren Jahren ein leidenschaftlicher Florettkämpfer.«

»Hm ... hm«, meinte Caselli.

»Meine Tochter Alessia habe ich ins Internat gegeben, hier schließt sich der Kreis ...« Die Contessa blickte Caselli an. »Alessia ist meine Jugendsünde. Sie hat das Leben, das ich bis dahin führte, völlig verändert. Sie kann nichts dafür, aber sie erinnert mich ständig … an den geringschätzigen Blick meines Vaters. Nichts von dem, was ich getan hatte, zählte mehr. Ich hatte bewiesen, daß ich die Geschäfte führen konnte, mich mit der Vermögensverwaltung auskannte, ich hatte ihm Enkel geschenkt und war eine liebevoll sorgende Tochter gewesen, aber nichts von alledem zählte mehr. ›Es mußte ja so kommen, ich habe es immer gesagt‹, waren die Worte meines Vaters. Mein freizügiger Lebenswandel vor meiner Heirat war ihm ein Dorn im Auge. Ich bin nicht prüde, nie gewesen. Trotzdem habe ich meinen Mann nie betrogen…« Sie atmete tief durch. »Es war so gekommen, wie Vater es gesagt hatte, und wieder hatte ich die Schuld. Mein perfektes Leben war dahin, denn bis zu dieser Zeit, solange die Kinder klein waren und bevor ich Andrew kennenlernte, war es ja perfekt gewesen, mein Leben, geradezu erschütternd perfekt.«

Caselli sah verstohlen auf seine Uhr. Er legte den Arm auf die Sessellehne und stützte das Kinn auf.

»Torquato und ich hatten eine heftige Auseinandersetzung, dann haben wir beschlossen, uns nicht zu trennen, und das war alles. Aber Vater verachtete mich. Ich habe Alessia nie gemocht, ich konnte sie einfach nicht lieben. Sie rief mir ständig Andrew Tailor ins Gedächtnis. So wie ich meinen Vater an den frühen Tod meiner Mutter erinnerte. Der Kreis schließt sich. Soll ich mich darüber aufregen? Über diese banale Mixtur aus griechischem Drama, menschlichen Schwächen und Zwängen? Ich verstehe es doch … ich weiß, wie alles sich widrig fügt. Ich habe die Zusammenhänge begriffen, alles, alles begriffen…«

»Hm«, sagte Caselli, um irgend etwas zu antworten. »Was nehmen Sie denn da gegen Ihre Kopfschmerzen?

Dolospasmon«, las er. »Sollten Sie nicht mit Alkohol einnehmen.« Er legte die Tabletten wieder auf den Tisch.

»Ja, ja ...«, antwortete die Contessa, »... aber sonst helfen sie nicht. Das sind nur Schmerztabletten. Die anderen sind im Schlafzimmer. Ich wollte Sie nicht warten lassen ... Sie haben sicher noch zu tun, nicht wahr ...« Sie lächelte matt.

Es klopfte. Concetta hatte schon ihren Hut auf und hielt zwei hellgrüne Plastiktüten in der Hand. »Also, ich gehe dann ... Signora Contessa ... Arrivederci!«

»Ach, Concetta ... ist Teresa schon da?« Die alte Zugehfrau nickte. »Sagen Sie ihr bitte, Sie möchte mir meine Tabletten bringen. Sie weiß schon, wo sie sind ... seien Sie so gut!«

Concetta nickte und zog die Tür zu.

»Arrivederci, Signora!« rief Caselli ihr nach.

»Welchen ›Rachefeldzug‹ hatte Terracini denn nun geplant?« fragte Caselli und änderte seine Sitzposition, indem er das andere Bein überschlug. »Sie hatten damit begonnen, wie Sie ihn kennenlernten ...«, half er ihr auf die Sprünge.

»Ja«, sagte die Contessa und hielt das Glas, in dem sich noch ein Eiswürfel befand, gegen die Schläfe. »Ich sagte ja schon ... Ugo hat mir praktisch das Leben gerettet. Vor kurzem wurde ich hier in meiner Wohnung überfallen. Ugo kam dazu und hat den Einbrecher gestellt.« Sie wirkte einen Moment abwesend, dann schreckte sie aus ihren Gedanken hoch. »Ich mache es kurz, Commissario, diesmal nur das Wesentliche«, lächelte sie angespannt und hob die Hand.

»Aber Signora ...«, setzte Caselli an.

»Natürlich ist es mir peinlich, daß Lavinia und ich ...« Sie brach ab und drehte ihr Glas in der Hand. Schließlich beugte sie sich vor und stellte es auf den Tisch. »Als ich

Ugo zum letztenmal sah, in Trastevere, hat er mich sehr verletzt. Er wollte mich verletzen, das gehörte zu seinem Plan. Er hat sich mir gegenüber sehr schlecht benommen. Zum Schluß hat er mir noch etwas eröffnet, von dem er wußte, daß es mich sehr treffen würde.«

»Die Geschichte mit Ihrer Tochter Lavinia ...«, warf Caselli ein. Sie schüttelte den Kopf.

Es klopfte. Das Hausmädchen trat ein. »In der Schublade war nichts, ich habe die Pillendose aus Ihrer Handtasche genommen. Ich hoffe, das ist in Ordnung.«

»Ja, Teresa ... danke.«

Das Hausmädchen räumte das Kaffeegeschirr ab. Sie trug ein hellblaues Uniformkleid und eine Spitzenschürze. »Ha finito?« fragte sie Caselli streng. Er hob beide Hände, und Teresa stellte seine Tasse auf das Tablett. Die Contessa war aufgestanden und an den Teewagen gegangen. Die Pillendose lag auf dem Tisch. Unwillkürlich griff Caselli danach.

»Commissario?« Die Contessa wandte sich um. »Noch einen Espresso?«

»Nein, danke, sehr freundlich.« Caselli legte die Dose wieder hin. »Schönes Stück.«

»Finden Sie? Es ist ein Strandsouvenir. Meine Kinder haben sie mir aus einem Urlaub mitgebracht. Ich hänge daran ... diese bunten Mosaiksteinchen haben etwas Aufmunterndes.«

Die Tür klickte ins Schloß. Sie waren wieder ungestört. Die Contessa setzte sich und schluckte ihre Tablette.

»Wie heißt denn das Migränemittel?«

»Ergolonarid.«

»Was hat Terracini Ihnen gesagt?« fuhr Caselli ruhig fort.

»Das tut nichts zur Sache. Es betraf nicht Lavinia ... ich

wußte nichts, bis sie es mir ins Gesicht schleuderte. Worum es bei der Auseinandersetzung mit Ugo ging, ist für Ihren Fall nicht relevant und für mich ...« Sie brach ab, nahm sich eine Zigarette aus der Packung und zündete sie an.

»Ich kann nicht darüber sprechen ...«, sagte sie knapp und blies den Rauch durch die Nase.

»Aber ich werde Ihnen sagen, warum Ugo das Ganze inszeniert hat ...« Sie stützte sich auf die Sofalehne.

Caselli atmete durch. Das Gespräch zog sich etwas in die Länge. Aber jetzt kam sie endlich zum Punkt, und er war gespannt, was es mit dem Racheakt auf sich hatte.

»Ugo war mit einer Künstlerin zusammen, natürlich die große Liebe, wie könnte es auch anders sein. Sie hat ihn verlassen, die Gründe hat er mir nicht genannt. In diese Frau hat sich mein Mann verliebt. Sie lernten sich kennen, als die Sache mit Ugo vorbei war, doch Ugo hoffte, Florinda käme zu ihm zurück.«

»Doch nicht etwa ...«, entfuhr es Caselli.

»Doch, doch ...« Die Contessa lächelte matt. »Florinda Bellucci, Sie haben sie kennengelernt, nicht wahr?« Caselli nickte. »Nun, Torquato brachte sie weg aus Rom. Sie wollte nicht in Rom bleiben, und Torquato besitzt einen kleineren Palazzo am Lungoarno. Er ging mit ihr nach Florenz. Sie ist eine gute Restaurateurin, und mein Mann ist etabliert. Er hat einen ausgezeichneten Ruf als Architekt und Fachjournalist. Er kann in Florenz ebensogut arbeiten wie hier. Ugo hat lange versucht, seine Freundin zurückzugewinnen. Er sagte, es sei nie aus gewesen, und das habe er auch Torquato gesagt.«

»Stimmt das?« fragte Caselli.

»Ich weiß es nicht, ich spreche mit meinem Mann nicht über private Dinge, wir halten Kontakt, aber geschäftlich. Ich muß gestehen, daß ich seine Liaison nicht gut verkrafte.

Ich trage ihm nach, daß er mich verlassen hat, deshalb hatte ich den Kontakt, anfangs, vollkommen abgebrochen.«

»Ich verstehe«, sagte Caselli.

»Florinda hat sich für Torquato entschieden«, fuhr die Contessa fort. »Und da sind wir am springenden Punkt: Ugo wollte sich an meinem Mann und den Menschen, die meinem Mann etwas bedeuten, rächen. Er wollte Torquato heimzahlen, daß er ihm seine Geliebte genommen hatte. Er hat sich eine Inszenierung ausgedacht, wir waren die Darsteller. Er selbst spielte natürlich die Hauptrolle. Er wollte uns gegeneinander ausspielen, die ganze Familie, jeden gegen jeden. Zum Teil ist sein Plan ja auch aufgegangen ... sowohl ich als auch Lavinia ... sind ihm ins Netz gegangen. Wie Sie wissen, hatte Terracini eine kurze Affäre sowohl mit mir als auch mit meiner Tochter Lavinia. Bei Alessia ...« Die Contessa lachte gezwungen auf und blickte an die Zimmerdecke. »... ist er abgeblitzt, dafür hat er aber ...«

Sie brach abrupt ab, drückte die Zigarette im Ascher aus und preßte die Kiefer aufeinander.

»So etwas konnte sich nur jemand wie er ausdenken ... ein Schauspieler ... wir alle sollten leiden und uns weh tun, aus Eifersucht, verletztem Stolz, wie in einem Schauspiel. Torquato hätte dann als letzter erfahren, daß Ugo seine Frau und seine Töchter benutzt und gedemütigt hatte. Er hätte es ihm ins Gesicht gesagt und aus Torquatos Wut und Bestürzung seine Genugtuung gezogen. Er hatte diese morbide Ader, die er in seinem Beruf hervorragend ausleben konnte. Jeder lebt ja, das ist meine feste Überzeugung, in seinem Beruf seine Schwächen aus. Was übrigens auch in bezug auf einen Commissario von Interesse sein dürfte ... psychologisch betrachtet«, schob die Contessa ein. »Nun, den Rest kennen Sie.«

»Noch eine Frage, Contessa«, sagte Caselli. »Signor Crasso ...?«

»Ich wüßte nicht, was Sie das angeht, Commissario, doch ich sehe keinen Grund, es abzuleugnen. Ja, Pierluigi ist mein Lebensgefährte, wie man das heutzutage nennt.«

»Hatten Sie jemals die Absicht, Signor Crasso wegen Terracini zu verlassen? Ich meine ... bevor es zum Eklat kam?«

Die Contessa schüttelte den Kopf. »Nein, Commissario ... nie.«

»Gut ... das wäre alles ...« Caselli stand auf. Was für Probleme diese Leute zu meistern hatten! Für einen Augenblick durchzuckte ihn, daß es an der Zeit war, endlich auch sein eigenes Privatleben in Ordnung zu bringen.

»Ich danke Ihnen, Contessa«, setzte er zur Verabschiedung an. »Und gute Besserung ...!«

Die Contessa verzog den Mund. »Es wird nicht besser, Commissario Caselli, in meinem Leben wird nichts mehr gut ... nur schlechter, viel schlechter, und ich habe Angst, wenn ich daran denke, was noch alles auf mich zukommt ...«, sagte sie mit einem wehmütigen Lächeln und gab ihm die Hand.

Im Aufzug betrachtete Caselli seine Fingerknöchel, die Contessa hatte so kräftig zugedrückt, daß sie schmerzten, und der verletzte Finger pochte wieder.

12

»Commissario!« Pierluigi Crasso erhob sich hinter einem Louis-quinze-Schreibtisch aus einem Drehledersessel. Er war nicht groß, und Caselli konnte fast auf ihn herabblikken.

Für einen Moment entstand eine peinliche Stille, dann reichte der Bankier Caselli die Hand. »Wir haben uns ja schon bekannt gemacht ... bei Lucrezia, heute vormittag. Es wundert mich, daß Sie mich aufsuchen ... halten Sie mich für den Mörder?« fragte der Bankier und lächelte. Die Überraschung stand ihm ins Gesicht geschrieben. Dann schien er selbst in Verlegenheit zu geraten über den verunglückten Scherz.

»Aber bitte!« Er wies auf den Empirestuhl vor seinem Schreibtisch. »Was kann ich für Sie tun?« fragte er und setzte sich ebenfalls.

Caselli lächelte verbindlich. Ihm war klar, daß er keinen stichhaltigen Grund hatte, den Bankier zu befragen. Es war unwahrscheinlich, daß ein Geschäftsmann wie er etwas mit dem inszenierten Mord an dem Schauspieler Ugo Terracini zu tun hatte. Crasso strahlte Raffinement, Eleganz und Gelassenheit aus. Er wirkte nicht wie ein Mann, der seinen Rivalen in rasender Eifersucht erschlug. Caselli mußte sich eingestehen, daß er ihn eigentlich aus ganz anderen, persönlichen Gründen aufsuchte. Er wollte sich Klarheit verschaffen. »Reine Routine, Signore ...«, begann er und überlegte, ob es angebracht war, den Bankier nach seinem Herrenausstatter zu fragen, oder ob er damit einen unprofessionellen Eindruck erweckte. Er kam zu dem Schluß, es trage zur Auflockerung der angespannten Atmosphäre bei, die sein Besuch ausgelöst hatte. Er würde

Crasso eine unangenehme Frage stellen, da konnte ein wenig Konversation nicht schaden. Also machte er ihm ein Kompliment über die Auswahl seiner Krawatten.

Der Bankier schien überrascht und faßte sich an den breiten Knoten seiner Seidenkrawatte. »Mein Schneider sucht sie gewöhnlich für mich aus ...«, sagte er und lächelte. »Ich gehe zu Valerio Guccioli in der Via del Babbuino, hier ... gleich um die Ecke.«

Damit hatte er den besten Herrenschneider in Rom genannt. Er fertigte für betuchte Kunden nach Maß. Die Geschäftsräume lagen nicht an der Straße, sondern im ersten Stock eines Palazzo, und das hatte Caselli bisher immer davon abgehalten, die heiligen Hallen zu betreten. Caselli nickte anerkennend und kam zur Sache. »Nun, wie ich schon sagte, Signor Crasso ... mein Besuch ist reine Routine. Ich werde Sie nicht lange aufhalten. Sie müssen verstehen, daß Sie ... als Lebensgefährte der Contessa, zumindest theoretisch, ein Motiv hätten.«

Caselli schlug ein Bein über das andere und lehnte sich in den bequemen Empirestuhl zurück. Crasso spielte mit seinem teuren Schreibgerät und drehte den Lederstuhl leicht hin und her. »Ich wußte nichts von der ... Affäre«, sagte er widerstrebend. Es war unschwer zu erkennen, daß ihm peinlich war, als gehörnter Liebhaber dazustehen. »Ich habe erst kürzlich davon erfahren ...«, fügte er hinzu.

»Und zwar wiederum von Ihrer ... Affäre, nicht wahr?«

Der Bankier blickte irritiert auf. Caselli war klar, daß er versuchte einzuschätzen, wieviel er wußte. »Von Signorina Alessia, der Tochter der Contessa ...«, setzte er hinzu, um die Fronten zu klären.

Der Bankier legte den Kugelschreiber weg. »Kommen Sie, Commissario ...«, sagte er und stand auf. »Gehen wir ein paar Schritte ... nehmen wir einen Caffè bei Rosati. Piazza del Popolo ist ja gleich um die Ecke ...«

Caselli schlenderte neben Crasso über die verkehrsberuhigte Piazza del Popolo. Massive Messingketten und Buchsbäumchen bildeten ein Karree um Obelisk und Sphinxe. Ein städtischer Arbeiter in grelloranger Uniform säuberte gerade die türkisfarbenen Becken. Linker Hand erhob sich der Pincio mit seinen majestätischen Pinien. Crasso blieb stehen. »Ist das nicht herrlich?« fragte er und atmete tief die Frühlingsluft ein. »Wenn Sie mich fragen, gibt es keine schönere Stadt als Rom! Oder? Was sagen Sie, Commissario?«

»Natürlich ...«, sagte Caselli.

»Ja ... ich kann es mir schon denken ...«, sagte Crasso und strich sich über den Schnurrbart. »Sie sind auf der Insel geboren, das prägt. Sie müssen sizilianische Erde unter den Füßen haben und auf das Meer blicken können, nicht wahr? Sonst fehlt Ihnen was.«

Caselli lächelte. Das hatte der Bankier gut erfaßt. Er überlegte, wie er nun auf die Frage zurückkommen konnte, die ihn brennend interessierte. Es bestand für den Bankier keine Veranlassung, ihm Auskunft über sein Liebesleben zu geben. Aber Caselli spürte, daß Crasso ihm Sympathie entgegenbrachte. Er war sich ziemlich sicher, daß Crasso die nicht gerade schmeichelhafte Rolle des betrogenen Liebhabers und skrupellosen Verführers der Tochter seiner Lebensgefährtin nicht im Raum stehenlassen würde.

»Wissen Sie, Commissario, ich habe mir eben eine Erklärung überlegt ... eine plausible Erklärung von Mann zu Mann ...«, begann der Bankier.

Caselli lächelte, er hatte mit seiner Vermutung recht gehabt. »... und dabei ist mir klargeworden, daß es wahrscheinlich gar nicht möglich ist, in einem besseren Licht zu erscheinen. Der Anschein trügt nicht. Die Fakten sprechen gegen mich. Ich habe ein Verhältnis mit der Tochter meiner Lebensgefährtin. Daran gibt es nichts zu beschönigen. Im Grunde ist mir das Mißliche der Situation erst jetzt richtig klargeworden. Ich habe Alessia zum erstenmal gesehen, als sie aus dem Internat kam. Von diesem Moment an habe ich nur noch daran gedacht, wie ich sie besitzen könnte. Sie hat mir den Kopf verdreht, mich verrückt gemacht, obwohl sie nichts dazu beitrug. Alessia hat sich mir gegenüber nicht aufreizend benommen. Sie hat versucht, ihre Gefühle zu ordnen, und ich … ich habe es nicht dazu kommen lassen. Ich habe alles daran gesetzt, sie zu verführen. Das hat mich Kraft und Geld gekostet, sehr viel Geld. Da ich an nichts anderes mehr denken konnte, hatte ich für einen Kunden zum ungünstigsten Zeitpunkt englische Pfund gekauft und mich verspekuliert. Eine sehr unschöne Sache. Doch schließlich gab Alessia nach und …« Der Bankier zögerte. Caselli wußte, daß Crasso bereits mehr preisgegeben hatte, als er sich hätte träumen lassen, aber dann sprach er den letzten Satz doch noch aus. »Und jedesmal, wenn sie bei mir ist, bin ich hingerissen, daß ich es geschafft habe. Wie soll ich Ihnen das erklären?« Der Bankier hob die Hände. »Es gibt nichts zu beschönigen …«, schloß er.

»Wo waren Sie am dritten Mai zwischen Mitternacht und ein Uhr morgens?« fragte Caselli und versuchte, seiner Stimme einen sachlichen Klang zu geben. Er verstand ja nur zu gut, was Crasso fühlte. Doch er hatte auch das Bild der verbitterten Contessa vor Augen.

»In der Osteria dell'Orso …«, antwortete Crasso. »Ich gehöre dem Club Canova an. Wir hatten unser Monatsmeeting. Es findet immer ein Abendessen statt, meist wird ein Politiker dazugeladen. Diesmal war es der Außenminister …«, flocht er ein. »Die Organisation übernimmt der

Direktor der Swiss Bank hier in Rom, ein guter Freund von mir … ich habe das Restaurant gegen zwei Uhr morgens verlassen …«, fügte Crasso hinzu. »Sie können das nachprüfen …« Sie ließen den Platz hinter sich.

»Das ist nicht nötig …«, warf Caselli ein. »Ich sehe keinen Grund, Ihr Alibi anzuzweifeln.«

»Das freut mich …«, antwortete der Bankier und warf einen kurzen Blick zurück auf den Obelisken, den Jugendliche mit Graffitis verunstaltet hatten.

»Schauen Sie sich das an …« Er deutete auf die Schrift. »Es wundert mich bloß, daß nicht mehr passiert, daß diese Vandalen nicht mehr ruinieren …!«

Caselli nickte. »Gott sei Dank ist die Mehrzahl der jungen Leute recht vernünftig.«

»Ja …«, antwortete Crasso, und damit waren sie wieder beim Thema. »Es ist mir klargeworden, Caselli, daß ich versuche, mich Ihnen gegenüber zu rechtfertigen, was natürlich sinnlos ist. Ich hinterlasse in dieser Sache einen recht banalen Eindruck … und das ist mir ausgesprochen peinlich …«, sagte er und fuhr sich mit den Fingerspitzen über den gepflegten dunklen Schnurrbart. »Das können Sie mir glauben.«

Caselli wartete ab, was er als nächstes sagen würde. »Alessia ist eine außergewöhnliche junge Frau, diese entwaffnende Natürlichkeit. Sie ist freundlich, intelligent … und schutzbedürftig … Dadurch spricht sie quasi unsere Urinstinkte an, nicht wahr? Man will sie beschützen …« Wieder schwieg er für einen Moment. »Ach, wissen Sie was, Commissario? Es ist ja eigentlich so einfach: Wenn ich Alessia sehe … geht mir das Herz auf! Verstehen Sie?«

»Ja …«, sagte Caselli trocken. Und der Bankier, der die Schwingtür ins Rosati aufdrückte, wandte sich mit einem überraschten Gesichtsausdruck nach ihm um.

13

Obwohl sein Arbeitstag nun eigentlich zu Ende war, konnte sich Caselli nicht entschließen, nach Hause zu gehen. Er ging noch einmal in sein Büro in der Questura. Scurzi war schon weg, und Caselli schrieb einen Routinebericht. Er legte ihn in den Ausgangskorb, sah auf die Uhr und überlegte. Es war noch früh am Abend und durchaus vertretbar, Terracinis Lebensgefährten einen Besuch abzustatten. Er wählte die Nummer und hatte Glück. Crisostomi nahm ab. Seine Stimme klang matt. Als Caselli sagte, er käme vorbei, erhob er keine Einwände. Caselli legte auf und verließ das Büro. Seine triste, leere Wohnung konnte ruhig noch eine Weile auf ihn warten. Und dann war da noch das Telefonat nach Sizilien, das er noch ein wenig hinausschieben wollte.

*

Als Caselli die Treppen zur Dachterrassenwohnung hochstieg, in der Crisostomi und Terracini zusammengelebt hatten, hörte er schon unten vertraute Klangwogen. Sein deutscher Großvater war ein hartnäckiger Verehrer Richard Wagners und hatte seinem Enkel oft Platten vorgespielt. Caselli wunderte sich, daß die Bewohner des Mietshauses in der Via del Cedro nicht einschritten. Er hörte *»Nothung, Nothung«* und mußte lächeln. Erster Akt Walküre, Duett zwischen Siegmund und Sieglinde. Bei der Aufnahme tippte er auf Vickers, Brouwenstijn, London 1962. Die Aussprache der Brouwenstijn war unverkennbar. Caselli nahm den nächsten Absatz. Während er außer Atem Stufe für Stufe erklomm, kam ihm Scurzi in den Sinn, Durendal und die Rolandsage. Bei den teutonischen Helden war stets ein Schwert im Spiel. Von den Griechen über Artus zu den Nibelungen, überall Schwerter und Tarnkappen. Er war im letzten Stock angekommen und verschnaufte. Die Klangwoge bäumte sich auf, und dann war Schluß. Caselli hechtete nach vorn und drückte auf den Klingelknopf. Die Musik begann erneut. Er hörte genauer hin. *»Winterstürme wichen dem Wonnemond...«* Es war eine Platte mit Querschnitten, wie Caselli vermutet hatte. Er drückte noch einmal auf die Klingel. *»Zu seiner Schwester schwang er sich...«* Ein junger Mann öffnete. Er war blaß, was das rigorose Schwarz, das er trug, noch verstärkte. *»Freudlos war mir das Leben, als hätt' ich nie es gekannt...«* Caselli zeigte seinen Ausweis. Sein Gegenüber machte eine Handbewegung. Caselli trat ein, und Dario schloß die Tür. *»Du bist das Bild, das ich in mir barg...«*, sang Siegmund.

Dario schob den Regler herunter. *»Siegmund den Wälsung siehst du, Weib!«* Caselli konnte sich nicht losreißen. *»Braut und Schwester bist du dem Bruder – so blühe denn Wälsungenblut!«* Das Orchester spielte in aufwühlendem Crescendo.

»Schön, nicht?« sagte Dario und blickte Caselli traurig an. »Sie sind der Commissario, der den Mord an Ugo aufklärt, nicht?«

Caselli nickte. »Vickers, Brouwenstijn, London 1962?« fragte er aus alter Gewohnheit. Dario Crisostomi nickte. »Ich habe Ihrem Mitarbeiter ja schon am Telefon gesagt, daß ich im Teatro Argentina Dienst hatte und nachher gleich nach Hause bin, nicht?«

»Sie haben heute mit Sergente Scurzi gesprochen?« fragte Caselli und sah auf. Er ließ sich die Verärgerung, daß Scurzi ihm keine Notiz hinterlassen hatte, nicht anmerken.

»Ja, gegen Mittag. Ich hatte gerade das Telefon wieder eingesteckt. Es ging mir nicht gut. Ich hatte gestern ... eine Magenverstimmung.«

Caselli nickte und schwieg dazu. Dario Crisostomi auf seinen Selbstmordversuch anzusprechen, das war im Moment nicht seine Aufgabe. Die Musik spielte weiter. Wotan traf auf Brünnhilde. Dann nahte Fricka, des Gottes zänkische Gattin, der zweite Aufzug. Doch der CD-Spieler stand auf Replay, und Siegmund sang wieder *»Winterstürme…«* Caselli versuchte, sich zu konzentrieren.

»Stört Sie die Musik? Soll ich ausschalten?«

»Nein, nein…« Caselli sah auf. An der Wand hing ein Werbeplakat. Dario sah mit zusammengezogenen Augenbrauen männlich-trotzig in die Kamera und posierte für eine Unterhose.

»Ach?« Caselli sah zu ihm hinüber.

»Das habe ich mal nebenbei gemacht…«, sagte Dario emotionslos. »Irgendwie mußten wir ja Ugos Schauspielunterricht finanzieren. Jetzt arbeite ich nur noch als Maskenbildner … Bei Ugo muß ich nicht viel verändern. Er wirkt auch ohne Maske, es kommt von innen.«

»Die bräutliche Schwester befreite der Bruder…«

»Ugo hat Charisma, wissen Sie?« lächelte Dario. Er saß vornübergebeugt und hatte das Kinn auf die gefalteten Hände gestützt. *»Wie dir die Stirn so offen steh*t *… dein Auge sah ich schon…«*, sang Sieglinde.

»Da kommt wieder das Leitmotiv…«, sagte Caselli.

»Aber wenn ich mit ihm fertig bin, Wangenpartie betont, Nase verschmälert … Rouge aufs Kinn… dann erkennt er sich selbst kaum wieder!« sagte Dario und fuhr sich mit den Fingern durch das kurze Haar.

Caselli stellte fest, daß Crisostomi über Terracini sprach, als lebe er noch. Er kannte das. Das kam manchmal vor, wenn der Schock über den plötzlichen Verlust eines Menschen noch zu tief saß. *»…in mildem Lichte leuchtet der Lenz, auf lauen Lüften, lind und lieblich…«*

»Was können Sie mir über Terracini sagen? Wurde er bedroht? Hatte er Feinde? Was für ein Mensch war er?« fragte Caselli.

»Etwas viele Fragen auf einmal, finden Sie nicht?« lächelte Dario. Er stand auf, nahm einen Gegenstand vom Bücherregal und setzte sich wieder. Caselli zog die Luft ein. Es war ein Totenschädel.

»Zu seiner Schwester schwang er sich her … jauchzend grüßt sich das junge Paar… «, sang Siegmund.

»Macht die Musik Sie nervös?« fragte Dario wieder, immer noch lächelnd.

Caselli schüttelte den Kopf und verfolgte, wie Dario den Schädel in den Händen drehte.

»Ugo kommt aus Trastevere … aus einfachen Verhältnissen, aber er hatte Talent. Er hatte es zu etwas gebracht. Er hatte es geschafft. Den Hamlet am Argentina, viel mehr können Sie in Italien nicht erreichen, seit Strehler nicht mehr da ist. Ugo war ganz oben …«, sagte er und nickte. »Er hatte diese absurde Verehrung für Byron … Er wollte ihm nacheifern, in allen Exzessen, allen Verzweiflungstaten, allen abstrusen Verirrungen. Lord Byron und die gottgewollte Verdammnis. Er hat sich damit selbst zerstört, und nicht nur sich …« Dario hielt den Schädel hoch. »Da, schauen Sie mal, den hat sich Ugo aus England kommen lassen, einen Schädelbecher, wie Byron ihn hatte … ein kitschiges Souvenir aus Plastik …« Er kippte ihn, damit Caselli sehen konnte, daß innen ein Metallbecher eingearbeitet war. »Und da drüben …« Dario deutete auf das Bücherregal. Kirschbaum, dachte Caselli, vielleicht sollte er doch noch mal in Tiberios Werkstatt vorbeischauen? »Die hat er gelesen … komplett, gesammelte Werke. Er war besessen davon … derart besessen, daß er sich sogar auf eine Beziehung mit mir einließ.«

Caselli konzentrierte sich wieder auf Crisostomi. Im

Grunde war Kiefer ein solides Material. Er würde dabei bleiben. Schließlich hatte er mit Tiberio alles ausführlich besprochen, auch preislich. Kirschbaum war sicher weitaus kostspieliger. Crisostomi drehte immer noch den Totenschädel in Händen.

»Ich bin mir jetzt sicher, daß Ugo mich nicht geliebt hat. Er wollte nur mal eben ... Byrons ›zweite Seite‹ ausleben, ein kleiner Exzeß am Rande, wenn Sie verstehen, was ich meine ...« Dario sah auf. »Aber, meiner Meinung nach, hat er sich richtig dazu gezwungen, nur kurze Zeit ... dann war Schluß. Ich hatte mich natürlich schon haltlos in ihn verliebt.«

Caselli verstand nicht ganz. »Aber Byron gilt doch als Frauenheld, als Don Giovanni?« warf er ein.

»Nicht nur ...« Dario sah auf. »Ugo ging bei seinen Eroberungen übrigens immer überraschend einfallslos vor. Immer begann er mit: ›Dolce fanciulla‹ ...«

Er lächelte schwermütig und betrachtete wieder den Schädel in seinen Händen. »Wußten Sie, Commissario, daß man nach Byrons Tod eine Kiste fand, in der er die Miniaturen seiner guten Freunde und seiner Geliebten aufbewahrte?« fragte er dann und fixierte den Schädel.

»Ach, ja?« Caselli saß auf der bequemen Couch, endlich mal kein Exklusivmodell, in das man einsackte, und ließ den Blick durch die Wohnung schweifen. Neben ihm stand ein Beistelltisch mit Silberrahmen. Er betrachtete die Fotografien.

»Jede Miniatur steckte in einem speziell dafür angefertigten Futteral aus feinem marokkanischen Ziegenleder ...«, fuhr Dario fort.

»... auf linden Lüften, licht und lieblich ...«

»Das Lederfutteral seiner Freunde war grün, das der Geliebten rot ...« Dario nagte an seiner Unterlippe.

»Zu seiner Schwester schwang er sich her, die Liebe lockte den Lenz ... «

»Das Bildnis von Augusta steckte in einem grünen Futteral ...«

»Die bräutliche Braut befreite der Bruder ... zertrümmert liegt, was je sie getrennt!« Caselli hob irritiert eine Augenbraue. Auch wenn sein deutsches Vokabular eingerostet war, das Libretto der Walküre kannte er.

»... und war innen rot gefüttert ...«, schloß Dario.

Caselli schoß ein Hitzeschwall in den Kopf. Er beugte sich vor und faßte nach einem der Silberrahmen. Die Aufnahme war ein paar Jahre alt. Er hatte die Person auf Anhieb nicht wiedererkannt. Nun fiel es ihm wie Schuppen von den Augen. »Hatte Ugo Terracini eine Schwester?«

»Ja ...« Crisostomi stand auf und schaltete den CD-Spieler aus. »Florinda ...«

Casellis Gedanken rasten. Doch dann nahm er sich zusammen und forderte Crisostomi mit einer Handbewegung zum Weitersprechen auf.

»Sie ist eigentlich Ugos Halbschwester. Sie hatten nicht die gleichen Väter. Sie hatte Pech mit ihrem Ehemann, einem Burschen aus Trastevere, einem richtigen Muskelprotz ohne Hirn, im Viertel nannten sie ihn: ›er Spartaco‹«, fügte er hinzu und lächelte ein wenig. »Weiß der Himmel, wieso sie sich ausgerechnet ihn ausgesucht hat. Er hat sie regelmäßig verprügelt, bis er dann in Ostia einen Motorradunfall baute und wochenlang im Koma lag. Er hat sich nie mehr richtig erholt. Ugo hat sich stets rührend um seine Schwester gekümmert. Sie waren ein Herz und eine Seele ... mehr kann ich Ihnen nicht sagen, Commissario.«

*

Als Caselli den Nachhauseweg antrat, war er ein wenig verwirrt. Der Fall entwickelte sich in eine Richtung, mit der er nicht gerechnet hatte. Alle waren irgendwie miteinander verwandt, kannten sich, liebten sich, hassten sich. Die Tochter schlief mit dem Liebhaber der Mutter, der Vater hatte die Familie verlassen wegen der Schwester eines Schauspielers, der Beziehungen zu beiden Geschlechtern pflegte – und der nun tot war. Caselli mußte sich eingestehen, daß ihn die dekadente Sippe mehr faszinierte, als ihm lieb war. Er mußte daran denken, was die Contessa Lucrezia ihm über die griechischen Tragödien erzählt hatte. Tatsächlich bemühte sich jeder in dem Clan nach Kräften, die ohnedies schon schwierigen Verhältnisse noch komplizierter zu machen. Caselli war zufrieden mit dem Ergebnis seines abendlichen Besuchs. Auf jeden Fall mußte er mehr über Florinda Bellucci herausfinden. Dazu würde er am nächsten Morgen als erstes die Museumsdirektorin Signora Vicenti aufsuchen.

Ein Schauer war niedergegangen, und das schwarze Kopfsteinpflaster glänzte. Caselli schlug den Mantelkragen hoch und summte das Winterstürme-Motiv vor sich hin. Sein Magen knurrte, seit dem Frühstück hatte er nichts mehr gegessen. Er dachte an seinen Kühlschrank, der leer war, und trat kurzerhand in die nächste Bar. Er holte sich einen Scontrino an der Kasse und ging zur Theke. Die Tramezzini sahen ganz ordentlich aus, und er verlangte zwei mit Thunfisch und Tomaten. Dann fiel ihm ein, daß es eine Person gab, die ihm schon heute abend weiterhelfen konnte, abgesehen davon, daß ihm die Aussicht, mit ihr zu sprechen, und sei es nur kurz, willkommen war. Caselli blätterte in seinem Notizbuch, nahm das Handy und wählte die Nummer. Er hatte Glück, er traf Alessia an. Sie klang erfreut, als er seinen Namen nannte. Nach ein paar einleitenden Worten stellte er ihr die Fragen, die er sich zurechtgelegt hatte. »Signorina Alessia ... Wissen Sie noch, wann Sie in Florenz ankamen?«

»Gegen drei Uhr morgens.«

»Wie war das ... ich meine, wie sind Sie in den Palazzo gekommen? Haben Sie einen Schlüssel?«

»Ja, Florinda war aber noch auf.«

»Was hatte sie an?«

»Wieso?«

»Einen Pyjama?«

»Einen Hosenanzug ... Sie hat noch gearbeitet. Sie macht das oft ... nachts.«

»Wie sah der aus?«

»Elegant.«

»Aha ... das war schon alles, vielen Dank. Schlafen Sie gut.« Caselli hörte, wie auch sie ihm eine gute Nacht wünschte, und beendete die Verbindung. Das Lächeln, das der Klang ihrer Stimme auf sein müdes Gesicht gezaubert hatte, erlosch und Caselli biß die Kiefer zusammen. Würde eine Restaurateurin einen eleganten Hosenanzug anziehen, um die Nacht durchzuarbeiten und mit Farben, schmutzigen Lappen und ätzenden Flüssigkeiten zu hantieren?

*

Spät in der Nacht fing es wieder an zu regnen. Als Caselli das Prasseln der Regentropfen auf den Dächern hörte, schreckte er hoch. Er hatte die Wäsche draußen. Er stand auf, tappte in die Küche und öffnete das Fenster. In aller Eile sammelte er die Wäschestücke vom Klappständer auf dem Balkon. Die letzte hellblaue Unterhose entglitt ihm. Sie rutschte zwischen den Gitterstäben durch und fiel in die Tiefe.

14

Am nächsten Morgen trat Caselli noch im Schlafanzug auf den Balkon seiner Küche und sah in den Cortile hinunter. Die Aussicht war nicht besonders einladend. Der quadratische Innenhof, der sich wie ein Zylinder hochzog, war in sich geschlossen. Unten standen die Mülltonnen, die Deckel voller Taubendreck. Man sah Rohre und Antennen, hörte geräuschvolle Wasserspülungen und konnte, wenn abends Licht brannte, die Lebensgewohnheiten der Bewohner der unteren Stockwerke des Condominios verfolgen. Im dritten Flur spannten sich Metallwäscheleinen quer über den Hof, und wenn Caselli im Halbschlaf das Quietschen des Seilzugs hörte, wußte er, daß die füllige Römerin aus Interno 4 spät in der Nacht ihre schwarzen Dessous aufhängte. In jedem Fall, unten lag nichts, und Caselli fragte sich irritiert, wo wohl seine Unterhose hingeraten war. Er ging wieder hinein, schloß die Balkontür und setzte Teewasser auf. Heute konnte er den Tag in Ruhe angehen. Er wollte am Vormittag zur Galerie, um mit der Museumsdirektorin über Florinda Bellucci zu sprechen. Der Palazzo Spada lag unweit der Piazza Farnese, kaum fünf Minuten entfernt. Da konnte er zu Fuß hinlaufen. Caselli hielt es nicht lange am Frühstückstisch. Das Telefon läutete. Caselli nahm den Keks, in den er gerade gebissen hatte, mit und ging ins Wohnzimmer.

»Giuseppina?« rief er überrascht und kaute. Tiberios Frau fragte ihn, ob er bei ihr vorbeikommen könnte ... auf eine halbe Stunde. Caselli sagte nichts. Sie hatten sich noch nie allein getroffen, ohne Tiberio ... und es gab keinen Grund, das zu ändern. Offenbar spürte sie sein Zögern in der Leitung, denn sie setzte rasch hinzu, es sei »geschäftlich«. Caselli fragte nach, ob es um das Regal gehe. Sie verneinte und betonte, es sei »wichtig«, und dann sagte sie nichts mehr. Caselli versicherte ihr, er werde vor dem Mittagessen kurz vorbeikommen, und legte auf. Sein Blick fiel auf das Heftpflaster an seinem Finger. Es war wieder durchgeeitert. Er verzog das Gesicht und ging ins Bad.

Eine halbe Stunde später lief er, mit einem leichten Blazer und einer Leinenhose bekleidet, Todds an den Füßen, ein wasserfestes Luxusheftpflaster am desinfizierten Finger, die Treppe hinunter und die Straße vor bis zur Piazza. Der Markt auf dem Campo dei Fiori war in vollem Gange. Die Blumenstände waren farbenprächtig wie nie. Flieder duftete mit Pfingstrosen um die Wette. Die Bancarelle, die Gemüse und Obst anboten, schienen unter der Warenvielfalt zu bersten. Eine Marktfrau saß auf einem Schemel, ein Plastiksieb auf dem Schoß, und putzte Artischocken. Der Fischhändler bespritzte Muscheln, Kalamari und Schwertfische mit Wasser aus einem Eimer, alle gestikulierten lebhaft, sprachen laut und lachten noch lauter. Caselli blinzelte zufrieden in die Sonnenstrahlen. Er kaufte am Zeitungsstand den *Messaggero,* las im Gehen die Schlagzeilen und blieb stehen, um den Sportteil zu überfliegen. Dann klemmte er ihn unter den Arm, bog rechts ab zur Piazza Farnese und lief geradeaus weiter bis zur Piazza Campo di Ferro. Und da lag der Palazzo Spada auch schon vor ihm, rechter Hand im Halbschatten, wodurch die Figuren in den Nischen des Piano nobile noch geheimnisvoller wirkten.

»Commissario!« Auf der Schwelle der Bar an der Ecke winkte Signora Vicenti mit einem Cornetto. Caselli kehrte um.

»Sie sind aber früh dran ...«, lächelte sie, während sie an der Theke den Zucker in ihrem Milchkaffee umrührte.

»Tja …«, sagte Caselli mit einem Lächeln und hob die Hände. »Ich hatte es eilig, Sie aufzusuchen!«

»Das habe ich mir gedacht …«, sagte sie. Sie biß in ihr Hörnchen, wischte mit dem kleinen Finger den Vanillecremerest von der Lippe und streckte die Hand nach dem Metallspender aus. Caselli kam ihr zuvor. »Danke …!« Sie nahm die Papierserviette und wischte sich über Mund und Finger. »Ich komme einfach nicht zum Einkaufen …«, sagte sie, während sie kaute. »Elektra, das arme Kind … findet den Kühlschrank dauernd leer vor, aber heute kommt meine Zugehfrau, die kocht was … Lina ist eine Perle. Ich freue mich schon auf heute abend …«, sagte sie verschmitzt, duckte ein wenig den Kopf und warf die Serviette in den Papierkorb. »Sie kocht hervorragende Miesmuscheln …!« Sie trank das Glas leer und sah Caselli an. »So, wir können.«

Als sie auf den Palazzo zugingen, ließ Caselli eine Bemerkung über die außergewöhnliche Fassade fallen. Signora Vicenti nickte. Am Mund hing noch ein Stückchen Blätterteig. Sie kontrollierte ihr Make-up im Taschenspiegel, wischte den Brösel mit dem Ringfinger aus dem Mundwinkel und zog sich mit kurzen prägnanten Strichen die Lippen nach. »Entschuldigen Sie …«, sagte sie. »Wozu einen der Hunger treibt …!« Caselli lachte. Sie prüfte noch kurz, ob die Frisur saß, steckte den Spiegel weg und war wieder ganz die korrekte, kompetente Direktorin, die Caselli bei seinem ersten Besuch kennengelernt hatte. Sie hob den Arm und deutete auf den Palazzo. »Die Fassade ist von Giulio Merigi da Caravaggio. Dieser Palazzo ist sein einziger in Rom. Die Fassade haben wir vor einem Jahr vollständig restauriert …«, fügte Signora Vicenti hinzu. »Ja … vergangenes Jahr haben wir viel für die Galerie erreicht.«

»Sie haben auch Bilder restaurieren lassen, nicht wahr?« fragte Caselli, als sie den Cortile durchquerten und auf das Tulpenrondell zugingen.

Signora Vicenti nickte. »Ja … aber lassen Sie uns das drinnen besprechen. Kommen Sie …« Sie ging voran und Caselli fand, daß der knielange melbafarbene Rock ihre Figur ausgezeichnet zur Geltung brachte.

*

»Bitte, Commissario! Nehmen Sie Platz!« Signora Vicenti öffnete ein Fenster, dann nahm sie hinter ihrem Schreibtisch Platz. Als sie sich zurücklehnte, wirkte sie plötzlich abgekämpft.

Caselli setzte sich. »Ach übrigens … hat es geklappt mit der Bezuschußung?« fragte er zuvorkommend.

»Es sieht so aus … es sieht gut aus …«, sagte Signora Vicenti und strich sich eine Strähne aus dem Gesicht. »Aber ganz sicher ist man hier ja nie, vielleicht setzen sie ihn morgen ab, den Minister für Beni Culturali, oder die ganze Regierung stürzt. Ach, Sie kennen das ja …«, seufzte sie und schlug die Beine übereinander, und Seide knisterte. »Dieser Mord bringt uns eine ganz schlechte Presse. Ich habe schon mindestens zehn Reporter abgefertigt seit letzter Woche, schrecklich … Also, wie kann ich Ihnen helfen?« fragte sie und lächelte.

»Sagen Sie mir alles, was Sie über Signorina Bellucci wissen …«, sagte Caselli und Signora Vicenti schnappte nach Luft.

*

»Es gab immer wieder Verzögerungen. Signorina Bellucci fiel sehr oft aus. Ich kannte das gar nicht von ihr, sie war immer sehr zuverlässig gewesen. Aber zu dieser Zeit war ihre Gesundheit stark angegriffen. Sie war immer blaß und hatte abgenommen. Das Ministero dei Beni Culturali hat die Restaurierung unserer Gemälde zum größten Teil finanziert. Der Minister wollte die restaurierten Arbeiten persönlich in Augenschein nehmen und hatte seinen Besuch angekündigt. Alles war bereit, nur der Guercino fehlte noch, ausgerechnet das Porträt des Kardinals Bernandino Spadas, des Gründers der Gemäldesammlung ... zu guter Letzt mußte Signorina Florinda dann auch noch eine Woche ins Krankenhaus.«

»Weswegen denn?« fragte Caselli.

»Nun ja, das weiß ich eigentlich gar nicht ...«, sagte Signora Vicenti. »Sie wollte auch keinen Besuch ... Ich habe mich trotzdem einmal telefonisch nach ihr erkundigt, dabei habe ich erfahren, daß sie auf der gynäkologischen Station lag ...«, sagte sie.

»In welchem Krankenhaus?«

»In der ›Villa Claudia‹, eine Privatklinik am Stadtrand, an der Flaminia. Ein sehr ordentliches Krankenhaus. Es hat einen guten Ruf«, setzte sie hinzu.

»Nach einer Woche kam sie in die Galerie. Die Zeit war nun wirklich knapp. Wir hatten nur noch ein paar Tage. Signorina Florinda kam in mein Büro. Sie sah fürchterlich mitgenommen aus«, flocht Signora Vicenti ein, »ich hätte sie am liebsten nach Hause geschickt, damit sie sich erst mal richtig erholt, aber wir waren so unter Druck. Signorina Bellucci bot mir an, die restlichen fünf Tage nachts in die Galerie zu kommen, um an dem Gemälde weiterzuarbeiten. Sie sagte, auf diese Weise würde sie es bis zum Besuch des Kultusministers schaffen. Ich zögerte, aber dann stimmte ich zu. Sie ist eine vertrauenswürdige, zuverlässige Person ... Wir hatten schon mehrmals mit ihr zusammengearbeitet, ihre Arbeit war immer ausgezeichnet. Die hohe Qualität ihrer Technik hat im Grunde entscheidend dazu beigetragen, daß wir das Ministerium überzeugen konnten, uns weitere Mittel zur Verfügung zu stellen ...« Signora Vicenti brach ab.

»Und wie ging es weiter?« fragte Caselli.

Sie zögerte. »Es ist mir unangenehm, darüber zu sprechen, ich habe die Vorschriften ... umgangen«, sagte sie und rückte den Faltenwurf des schweren Vorhangs aus russischgrünem Brokat zurecht, der das deckenhohe Fenster ihres Büros einrahmte.

»Ich möchte Sie bitten, mir alles zu sagen, Signora«, insistierte Caselli.

Die Direktorin atmete abgespannt aus. »Also ... ich gab ihr die Zweitschlüssel ... darauf zielt Ihre Frage doch ab, oder? Sie wollen doch wissen, wer einen Schlüssel zur Galerie haben könnte, außer mir und dem Pförtner ... nun ja, und da gibt es eben nur noch Signora Bellucci. Wahrscheinlich wußten Sie das ja, sonst hätten Sie mich nicht so direkt auf sie angesprochen. Ich schließe vollkommen aus, daß Signora Bellucci auch nur das geringste mit dieser tragischen Sache zu tun hat.« Sie sah auf. »Wenn Sie weiterleiten, daß ich ihr die Schlüssel geliehen habe, bin ich meine Position hier los.«

»Bitte fahren Sie fort.«

»Also, Sie kam morgens sehr früh, blieb den ganzen Tag und verließ gegen halb sechs die Galerie, wahrscheinlich hat sie etwas gegessen, sich frisch gemacht ... vielleicht eine Stunde geschlafen. Gegen neun kam sie dann zurück und arbeitete bis spät in die Nacht. Wenn sie ging, schloß sie ab und schaltete die Alarmanlage wieder ein.«

»Sie haben ihr gezeigt, wie man die Alarmanlage ausschaltet?« Signora Vicenti nickte. »Die Lichtschranke liegt vor der Treppe zum ersten Stock. Der Schaltschrank ist unter dem Schreibtisch der Eingangshalle.«

»Also, angenommen, jemand bricht das Türschloß auf … dann passiert noch gar nichts?« fragte Caselli.

Signora Vicenti nickte erneut. »Die Alarmanlage meldet erst, wenn die Lichtschranke passiert wird.«

»Liegt die Schranke vor oder nach der Tür in den Garten?«

»Davor …«, sagte die Direktorin. »Wir wollten selbstverständlich auch die Prospettiva del Borromini vor Vandalismus bewahren.«

»Um unbemerkt in den Garten zu gelangen, mußte Terracini also wissen, wie man die Alarmanlage ausschaltet …«, faßte Caselli zusammen.

»Ja … oder es war jemand vor ihm da … der den Alarm deaktivierte.«

Caselli blickte überrascht auf.

»Entschuldigen Sie … Commissario!« Signora Vicenti wirkte verlegen. »Ich habe eine Schwäche für englische Kriminalromane, da folgert man dann schnell mal … etwas …« Sie räusperte sich. »Das Gemälde wurde rechtzeitig fertig, und Signorina Florinda gab mir die Schlüssel zurück.«

»Wann war das?« fragte Caselli.

»Vor einem Jahr, Mitte März … der Besuch des Ministers war … warten Sie mal …«

Sie blätterte in einem Kalender auf ihrem Schreibtisch und setzte mit der freien Hand ihre Brille auf, die sie an einer Silberkette um den Hals trug. »Am fünfzehnten März«, sagte sie und blickte Caselli durch die schmalen Gläser der Lesebrille an. Gleich darauf nahm sie die Brille wieder ab. »Ich hebe alte Kalender immer auf, man will manchmal doch noch etwas nachschlagen, nicht?«

»Ja«, sagte Caselli. »Wie viele Schlüssel braucht man, um hier hereinzukommen?« fragte er weiter.

»Es gibt drei. Einen für die Gitterabsperrung vorn, einen für den Seiteneingang in der Via del Polverone ... und einen für die Tür zur Halle. Dann gibt es natürlich die Schlüssel zu meinem Büro, zu den anderen Räumen im Parterre, zum Garten und so weiter ...«, sagte sie.

Caselli konnte es sich nicht verkneifen. »Warum lassen Sie die Besucher denn nicht vorn herein?« fragte er. »Bei der Piazza Campo di Ferro?«

»Das haben wir wegen der Biglietteria gemacht. Wir mußten den Kartenverkauf neu unterbringen, vorn war er im Weg.«

»Fehlen Schlüssel?« fragte Caselli weiter.

»Nein, die Zweitschlüssel sind hier in meinem Schreibtisch.« Sie zog eine Schublade auf.

»Einen Moment, haben Sie sie angefaßt?« unterbrach sie Caselli. »Nein ... am Bund für den Außenbereich hängen nur drei, ich konnte auf einen Blick sehen, daß keiner fehlte. Übrigens hat sie Ihr Kollege von der Spurensicherung mitgenommen.«

»Ausgezeichnet«, sagte Caselli. »Es fehlen also keine Schlüssel. Wer hat Zugang zu Ihrem Schreibtisch?«

»Die Schublade ist immer verschlossen.«

»Wo bewahren Sie Ihren Schreibtischschlüssel auf?«

»An meinem persönlichen Schlüsselbund.«

»An dem zur Galerie oder zu Ihrer Wohnung?«

»Ich habe nur einen, da sind meine Privatschlüssel dran und die drei Außenschlüssel zur Galerie«, antwortete die Direktorin.

»Wer verfügt außer Ihnen noch über Schlüssel zur Galerie?« grenzte Caselli seine Frage ein. »Der Pförtner, die junge Dame in der Halle, die Postkarten und Kataloge verkauft?«

»Es gibt zwei verschiedene Schlüsselbunde ... für

Außenschlüssel und Innenschlüssel. Die Innenschlüssel sind nur hier in meinem Schreibtisch ... ein Bund. Von den Außenschlüsseln existieren drei Bunde. Einen habe ich, einen der Pförtner und einer liegt in besagter Schublade, zur Reserve. Der Pförtner kommt morgens, sperrt auf, schaltet die Alarmanlage aus, geht in mein Büro. Er schließt den Schreibtisch auf und nimmt den Innenschlüsselbund für die anderen Räume heraus, meistens werden die Räume nicht einzeln abgeschlossen, nur die Pforte zum Garten.«

»Der Gartenschlüssel gehört zum Außenbund?« rekapitulierte Caselli.

»Ja.«

»Danke, Signora Vicenti.« Caselli nahm seinen Trench. »Und der Schlüssel, der an der Gartenpforte steckte ... war der echt?«

»Nein, der Schlüssel wurde nachgemacht«, sagte Signora Vicenti.

Caselli wandte sich noch einmal um. »Kannten Sie Ugo Terracini eigentlich?«

»Nicht persönlich ... ich habe ihn als Hamlet im Teatro Argentina gesehen und war sehr beeindruckt. Meine Nichte Elektra kannte ihn. Sie hat ihn beim Vorsprechen für ein Seminar kennengelernt. Elektra möchte unbedingt Schauspielerin werden«, lächelte Signora Vicenti. »Mein Bruder hat dafür leider kein Verständnis ... Aber das sagte ich Ihnen ja schon. Sie hat Krach zu Hause und ich habe sie vorübergehend bei mir aufgenommen, bis sich die Wasser wieder beruhigt haben.«

»Hat Ihre Nichte die Rolle bekommen?« wollte Caselli wissen.

»Ja ... Elektra wurde in den Schauspielkurs aufgenommen.«

»Ich danke Ihnen, Signora...« Caselli verabschiedete sich.

*

Vor dem Rondell mit den rosafarbenen Tulpen blieb er stehen und sah auf die Uhr. Es war kurz nach neun. Er beschloß, nun den Besuch bei Giuseppina hinter sich zu bringen und anschließend in die Questura zu fahren. Aber vorher würde er noch Scurzi die neuen Ermittlungsergebnisse mitteilen. Der Sergente mußte sich unbedingt Florinda Belluccis Krankenblatt in der Kartei der »Villa Claudia« vornehmen.

*

Eine knappe Stunde später war das Rätsel Giuseppina zumindest teilweise gelöst. Caselli schleppte schwitzend einen riesigen Karton und stand vor seiner Haustür. Wie sollte er jetzt aufschließen? Abstellen wollte er den Karton nicht. Das Pflaster der Gasse war dreckig, und wenn er den Karton wieder aufnahm, würde er den Straßenschmutz an seinem hellen Jackett haben. Caselli preßte den Karton gegen die Hauswand, stützte ihn mit dem Knie und fingerte mit der freien Hand in seiner Hose nach den Schlüsseln. Er fand sie und schloß auf. Jetzt ging es die Treppe hoch. Im dritten Stock setzte er die Fracht auf dem Treppenabsatz ab und verschnaufte. Seine neue Nachbarin brachte gerade den Müll herunter. Caselli grüßte knapp und schob den Karton an die Flurwand, damit sie vorbeikonnte.

Sie nickte auf die Kiste. »Tupperware? Das komplette Sortiment? Ach, braucht die Ihre Mamma fürs Pausenbrot?« sagte sie schnippisch, dann war sie am nächsten Absatz und hinterließ nur die strenge Duftwolke des Müllsacks.

Caselli setzte an, den Karton wieder aufzunehmen, als jemand halblaut seinen Namen aussprach. Er fuhr herum.

»Entschuldigen Sie, Commissario, ich wollte Sie nicht erschrecken!« In der geöffneten Wohnungstür hinter ihm stand ein älterer Herr. Er trug eine bordeauxfarbene Hausjacke und Pantoffeln. »Leontini ... Mauro Leontini ...« Er machte eine Pause, als wolle er Caselli Gelegenheit geben, etwas zu sagen.

»Buongiorno.«

Leontini nickte. »Vermissen Sie nichts?«

»Hm? Ach so ...!« Caselli zuckte verlegen mit dem Mundwinkel. »Sie haben ...« Leontini nickte.

»Möchten Sie nicht einen Moment hereinkommen?«

Caselli nickte, und Leontini führte ihn in sein Wohnzimmer. Er nahm ein Päckchen von einer Konsole, das er mit einem hellblauen Band verschnürt hatte und das in Form und Aussehen einem Konditoreipaket voller Pasticini, Bignés und Obstkuchentörtchen glich. »Ist an meinen Geranien hängengeblieben ...«, lächelte der ältere Herr und reichte Caselli das Paket. »Bitte schön.«

»Danke. Entschuldigen Sie, daß ich Ihnen Umstände bereitet habe!«

»Aber nicht doch ... Cognac?« Caselli nickte höflich, obwohl ihm ein Glas Mineralwasser um zehn Uhr vormittags entschieden lieber gewesen wäre.

*

Leontini war pensionierter Steuerbeamter. Caselli wußte nicht so recht, wie ihm geschah, doch in zwanzig Minuten hatte er dem älteren Herrn detailliert seine Steuersorgen anvertraut. Vielleicht lag es auch daran, daß Leontini ihn an seinen Großvater erinnerte, von dem er ebenfalls erzählt hatte. Zu alten Männern faßte er – das war ihm schon öfter aufgefallen – mühelos Zutrauen, und sein Großvater war ihm stets ein guter Ratgeber gewesen. Jedenfalls hatte er

Leontini den Namen des Sachbearbeiters genannt, und dessen Reaktion hatte keinen Zweifel darüber gelassen, daß ihn furchtbare Erinnyen mit dem übelsten Steuerbeamten Italiens gestraft hatten. Caselli schlug die Beine übereinander und machte sich ernsthaft Sorgen. »Granucci, das ist ein Schleifer ... er ist überkorrekt. Außerdem stört ihn womöglich Ihre deutsche Familie.«

»Herrgott noch mal, ich bin Italiener!« rief Caselli.

Leontini faltete die Hände zu einer Pyramide. »Nun ... genauer gesagt ... sind Sie Sizilianer, Alessandro. Und da ... liegt der Hase im Pfeffer. Granucci kann Leute, die aus dem Süden kommen, ohnehin nicht ausstehen. Er will ein Exempel an Ihnen statuieren.« Leontini nickte bekümmert. »Und Sie haben einen deutschen Großvater ... und der hat sicher gedient.«

»Großvater war an der Ostfront!« warf Caselli ein.

»Das kümmert Granucci nicht, glauben Sie mir ...« Leontini stützte die gefalteten Hände gegen sein Kinn. »Sie sehen: Sie vereinigen perfekt seine beiden Feindbilder ... besser hätte Granucci es nicht treffen können. Da wundert mich nichts.«

»Das ist mir vollkommen unverständlich!«

Der ältere Herr lächelte leise. »Dabei müßten Sie doch einiges gewohnt sein ... entschuldigen Sie ...«, korrigierte er ernst und hob die Hände, als er Casellis Gesichtsausdruck sah.

»Ich gehe in den nächsten Tagen hin und kläre das ...«, sagte Caselli bestimmt.

»Aber nicht doch, Alessandro. Sie müßten es doch besser wissen: In Italien gilt immer noch der Grundsatz, der kürzeste Weg zwischen zwei Punkten ist die Arabeske ... also, wir müssen hier ganz anders vorgehen. Glauben Sie mir ... ich habe dreißig Jahre meines Lebens hinter Schreibtischen dieser Behörde zugebracht. Wenn Sie Granucci aufsuchen, reizen Sie ihn nur unnötig ... oder schlimmer noch, Sie verschaffen ihm die Genugtuung, Sie wie einen lästigen Bittsteller abzuweisen. Abgesehen davon, kommen Sie gar nicht zu ihm durch.«

Caselli stand auf. »Ich weiß Ihr Interesse zu schätzen, aber ich werde das auf meine Weise regeln!«

Der ältere Herr hob die Hände. »Wenn Sie meinen. Sie wissen ja, wo Sie mich finden ...«

Caselli wandte sich zur Tür.

»Commissario?« Leontini deutete mit einer Handbewegung auf das hellblaue, verschnürte Päckchen.

»Ah ja ...«, sagte Caselli und nahm seine Unterhose mit.

15

Eine Madonna mit Kind, gemalt im minutiösen Realismus des Quattrocento, lag sorgfältig gesichert und mit Wattebahnen unterlegt auf einem fleckigen Restaurationstisch. Caselli stand daneben und betrachtete die Figuren. Er war am späten Vormittag mit dem Zug nach Florenz gefahren, und hatte sich ein zweites Mal zur noblen Adresse am Arno-Ufer begeben.

»Der Malgrund ist eine Eichenholzplatte ...«, erläuterte Florinda. »Darauf wurden die Grundierung, die Farbschichten und der Firnis aufgetragen. Der Firnis ist eine Abschlußschicht. Im Quattrocento verwendete man dafür Leinöl oder andere schnell trocknende Öle. Restaurieren ist eine langwierige Sache, man braucht Geduld und Fingerspitzengefühl. Man untersucht das Bild zuerst unter einem Mikroskop bei Ultraviolett- und Infrarotlicht. Mit Hilfe von Röntgenstrahlen kann festgestellt werden, ob bei früheren Restaurierungsarbeiten Änderungen vorgenommen wurden. Dann beginnt man mit dem Reinigen. Man entfernt Schmutz und vergilbten Firnis. Das Lösungsmittel mischt jeder Restaurator nach seinen Erfahrungen und Kenntnissen selbst. Hier habe ich eine Mixtur aus Aceton, Alkohol, Wasser und Ammoniak.«

Sie nahm ein Fläschchen in die Hand.

»Sehen Sie das Blau, das er für den Sternenmantel der Madonna verwendet hat? Es wurde ursprünglich durch die Pulverisierung von Lapislazuli gewonnen und ist sehr lichtbeständig. Dann werden die losen Farbschichten fixiert. Schadhafte Stellen werden mit Grundierung aufgefüllt und neu übermalt. Die Originalfarbe darf dabei nicht berührt werden.«

»Hm … hm«, meinte Caselli und verschränkte die Hände auf dem Rücken. »Sehr schönes Bild. Der Lilienstrauß im Hintergrund sieht aus wie echt …«, meinte er und blickte die Restaurateurin an.

»Tja, die Ikonographie …«, lächelte Florinda.

»Wie?« fragte Caselli.

»Nun, jedes Bild hat sowohl einen manifesten als auch einen latenten Bedeutungsgehalt«, erläuterte Florinda. »Latent nennt man die verborgenen Bedeutungen, zum Beispiel Symbole, die für bestimmte Eigenschaften stehen. Der Löwe verkörpert den Mut, die Schlange den Neid … und so weiter. Die Lilien, die Sie hier sehen, sind in einer Verkündigungsszene das Symbol der Keuschheit. Auch Edelsteine haben Emblemcharakter. Der Smaragd steht für die Jungfräulichkeit, der Diamant für den Mut.«

»Und wozu die ganze Geheimnistuerei?« hakte Caselli nach.

»Da gibt es verschiedene Interpretationsmöglichkeiten …«, lächelte Florinda. »Eine heißt simpel: *Versöhnung der heidnischen Antike mit dem Christentum*. Dann gibt es die Theorie, eine moralische Botschaft, die banal ist, müsse versteckt werden, um sie interessant zu machen. Es gibt auch noch eine typologische Bedeutung. In Szenen aus dem Alten Testament werden Typen als Vorläufer von Gestalten aus dem Neuen Testament gedeutet. Nehmen Sie zum Beispiel Judith. Holofernes, gesandt vom Assyrerkönig Nebukadnezar, greift Israel an. Die Jüdin Judith begibt sich in sein Zelt, macht ihn trunken und enthauptet ihn mit seinem eigenen Schwert. Das läßt sich so deuten: Wie Judith durch ihren Sieg über Holofernes Israel befreite, befreite Maria durch ihren Sieg über Satan die Menschheit …«, schloß sie und schraubte sorgfältig das Fläschchen mit dem Lösungsmittel zu.

»Und wen wollten Sie befreien?« fragte Caselli unvermittelt.

»Ich verstehe nicht ganz ...« Florinda schaltete die Lampe über dem Mikroskop aus.

»Sie waren am dritten Mai in Rom«, sagte Caselli.

Florinda erstarrte.

»Sie brachten ein Gemälde zur Galleria Doria Pamphili. Sie haben mit der Familie Doria Pamphili zu Abend gegessen und den Palazzo gegen zehn Uhr verlassen. In Florenz sind Sie erst am nächsten Morgen eingetroffen. Was haben Sie in der Zwischenzeit gemacht?« fragte er scharf. Sie antwortete nicht. »Ich werde es Ihnen sagen! Sie sind zur Galleria Spada gefahren. Sie haben unter ›Didos Tod‹ ein Bühnenbild samt griechischem Chor aufgebaut und Ihren Halbbruder Ugo Terracini ermordet, von dem Sie im März letzten Jahres ein Kind abgetrieben haben!«

»Was erlauben Sie sich! Das ist eine Ungeheuerlichkeit! Wie können Sie es wagen, mir das zu unterstellen!«

»Sie streiten es ab?« fragte Caselli.

»Natürlich! Wie kommen Sie überhaupt darauf! Das ist eine unglaubliche Frechheit!« Florinda warf ihren farbbesprenkelten Kittel auf einen Sessel.

»Gut, dann gehen wir Punkt für Punkt durch ...!« sagte Caselli schneidend. »Zuerst die gesicherten Fakten ... Ugo Terracini war Ihr Halbbruder ... Wollen Sie das leugnen?« setzte er nach.

»Nein ...«, sagte Florinda und verschränkte die Arme vor der Brust. »Nein ... es stimmt, ja.«

»Gut ...«, stellte Caselli fest. »Sie hatten eine Liaison mit ihm?«

Florinda zögerte.

»Antworten Sie!«

Sie nickte.

»Und letztes Jahr im März erwarteten Sie ein Kind und haben es ...«, fuhr Caselli im Verhörton fort.

»Nein!«

Florinda drehte sich um. »Ich habe es verloren!«

»Das steht aber nicht so in Ihrem Krankenblatt!« sagte Caselli rücksichtslos. Scurzi hatte gleich am Morgen bei seinen Nachforschungen in der »Villa Claudia« ordentliche Arbeit geleistet. »Sie haben einen Test machen lassen ..., der ergab, daß das Kind ...«, zitierte er aus dem Kopf.

»Hören Sie auf!« Florinda machte einen Schritt auf ihn zu. »Hören Sie doch auf! Warum quälen Sie mich! Ja, das Kind wäre nicht gesund gewesen ... ja, das stimmt! Sind Sie jetzt zufrieden?« schrie sie und wischte mit der flachen Hand die Tränen fort. »Wir haben uns geliebt, wir kamen nicht dagegen an. Ugo hat nach der Fehlgeburt sofort einen Eingriff vornehmen lassen. Er sagte, ich brauche keine Angst zu haben, daß so was noch einmal passiert. Er sagte, er würde alles für mich tun. Und das stimmte. Er hat immer alles für mich getan, seit unserer Kindheit, als er mich vor meinem Vater beschützte, wenn der betrunken heimkam. Torquato wußte von allem nichts. Er wußte nur, daß ich ein ... ein schlimmes Erlebnis hinter mir hatte. Ich habe mich bemüht, ihn zu lieben. Wir kennen uns fast zwei Jahre. Wir sind nach Florenz gezogen. Mit der Zeit kam ich darauf, daß er ständig kleine Affären mit seinen Studentinnen anfing. Seiner Rede nach, belanglose Geschichten. Ich wollte das übersehen, aber es gelang mir nicht.«

»Wo waren Sie am dritten Mai nach Mitternacht?« fragte Caselli ungerührt weiter.

»Ich bin spazierengegangen ...«, sagte Florinda hilflos.

»Im Borromini-Garten?«

Die Restaurateurin sackte in sich zusammen. Caselli merkte es, aber er ließ nicht nach. War sie die Mörderin

Ugo Terracinis, würde sie den Raum nicht verlassen, bevor sie es zugegeben hatte.

»Ich bin durch Rom gelaufen ...«, sagte sie. »Zur Piazza Venezia ... und dann zum Tiber ... ich bin zur Tiberinsel und habe in den Fluß geschaut.«

Caselli wollte sie schon unterbrechen, doch dann besann er sich eines Besseren.

»Ich wußte, daß Ugo an dem Abend keine Vorstellung hatte ... daß er wahrscheinlich zu Hause war ... in Trastevere ... Ich hatte mir geschworen, daß ich ihn nie wiedersehen würde ... Aber ich hatte Sehnsucht nach ihm ... Es wären nur ein paar Schritte gewesen ... von der Tiberinsel nach Trastevere ... zu Ugos Wohnung«, sagte sie und krümmte die Schultern. »Warum bin ich nicht am Nachmittag zu ihm gegangen! Dann würde er jetzt noch leben!« schluchzte sie unvermittelt und Tränen liefen über ihr Gesicht.

»Sie waren nicht in der Galleria Spada?«

»Nein, natürlich nicht ... ich wußte ja überhaupt nicht, daß er dort war«, sagte Florinda.

Caselli zog die Möglichkeit in Betracht, daß sie die Wahrheit sagte. »Hat Sie irgend jemand gesehen?« fragte er. »Jemand, der bezeugen könnte, wo Sie waren?«

Florinda überlegte. »Ja«, sagte sie zögernd und zog ein Taschentuch aus ihrer Jeans. »Gegen halb eins kam ein Arzt aus dem Krankenhaus ... Er sah mich an der Brüstung stehen und kam auf mich zu. Er fragte, ob es mir nicht gutgehe, ob ich Hilfe brauchte ... ich sah ziemlich verheult aus.«

»Woher wissen Sie so genau, daß es gegen halb eins war?« fragte Caselli nach.

»Ich habe auf die Uhr gesehen und überlegt, wann der nächste Zug fährt.« Florinda schneuzte sich.

»Wir haben dann einen Espresso getrunken, in der Bar auf der Brücke. Er hat darauf bestanden«, sagte sie und blickte Caselli an. Ein Hoffnungsschimmer leuchtete in ihren Augen.

»Gut ...«, sagte Caselli.

»Vielleicht läßt sich dieser Arzt ja ausfindig machen«, meinte er ein wenig schuldbewußt, weil er ihr so zugesetzt hatte, aber daran war nichts mehr zu ändern.

»Wie steht es eigentlich mit Ihrer Familie. Lebt Ihre Mutter noch oder Ihr Vater?«

Florinda schüttelte den Kopf. »Meine Mutter ist gestorben. Zu meinem Vater habe ich keinen Kontakt. Ugos Vater starb, als er vier war.«

Caselli nickte und verabschiedete sich. Beim Hinausgehen entdeckte er eine Reihe glänzender Pokale auf einem Bord. »Sie fechten?« fragte er und blieb stehen.

Die Restaurateurin schüttelte den Kopf.

»In den Hinterhöfen von Trastevere lernt man so was nicht. Torquato war früher sportlich. Er hat viele Turniere gewonnen.«

Caselli überlegte. »Ich möchte kurz mit ihm sprechen. Ist er da?«

»Tut mir leid, Commissario. Torquato ist in Mailand bei einem Kunden.«

»Bei einem neuen?«

»Wieso fragen Sie das?«

»Geht es immer noch um den Attico?«

»Ja.«

»Ich dachte, Ihr Lebensgefährte hat den Auftrag verloren ... an einen anderen Architekten ... an den mit dem Plexiglas ...?« erinnerte sich Caselli.

»Ich weiß nicht ... Kunden ändern manchmal ihre Meinung ...«, antwortete sie ausweichend.

Caselli beschloß nun endlich, Torquato Lante della Quercias Alibi überprüfen zu lassen.

*

Am Bahnhof Termini in Rom nahm Caselli ein Taxi. Er lehnte sich in die schwarzen Ledersitze zurück, stützte den Ellenbogen gegen das Seitenfenster und sah auf das Verkehrschaos. Das war ein Blitztrip nach Florenz gewesen, in Rekordzeit. Caselli war sofort zum Bahnhof gefahren, nachdem ihm Scurzi die Neuigkeiten, die er im Krankenhaus in Erfahrung bringen konnte, berichtet hatte. Nun war es halb sechs, und Caselli war bereits wieder zurück. Er hatte Glück gehabt und war beide Male wenige Minuten vor Abfahrt des Zuges am Bahnsteig gewesen. Der Zug war zwar überfüllt, doch die Abteile der ersten Klasse waren leer, und Caselli hatte die bequeme Zugfahrt genossen. Er hatte an einem Fensterplatz gesessen, die toskanische Landschaft an sich vorbeiziehen lassen und in Ruhe den *Messaggero* gelesen. Endlich und ausgiebig auch mal wieder den Sportteil, in dem ein brillanter Artikel seines Freundes Fulvio Stronchetti stand. Ich habe meine Freunde in letzter Zeit vernachlässigt, dachte Caselli, abgesehen vielleicht vom Großeinkauf bei Familie Tiberio Nenci. Am Abend wollte er unbedingt in der Trattoria vorbeischauen. Da würden sicher alle dasein, im Fernsehen gab es die Champions League.

Caselli starrte auf den Nacken des Taxifahrers und überlegte, was er in diesem Fall übersehen haben könnte. Sein Verdacht, Florinda Bellucci habe ihren Halbbruder ermordet, hatte sich schnell zerschlagen. Zwar mußte der Arzt, mit dem Florinda die fragliche Zeit verbracht hatte, erst noch gefunden werden, doch Caselli hatte keinen Zweifel daran, daß ihre Aussage der Wahrheit entsprach. Wie aber stand es mit den Alibis der Lante della Quercias? Er würde die Überprüfung von Torquatos Alibi anordnen. Die Contessa Lucrezia hatte kein Alibi, aber ihr traute er keinen Mord zu. Sie war zu rational, zu distanziert. Allerdings konnte niemand bestätigen, daß sie sich in der Mordnacht wirklich in ihrer Wohnung aufgehalten hatte. Kamen ihre beiden Töchter in Frage? Lavinia sicher nicht, Alessia ebenfalls nicht.

Alle bisherigen Ermittlungen hatten in eine Sackgasse geführt. Langsam kam Caselli zu dem Schluß, daß er den Mörder ganz woanders suchen mußte. Womöglich hatten die Lante della Quercias trotz aller Verdachtsmomente nichts mit dem Mord zu tun, und er war bislang der falschen Fährte gefolgt. Wen gab es noch? Wen kannte er, wer war bisher verborgen geblieben? Zum näheren Umfeld Terracinis gehörte der Maskenbildner Dario Crisostomi. Er hatte in der Mordnacht Dienst gehabt, das hatte das Betriebsbüro bestätigt. Caselli rief sich die Szenerie in Erinnerung. Das Gemälde, eine inszenierte Kulisse, der griechische Chor auf Band. Der Mörder mußte mit dem Theater zu tun haben. Aber da waren auch noch die Hülse eines Migränemittels und die seltsamen Stichwunden, von denen der Autopsiebericht sprach.

Die Sonne schien warm durch die Scheibe, die Caselli ein Stück heruntergekurbelt hatte, und über das Hellblau des Himmels zogen weiße Schäfchenwolken. Als das Taxi an der Engelsbrücke vorbeifuhr, sah Caselli Alessia in einer roten Hosteßuniform neben einem Reisebus stehen, der im Schatten unter dem Blätterdach der Platanen wartete. Touristen einer Reisegruppe stiegen aus dem Bus und überquerten den Zebrastreifen Richtung Brücke. Caselli bat den Taxifahrer anzuhalten, zahlte und stieg aus.

»Commissario!« rief Alessia überrascht, und ihre Augen weiteten sich. »Na gut, dann sehen Sie mich eben mal im

Einsatz ...«, meinte sie und ruckte verlegen an ihrem Rock. »Ich hasse diese Uniform«, fügte sie hinzu. »Paßt überhaupt nicht und ist viel zu warm bei diesem Wetter.«

»Ich finde, Sie steht Ihnen ganz ausgezeichnet ...«, lächelte Caselli.

»Hier ... über die Engelsbrücke ... und dort warten Sie bitte, bis sich alle gesammelt haben, ja?« sagte sie auf englisch zu zwei älteren Damen in blaßlila Parkas und orthopädischem Schuhwerk, die etwas ratlos um sich blickten. »Elisabetta!« Eine dunkelhaarige Italienerin, ebenfalls in roter Uniform, wandte sich um. Alessia machte ihr ein Zeichen. »Cinque minuti!« Die Hosteß nickte und überquerte hinter dem Trupp die Straße. Der Fahrer kletterte aus dem Bus und zündete sich eine Zigarette an. Caselli und Alessia gingen ein paar Schritte.

»Wie klappt es denn im Reha-Zentrum?« fragte Caselli. »Kommen Sie klar mit den Kindern?«

Alessia sah ihn an, dann blickte sie über den Tiber und lächelte ein wenig. »Wollen Sie das wirklich wissen, Commissario?«

Caselli schwenkte um. »Ich komme gerade aus Florenz«, begann er. Er zögerte, doch dann sagte er nur: »Ich hatte noch ein paar Fragen an Florinda Bellucci.«

»Sind Sie weitergekommen?«

Caselli antwortete nicht. »Ihr Bruder und Ugo Terracini waren befreundet, nicht wahr?«

»Ja, sie waren zusammen beim Fechten. Sie haben noch gar nicht mit ihm gesprochen, oder?«

»Apropos ... gibt es bei Ihnen zu Hause eigentlich Waffen?« fiel Caselli ein.

»Aber sicher. Wir haben eine Waffenkammer zwischen Küche und Bügelraum. Wir haben zu dritt gefochten. Da hat jeder schon mal ein Florett und ein, zwei Degen. Vater hatte zuletzt fünf verschiedene, und die muß man irgendwo unterbringen, dann noch die Fechtjacken, Fechtmasken, Fechtschuhe, Kettenhemden, alles sperrig.«

»Und echte Waffen?«

»In Vaters Arbeitszimmer hängen zwei gekreuzte Degen an der Wand, von unseren Ahnen, also ... Mutters Ahnen ...«, erläuterte sie und blickte auf. »Warum wollen Sie das denn wissen?«

Caselli antwortete nicht. »Ihre Mutter leidet unter Migräne ...«, setzte er an.

»Ich nicht ...«, antwortete Alessia prompt.

»Ist das erblich? Leiden Ihre Geschwister an solchen Anfällen?«

»Aurelio hat das manchmal ...«, antwortete Alessia und Caselli folgte ihrem Blick über den Tiber und zur Engelsbrücke, wo die Reisegruppe wartete.

»Sie haben neulich ausgesagt, Ihr Bruder habe darauf bestanden, daß Sie nach Florenz fahren in der Mordnacht«, fuhr Caselli fort. »Was, glauben Sie, war der Grund dafür?«

»Die Szene zwischen Mutter, Lavinia und mir ... Er war dabei. Es ging darum, daß Mutter mir verbieten wollte, zu diesem Picknick mit Terracini im Borromini-Garten zu gehen. Dabei ist Lavinia ausgerastet und hat Mutter an den Kopf geworfen, sie habe mit Terracini geschlafen. Sie wollte damit klarstellen, daß sie Ugos Freundin ist und ich ... ich solle mich nicht in ihre Beziehung drängen. Danach kam heraus, daß auch Mutter eine Affäre mit ihm gehabt hatte ... Das war alles furchtbar nervenaufreibend, und es fielen unschöne Worte. Ich denke, Aurelio wollte mich da herausholen, mich beschützen ... Alle Männer wollen mich immer beschützen ...«, fügte sie hinzu und schüttelte die rote Lockenmähne.

»Könnte er eifersüchtig gewesen sein?« fragte Caselli.

»Auf mich?«

»Auf eine potentielle Rivalin? ... Sie wissen doch, daß Ihr Bruder ...«, setzte Caselli an.

»Ja, ich weiß ...«, unterbrach ihn Alessia.

»Wußten Sie von Terracinis bisexueller Veranlagung?«

»Nein, er wirkte auch nicht so.«

»Ihrem Bruder sieht man auch nicht an, daß er ...« Weiter kam er nicht. »Da müssen Sie nur genau hinsehen ...«, fuhr Alessia ihm ins Wort, und Caselli sah, daß sie die Reisegruppe im Blick behielt, die auf der Brücke wartete. Einige Touristen, ausgestattet mit Käppis, Bermudas und weißen Waden fotografierten die Kuppel des Petersdomes. Dann kräuselte Alessia die Nase, und auf ihrem Gesicht erschien wieder das verschmitzte Lächeln, das er von ihr kannte. »Commissario ... ich bin im Dienst ...!« sagte sie mit Grabesstimme und gespieltem Ernst.

Caselli lachte. »Ich weiß ... Ich halte Sie schon zu lange auf.«

Alessia wandte sich im Laufen nach ihm um. »Lassen Sie uns doch mal einen Spaziergang durch Rom machen, Sie sind doch noch gar nicht so lange hier, und ich zeige Ihnen die Stadt, wie Sie sie noch nicht kennen!« rief sie und winkte.

Caselli sah ihr nach und überblickte den Fluß. Er hatte das ganze Panorama vor sich bis zum Petersdom. Er seufzte. Rom war zweifellos eine unvergleichlich schöne Stadt. Dann forderte sein Zeigefinger seine Aufmerksamkeit. Er pochte dumpf, wie den ganzen Tag schon. Caselli beschloß spontan, an der Uferbrüstung entlang unter dem Blätterdach der Platanen bis zur Tiberinsel zu laufen und sich endlich von Claudio verarzten zu lassen. Dann konnte er ihn auch gleich fragen, ob jemand aus dem Krankenhaus in der Mordnacht eine junge Frau gesehen hatte, um letzte Zweifel an Florinda Belluccis Unschuld auszuräumen. Caselli reckte das Gesicht zum Himmel und genoß die Sonne. Ja, ein Spaziergang würde ihm guttun, auch wenn er mehr Abgase einatmete als frische Luft.

*

»Und du hast tatsächlich dem wilden Minitiger dein Händchen in den tiefen Rachen gesteckt?« fragte Claudio und betrachtete die eitrige Wunde.

»Was blieb mir übrig? Die Katze war am Ersticken … schließlich habe ich auf der Polizeischule in Catania einen Erste-Hilfe-Kurs absolviert.«

»Prima Schlagzeile … *Commissario rettet todesmutig Hauskatze* … die Beförderung ist dir sicher, wie das Amen in der Kirche.«

»Ach, hör auf! Was ist jetzt? Kannst du mir weiterhelfen mit der Bellucci? Fragst du mal deine Kollegen?«

»Ja, stell dir vor … Ich kann dir weiterhelfen … und brauche gar nicht mal nachzufragen … Am dritten Mai hatte ich Nachtdienst!« Claudio drückte mit Daumen und Zeigefinger auf die Eiterbeule. Caselli tarnte den Schmerzensschrei als Überraschungsausruf.

»Ja, solche Zufälle gibt es …« Der Kinderarzt öffnete den Instrumentenschrank und wählte ein Skalpell.

Caselli sah ihm mit gemischten Gefühlen zu. Sein Freund ging nicht sonderlich sanft vor, und er plante offenbar einen chirurgischen Eingriff.

»Ich kann mich sehr wohl an die Frau erinnern. Sie lehnte fix und fertig an der Brüstung. Ich habe sie vom Büro im Auge behalten. Als ich aus dem Krankenhaus kam, stand sie immer noch dort. Ich habe sie angesprochen, aber sie wollte mir nicht sagen, was sie hat. Ich habe darauf bestanden, daß sie einen Espresso zu sich nimmt und ein Tramezzino … mit Thunfisch und Tomaten … so, wie du immer …« Claudio bog Casellis Hand nach oben. »Wann war die letzte Tetanusauffrischung?«

»Ich glaube, vor zwei Jahren …«, sagte Caselli.

»Das reicht. Hast du die Wunde desinfiziert?«

»Mehrmals. Ist schon ein paar Tage her.«

»Gut … was war das für eine Katze?« hakte Claudio nach.

Caselli sah beunruhigt auf. »Du willst sicher nicht wissen, ob sie grauweiß gestreift war, oder?«

»Nein, war es eine Rassekatze? Wurde sie geimpft. Wo hat deine Nachbarin sie her?«

»Sie hat sie aufgelesen … hier in der Stadt.«

»Und wo?«

»Ich glaube am Largo Argentina … ja, sie war stolz darauf … weil da angeblich die Nachkommen der ägyptischen Katzen aus dem alten Rom leben.«

»Hm … dort sind die Katzen alle mit Toxoplasmose verseucht … eine auf den Menschen übertragbare Parasiteninfektion.«

»Was ist mit dem Gesundheitsamt? Warum schreitet niemand ein?« fragte Caselli nervös.

»Du fragst, als wärst du erst seit gestern Italiener … Nun ja, was dich betrifft … können dir eigentlich nur die Herpes-, Calici-, Picorna- und Parainfluenzaviren gefährlich werden, oder Chlamydien und Mycoplasmen, die Mono- beziehungsweise Mischinfektionen auslösen … oder durch Bakterien oder Pilze verursachte Erkrankungen … das *Bartonella henselae* zum Beispiel, das häufig auch bei gesunden Katzen vorkommt und eine Entzündung der Lymphgefäße zur Folge hat … hm … dann haben wir da noch den Katzentyphus, auch *Feline Panleukopenie* genannt, verursacht eine Immunabwehrschwächung mit schwerer Veränderung der weißen ...« Mehr hörte Caselli nicht mehr.

*

Jemand klopfte ihm auf die Wangen.

»Schwester! Zehn Tropfen Effortil in Wasser ... und ... geben Sie zwei Würfelzucker rein!« hörte Caselli Claudio rufen und schlug die Augen auf. Sein Freund hielt ihn an der Schulter, mit der anderen Hand fühlte er seinen Puls.

»Was war denn?«

»Sogenannte Dreisekundenohnmacht ... warst kurz weggetreten. Hier, trink das!«

Caselli streckte die Hand nach dem Plastikbecher aus, den die Schwester ihm hinhielt.

»Entschuldige, Alessandro, sollte ein Scherz sein ... also, gib mal her ... am besten du schaust weg ...«, fügte er hinzu und nahm Casellis Finger. »Ich muß einen Schnitt machen, damit der Eiter rauskommt.«

Caselli wandte sich ab.

»Die Krankheitsbilder gibt es ...«, fuhr Claudio fort, während er den Finger verarztete, »... aber es ist unwahrscheinlich, daß du dir was geholt hast.« Caselli biß die Zähne zusammen. Als er einen Blick wagte, war Claudio schon dabei, die Wunde zu verbinden.

»So!« Claudio lehnte sich gegen seinen Tisch. »Geht's wieder?«

Er nahm Caselli den Becher aus der Hand, stellte ihn ab und zog eine Schachtel Antibiotika aus einer Schublade. »Nimm die ... zur Sicherheit ... doppelte Dosis, die Tabletten sind für Kinder.«

Caselli nickte. Sein Finger tobte, doch der Arztbesuch war nötig gewesen. Nun konnte die Wunde verheilen.

»Kommst du heute abend in die Trattoria? Liveübertragung!«

»Ja ... ich komme!« Caselli sah den Karton auf dem Fußboden hinter der Tür stehen.

»Ach, Tiberio war schon da?«

Claudio grinste. »Ach? Sag bloß ... hast du auch die Tupperware von Giuseppina?«

»Komplett. Und du?«

»Alles, bis auf die Zitruspresse. Gebe ich meiner Mutter ...« Er faßte sich ans Kinn und wurde ernst. »Komische Sache ... jeder versucht Geld aufzutreiben, ohne daß der andere davon wissen soll. Tiberio klappert seine alten Freunde ab und verkauft diese Wasserentkalker da ... und Giuseppina macht Tupperware-Partys. Sie brauchen Geld, dringend. Aber sie verbergen es voreinander. Was da wohl dahintersteckt?«

»Hm ...«, sagte Caselli. »Ich dachte eigentlich immer, seine Schreinerei ginge ganz gut.«

»Dachte ich auch ... aber jetzt haben sie zwei Nebenjobs. Ich hoffe, es ist nichts Ernstes ... eine Krankheit ... eine Operation oder was in der Art ... Ich wollte Tiberio nicht darauf ansprechen. Ist eine heikle Sache. Weißt du was?«

»Nein. Ich habe auch nicht gefragt.«

»Hm, also dann ...« Claudio Perticone klopfte Caselli auf die Schulter. »Ich habe jetzt Visite. Das mit der Bellucci kann ich bezeugen, und nimm die Antibiotika ... sicherheitshalber.«

*

»Ah, Commissario ... gut, daß Sie noch kommen!« rief Scurzi, als Caselli gegen halb acht sein Büro in der Questura betrat. Er speicherte die Daten im PC ab und drehte sich zu Caselli um. »Wir wissen jetzt, wie Terracini in die Galleria Spada hineinkam!«

»So …«, sagte Caselli. Er goß Mineralwasser in ein Glas und lehnte sich gegen die Schreibtischkante. »Ich höre …«

»Signora Vicentis Nichte, Elektra Damiani, hat ihm die Schlüssel gegeben. Sie hat sie ihrer Tante entwendet und nachmachen lassen, um Ugo eine Gefälligkeit zu erweisen. Sie wollte unbedingt in einen Theaterkurs aufgenommen werden, hat sie gesagt. Sie wußte auch, wie man die Alarmanlage bedient. Sie hatte ihrer Tante dabei zugesehen. Wenn der Pförtner sich krank meldet, was ab und zu vorkommt, schaltet Signora Vicenti die Anlage selbst ein und aus.« Scurzi lehnte sich zurück. »Und noch was: Der Rekorder, mit dem griechischen Chor darauf, der gehört auch der Damiani. Aischylos … *Der gefesselte Prometheus* … sie übt manchmal in den Sälen, wegen der Akustik … es hallt.«

»Gut, dann wissen wir das schon mal …«, sagte Caselli ohne Begeisterung und trank einen Schluck. »Was machen Sie denn eigentlich noch hier … keine Wachablösung heute … in der Via Paisiello? Ist doch längst Dienstschluß!«

»Ich arbeite die Freistunden ab … die ich genommen habe, als die Aushilfe in der Bar meines Cousins krank war …«, antwortete Scurzi und wischte mit der flachen Hand über die Schreibtischplatte. »Außerdem muß jemand den PC einrichten … Sie kümmern sich ja nicht darum. Ich habe einen Techniker kommen lassen. Das Modem funktioniert jetzt. Wir können ins Internet. Wollen Sie mal sehen?«

Caselli sah erstaunt auf. Scurzis Miene war undurchdringlich. Er schien es ernst zu meinen. Caselli umrundete den Schreibtisch und blickte über die Schulter des Sergente auf den Bildschirm.

Scurzi klickte ein paarmal sachkundig. »Und Florenz? Was hat die Bellucci gesagt?« fragte er, während sie warteten, daß der Browser aufging.

»Sie war es nicht ...«, sagte Caselli.

»Aber ...« Scurzi fixierte den Bildschirm.

»Ja, ich weiß ...« Caselli trank noch einen Schluck. »Es hätte alles hervorragend gepaßt. Sie hatte ein Motiv. Sie war in der Mordnacht in Rom ... sie hatte was mit ihrem Halbbruder ... die Sache mit dem Krankenhaus, die Sie herausgefunden hatten, paßte auch ...«, schob er ein, um Scurzi lobend zu erwähnen. »Sie hätte von der Verabredung erfahren haben können ... was weiß man, eine Eifersuchtsattacke ... eine Verzweiflungstat aus Leidenschaft oder aus Schuldgefühlen, schließlich ist die Situation, die die beiden miteinander hatten, heikel genug ...«, sagte Caselli und verfolgte, wie nacheinander eine Reihe bunter Bilder auf dem Bildschirm erschien, »das Gemäldesujet würde auch hinkommen ... aber die Bellucci war es nicht. Sie sagt, sie sei durch Rom gelaufen ...«

»Päh! Soll sie das mal dem Richter erzählen«, meinte Scurzi abschätzig und drückte die Enter-Taste. Der Browser hing.

»Genau das habe ich mir auch gedacht ...«, sagte Caselli, »aber ihr Alibi ist absolut wasserdicht. Sie stand an der Brüstung der Tiberinsel unter einer Straßenlaterne und mein Freund Perticone – Sie wissen schon, der Kinderarzt – hat sie beobachtet, von seinem Ordinationszimmer aus. Gut eine Stunde hat er immer wieder aus dem Fenster gesehen und da stand sie ... unter der Laterne. Und am Schluß sind sie auch noch einen Kaffee trinken gegangen in der Bar an der Ecke, haargenau zur Tatzeit. Als Claudio nach seiner Schicht aus dem Krankenhaus kam, hat er sie angesprochen. Er meinte, sie wirkte verstört und brauchte

Hilfe. Sie war es nicht ...«, schloß Caselli. Er richtete sich auf und bog den Rücken gerade. »Klappt wohl noch nicht so ganz, hm?«

Scurzi kratzte sich am Hinterkopf. »Der Browser hängt, wahrscheinlich ist das Netz überlastet ...« Er drehte sich nach Caselli um. »Dann werden wir den Mörder woanders suchen müssen, nicht wahr?«

»Überprüfen Sie das Alibi von Torquato Lante della Quercia ...«, schob Caselli ein. »Er behauptet, er war in Mailand bei einem Kunden. Aber ich bin mir da nicht sicher ... es sind ein paar Namen gefallen. Der Attico, um den es ging, gehört einem Designer, Trucceri ... und der andere Architekt, der hieß ... Feltretti. Wenn Sie da nicht weiterkommen, kontrollieren Sie die Passagierlisten der Flüge Mailand–Florenz vom vierten Mai.«

Caselli stand vor Scurzis Schreibtisch und verfolgte, wie er sich alles notierte. Der Bildschirm wurde schwarz, der Bildschirmschoner sprang an und dreidimensionale Ellipsen kreisten von einer Ecke zur andern.

Scurzi sah auf. »Sie werden jetzt wohl mit der Damiani reden wollen, oder? Sie ist morgen den ganzen Tag im Teatro Colombelli in Trastevere, da läuft ein Vorsprechen, hat sie gesagt. Ich schau mal im Telefonbuch nach ... wegen der Adresse!« Scurzi wuchtete einen dicken Band auf den Schreibtisch.

»Ja ... sehr gut ...«, nickte Caselli zustimmend. Es war höchste Zeit, daß er sich im Theatermilieu umsah, sie hatten das bisher sträflich vernachlässigt.

»Geben Sie mir auch gleich die Adresse von Terracinis Schauspiellehrer ... die Sie von der Lante haben ...«, sagte er und stellte das Glas ab. Scurzi reichte zwei Zettel über den Schreibtisch.

»Danke, Sergente ... gute Arbeit und ... das mit dem

Internet, das schaue ich mir morgen an. Ich gehe jetzt nach Hause. Ich bin ziemlich erledigt.«

»Schönen Feierabend ... Commissario!« sagte Scurzi und fuhr den PC herunter.

*

Caselli schlenderte über die Piazza Campo di Fiori. Die Dunkelheit setzte gerade ein, und die Blumenstände hatten schon die Lampen eingeschaltet. Auf dem schwarzen Kopfsteinpflaster lagen noch die Gemüsereste des Marktes vom Vormittag, die Müllmänner streikten. Caselli hatte es im Zug in der Zeitung gelesen. Der in Bronze gegossene Giordano Bruno thronte einsam auf seinem Sockel, und ein Kellner der ›Hosteria Romanesca‹ deckte die Tische mit karierten Tischtüchern ein. Caselli überquerte den Platz und bog in die Via dei Cappellari. Vor seiner Haustür suchte er nach den Hausschlüsseln und schloß die Pforte auf. Er ging die ersten Stufen der Treppe hoch und versuchte, sich ins Gedächtnis zurückzurufen, wie es in seinem Kühlschrank aussah – er hatte Appetit auf etwas Süßes, einen Pudding oder eine Crème Caramel –, als unten die Pforte erneut aufging. Seine neue Nachbarin lehnte sich mit der Schulter dagegen. Sie sah abgehetzt aus und hielt mehrere Plastiktüten mit Einkäufen in der Hand. Aus einer der Tüten ragte ein hellgrüner Schopf Stangensellerie, Weißbrot und eine Weinflasche. Sie bemerkte Caselli, der stehengeblieben war. »Hallo!« rief sie die Treppe hinauf und lächelte.

Caselli ging wieder hinunter und nahm ihr die Tüten ab. »Darf ich Ihnen helfen?«

»Gerne! Vielen Dank!«

»Keine Ursache!« Caselli ging voran.

»Schrecklich diese Einkauferei!« sagte sie hinter ihm.

»Wie geht's der Katze?« fragte er.

»Es ist ein Kater … kastriert…!« fügte sie hinzu.

Sie waren vor ihrer Wohnung angelangt.

»Also nochmals … vielen Dank auch für die Rettungsaktion von neulich.«

»Keine Ursache.«

»Darf ich Sie zum Abendessen einladen?« setzte sie rasch hinzu, als Caselli schon den nächsten Treppenabsatz in Angriff nahm.

»Das ist nicht nötig. Guten Abend.«

Von schräg oben sah er, wie sie mit den Schultern zuckte, die Tüten hochraffte und der Wohnungstür einen leichten Fußtritt versetzte. Und sie murmelte etwas. Es klang wie: »Muß wohl bald ins Bett der Bubi«, aber Caselli beschloß, daß er sich verhört hatte.

*

Gegen halb zehn erreichte Caselli die Trattoria ›Dal Galletto‹ in der Via del Pellegrino. Das Spiel lief schon. Tiberio und Claudio saßen am Ecktisch und waren beim Essen. Caselli wurde lautstark begrüßt. Er setzte sich kurz zu ihnen, dann ging er zur Theke, um Giovanni zu begrüßen. Das Blau des Wasserentkalkers leuchtete ihm schon von weitem entgegen, auf der Theke, neben den Grissini.

»Grüß dich, Giovanni!«

»Alessandro … daß du dich auch mal wieder blicken läßt!« Giovanni bot ihm den Ellenbogen, da er Mehl in den Pizzateig walkte. »Ist dein Fernseher kaputt … oder treibt dich der Hunger zu mir?«

»Ich könnte schon was vertragen…«, lachte Caselli.

»Pasta, Gemüse, Fleisch? Wie wäre es mit einem Steak vom Grill? Bistecca alla fiorentina … mit knackfrischer Rughetta dazu, hm? Ich habe wieder den Himbeeressig aus Tivoli, wir waren am Wochenende da … die Schwiegerleute besuchen, also was meinst du? Und einen vollmundigen Roten? Ich mache einen Corvo auf!«

»Wunderbar ...!« Caselli strahlte.

»Na siehst du ...«, sagte Giovanni. »Setzt dich schon mal rüber, dauert nur ein paar Minuten ... das Fleisch kommt gleich auf den Rost. Willst du ein Glas Wasser?« Er nickte zum Blau. »Der ist neu. Tiberio hat mich neulich aufgesucht ... geschäftlich ... ich habe jetzt einen Entkalker für Trinkwasser ...«, sagte Giovanni.

Caselli nickte. »Ich auch.«

Giovanni blickte auf. »Ach?« Er sah kurz zum Ecktisch hinüber. »Hat er dir das Aktiv-Verfahren erklärt?« Caselli nickte wieder. »Und ... hast du was verstanden?«

»Hm, ja ...«, meinte Caselli.

»Ich keinen Deut ... aber das Wichtigste ist doch, daß unten sauberes Wasser rauskommt, nicht?«

Caselli gab ihm Recht.

»Hoffentlich ist nichts ... mit Giuseppina ...« Giovanni strich sich mit einem Geschirrtuch den Schweiß von der Stirn. »Weißt du was?«

Caselli schüttelte den Kopf. »Nein ... ich wollte ihn nicht direkt darauf ansprechen. Aber es ist offensichtlich, daß er ... nun, er braucht offenbar dringend Geld. Ich lasse mir ein Regal machen. Vielleicht hilft ihm das weiter ...« Caselli blickte zu Boden. »Hast du die Tupperware auch schon?«

»Wie?«

»Ach, nichts.«

»Hm ...«, überlegte der Wirt. »Ein Weinregal im Keller ist morsch. Ich könnte Tiberio mal drauf ansprechen ... ah, da kommt Fulvio!« Giovanni nickte zur Tür. »Der kommt spät. Die erste Halbzeit läuft doch schon!«

*

Caselli saß gemütlich in der Runde seiner Freunde und kaute sein Steak, als knapp vor Beginn der zweiten Halbzeit ein kühler Lufthauch von der Tür hereinwehte. Er sah auf.

»Hallo, Commissario!«

Das Gespräch verstummte, und der Gast wurde neugierig gemustert. Caselli schluckte. Aus dem Augenwinkel sah er, wie Tiberio Claudio Perticone mit dem Ellenbogen anstieß.

»Signorina ...« Er wußte ihren Namen nicht.

»Cora Talenti!«

»Ja ...«, sagte Caselli. Er wischte sich mit der Serviette über den Mund und stand auf. »Die Signorina ist ... meine neue Nachbarin. Ich habe ihre Katze ... gerettet.«

»Es ist ein Kater ... kastriert ...«, stellte Cora Talenti richtig.

»Tja ... da bist du wohl zu spät gekommen!« warf Tiberio ein und grinste. Claudio lachte.

»Möchten Sie sich nicht zu uns setzen ...« Fulvio strich mit zwei Fingern über den gepflegten Schnurrbart.

»Gern.«

Caselli schob ihr einen Stuhl zurecht. Sie setzte sich.

»Darf ich Ihnen die Runde vorstellen ...«, nahm Fulvio die Situation in die Hand. »Claudio ... Kinderarzt im Fate-Bene-Fratelli-Hospital auf der Tiberinsel ... Alessandro kennen Sie ... links von ihm sitzt Tiberio, er ist Restaurator ... und da drüben steht der Wirt ... unser Freund Giovanni ... ich bin Fulvio Stronchetti!« krönte er die Prozedur.

»*Der* Fulvio Stronchetti? Sportjournalist beim *Messaggero?*« rief die Talenti begeistert, und Caselli blies die Luft durch die Nase.

Fulvio nickte.

»Sie sind eine Legende!«

Tiberio ließ die Hand durch die Luft rotieren. Caselli zwinkerte ihm zu und verschränkte die Arme vor der Brust.

»Liebes Kind … ich bin noch nicht Methusalem!«

Caselli schüttelte den Kopf. Als ob nicht jeder wüßte, daß er es nur darauf anlegte, ihren Widerspruch herauszufordern. Aber sie widersprach nicht, sondern erzählte von sich.

»Ich schreibe gerade meine Doktorarbeit. Das Rigorosum habe ich hinter mir. Ist ausgezeichnet gelaufen! Ich möchte Journalistin werden und bin gerade auf der Suche nach einer Volontärstelle!«

Caselli sah zum Fernseher. Die zweite Halbzeit fing an. Cora saß im Bild. »Es geht weiter …«, sagte Tiberio und beugte sich über den Tisch, um die Ballwechsel zu verfolgen.

»Sagen Sie mal … ist Ihre Katze … also, der Kater, der kastrierte … ist der geimpft?« schaltete sich Claudio ein.

»Warum?«

»Katzen können Krankheiten übertragen. Alessandro erwähnte, daß Sie Ihren Kater vom Largo Argentina haben, aus den Ruinen der Area Sacra. Dort sind alle Katzen mit Toxoplasmose verseucht. Eine Parasiteninfektion, die auf den Menschen übertragbar ist. Die Krankheit verläuft gewöhnlich harmlos, bei schwangeren Frauen kann sie allerdings zu Geburtsschäden des Kindes führen.«

»Ich bin nicht schwanger.«

»Gut … aber es gibt noch eine ganze Menge anderer übertragbarer Krankheiten und Ihre Katze … Ihr Kater hat Alessandro gebissen, schwer gebissen … ich möchte ausschließen, daß …« Cora Talenti fuhr ihm schnippisch ins Wort. »Hat der Bubi sich bei Ihnen ausgeheult?«

Caselli setzte eine stoische Miene auf.

»Wenn Sie eine Katze zu sich holen, übernehmen Sie dem Tier, sich und Ihren Mitmenschen gegenüber Verantwortung, das sollte Ihnen klar sein ...«, sagte Claudio ruhig.

»Ich finde, das geht Sie überhaupt nichts an!« konterte Cora und verrückte ihren Stuhl. Caselli und Tiberio sahen nun überhaupt nichts mehr. Tiberio stand auf und stellte sich vor den Fernseher. Der Moderator kam in Fahrt. Der monotone Kommentar, der das Spielgeschehen im Schnellsprechtempo wiedergab, schraubte sich hoch.

»Schauen Sie mal, ob Sie was für mich machen können?« fragte Cora. Caselli sah zu Fulvio. Fulvio hielt die Pfeife zwischen den Zähnen und den Blick starr auf den Bildschirm gerichtet. Caselli sah wieder zum TV. Vialli stürmte im Alleingang das gegnerische Tor. »TOR! TOR! TOR!« Es wurde laut im Lokal.

Als sich der Tumult langsam legte, nickte Claudio, der neben Caselli stand, auf den leeren Stuhl vorn am Tisch. Sie setzten sich wieder und bekamen noch das Ende des Gesprächs zwischen Fulvio und Tiberio mit.

»Aber mein lieber Tiberio ... das römische Wasser ist Quellwasser aus den Albaner Bergen. Rein und klar ... wozu braucht der Mensch da einen Entkalker ... vom Golfplatz hat man heute noch einen herrlichen Blick auf das antike Acqua-Marcia-Aquädukt! Ein paar Kilometer Bogenwerk aus der Römerzeit ragen majestätisch aus fast unberührter Landschaft!«

»Da komme ich selten hin«, antwortete Tiberio.

*

Kurz nach Mitternacht schloß Caselli seine Wohnung auf. Er ging ins Wohnzimmer, schaltete die Schreibtischlampe an und blieb unschlüssig stehen. Dann holte er sein privates Notizbuch aus der Schublade, griff zum Telefon und wählte eine Nummer in Sizilien. Die Verbindung wurde hergestellt. Caselli hörte den Rufton tuten und atmete durch. Es wurde abgenommen.

»Dora?« fragte er hastig.

Auf der anderen Seite klickte es. Caselli preßte die Lippen aufeinander. Er kam zu spät. Vielleicht war Dora schon verheiratet mit diesem Santino Turlà, ihrem Cousin … dem Feinkosthändler-Beau aus Noto.

Es war spät in der Nacht, die Schreibtischlampe warf einen schwachen Lichtkegel auf das Papier. Caselli dehnte den Rücken über die Stuhllehne und gähnte. Vor ihm lagen aufgetürmt Ordner, Steuerunterlagen, Versicherungsstreifen, der Totenschein, der Erbschein und eine Kopie des handschriftlichen Testaments seines Großvaters. Daneben zwei Schreiben der Steuerbehörde, die Caselli anmahnten, eine gigantische Summe an Erbschaftssteuer nachzuzahlen. Er stand auf, klappte den Deckel einer Holzschatulle auf, die im Bücherregal stand, und nahm eine Packung Zigaretten heraus. Er hatte seit langem aufgehört zu rauchen, doch an diesem Abend war ihm danach, sämtliche Vorsätze, die er jemals gefaßt hatte, zu brechen. Caselli ließ das bleischwere Tischfeuerzeug in Form eines Kanonengrenadiers – ein Erbstück – aufschnappen, zündete eine Zigarette an und inhalierte tief. Er steckte eine Hand in die Hosentasche, ging ans Fenster und sah in die schmale Gasse hinunter. Im fahlen Licht der Laterne vor dem Madonellafresko in der Ädikula am Eck fraßen Katzen Spaghettireste, die eine alte Frau aus dem vierten Stock unbeirrbar jede Nacht auf die Straße warf, obwohl die Bewohner im Parterre, die den fauligen Geruch unter ihren Fenstern leid waren, bereits einen Prozeß gegen sie führten. Das Telefon schellte, und Caselli fuhr herum. Er schob die glimmende Zigarette in den Mundwinkel und hob ab. »Pronto?«

»Alessandro?«

Caselli zog den Ascher zu sich heran. Es war Dora.

»Entschuldige, aber ich war vorhin nicht auf deinen Anruf gefaßt und ...« Sie brach ab.

»Schon gut.«

»Hat sich bei dir etwas geändert?« fragte sie, und der Klang ihrer Stimme verursachte Caselli Herzklopfen. Erst jetzt wurde ihm klar, wie sehr er sie vermißte.

»Du rauchst wieder?« schob sie ein.

»Nein ...«, sagte er und legte die Zigarette in den Ascher.

»Wie meinst du das?« fragte er und bezog sich auf ihre erste Frage.

»Kommst du zurück ...?«

»Aber Dora ...«, setzte Caselli an, er brach ab. »Und bei dir ... hat sich bei dir etwas geändert?«

»Nein. Ich bin noch allein. Also ... kommst du zurück?«

»Dora, du weißt doch ...« Er kannte sie. Gleich würde sie auflegen. »Dora, laß uns eine Lösung finden ... und du könntest doch nach Rom kommen!«

Es klickte in der Leitung. Caselli atmete angestrengt aus. Der Rauch der Zigarette, die am Rand des Aschers lag, stieg ihm in die Augen. Er blinzelte und fuhr sich über das Gesicht. Er hatte ihr nicht einmal sagen können, daß er sie liebte.

16

Weiße Wolken und das Blau des Himmels spiegelten sich auf den glatten Wellen des Tibers, am Flußufer saßen zwei Männer vornübergebeugt auf Klapphockern und beobachteten die Schwimmer ihrer Angelruten. Alessia überquerte die Ponte Sisto und blinzelte gutgelaunt in die warmen Sonnenstrahlen. Auf der Piazza Trilussa sah sie auf den Stadtplan. Zur Via della Scala mußte sie rechts abbiegen. Sie war fast da. Als sie an der Bar ›Tevere‹ vorbeikam, merkte sie dieses dumpfe Gefühl im Magen. Alessia ging hinein, zahlte und nahm ihren Scontrino in Empfang. Während der Barmann die Milch für den Cappuccino aufschäumte, verputzte sie zwei Cornetti. Wenn sie nervös war, bekam sie immer schrecklichen Hunger.

»Muß man sich hier anmelden?« fragte sie den unrasierten Mann, der Gipssäulen auf einen vor dem Teatro Colombelli geparkten Dreiradlaster verlud.

»Sie wollen zum Vorsprechen?« Er musterte sie, die Zigarette im Mundwinkel. Alessia nickte. »Gehen Sie einfach rein ... seien Sie vorsichtig ... hier wird umgebaut.«

Sie stolperte über die schwarzgestrichene Probebühne, auf der Arbeiter mit dröhnenden Maschinen den Boden abschliffen. Eine Putzfrau kam mit Schrubber und Eimer aus der Damentoilette. »Hast du dich verlaufen, Kleines?«

»Ich will zum Vorsprechen.«

»Hier hinten bist du falsch, das ist der Bühneneingang. Na, warte, ich muß eh' vor, die Besuchertoiletten wischen.« Die Putzfrau ging voran.

*

Caselli erklomm die Stufen der Aufgangstreppe und betrat das Teatro Colombelli durch den schmucken Haupteingang. Im Vestibül drängte sich eine Menschenmenge. Es herrschte reges Stimmengewirr. Als er sich umsah, fiel ihm auf, daß die weiblichen Darsteller sich mit riesigen Umhängetaschen und XXL-Strickpullis oder im Minirock und freizügigem Dekolleté präsentierten, wobei er dazu tendierte, sein Augenmerk mehr auf letztere zu lenken. Die Herren waren in der Minderzahl. Sie trugen Nappaleder und Tibetbändchen oder Anzug mit Paisleyschal. Die Luft war zum Schneiden, fast jeder hielt eine Zigarette in der Hand.

»Da muß ich erst mal lüften«, hörte Caselli eine rigorose Stimme rufen. Eine Putzfrau öffnete die Eingangstür auf Durchzug und klemmte einen Keil darunter. Caselli atmete auf.

»Sind Sie wahnsinnig!«

»Die spinnt wohl!«

»Wollen Sie, daß wir uns den Tod holen?«

»Tür zu, aber dalli! Wir brauchen unsere Stimme noch!« schallte es Caselli um die Ohren.

»Jetzt wird erst mal gelüftet!« beharrte die Putzfrau und griff zu Eimer und Schrubber.

»Hoppla!« Caselli konnte das rothaarige Mädchen, das die Treppe hinunterstolperte, gerade noch auffangen.

»Ach, was machen Sie denn hier?« fragte Alessia, während sie in seinen Armen hing und zu ihm aufsah.

»Dienstlich … und Sie … Sie sprechen vor?«

Alessia nickte. Caselli ließ sie los, trat einen Schritt zurück und schob sie beiseite. Ein vierköpfiger Trupp bahnte sich im Eilschritt einen Weg durch die Menge und verschwand im Zuschauerraum.

»Der mit der Nappalederhose ist der neue Hamlet am Argentina, Glauco Rinaldi …«, informierte ihn Alessia. Dabei klammerte sie sich an seinen Arm, stellte sich auf Zehenspitzen und sprach in sein Ohr, damit er sie bei dem Stimmengewirr verstehen konnte. »Er ersetzt Terracini in der Jury ... der andere ist der Regisseur, Franco Quercio, und die da ... ist seine Assistentin ...« Alessia deutete mit dem Kinn in Richtung einer Blondine mit Kurzhaarschnitt, die Listen in der Hand hielt und die Organisation in die Hand nahm. Die ältere Dame, die mit in den Saal gegangen war, kannte Caselli.

»Die andere ist ...«, setzte Alessia an.

»Valentina Ferrani ...«, kam ihr Caselli zuvor. Alessia nickte.

»Kennen Sie Elektra Damiani?« fragte Caselli und überlegte, wann sie seinen Arm loslassen würde. Aber es war nicht unangenehm. Alessia schüttelte den Kopf. »Aber falls sie da ist, wird sie gleich aufgerufen. Da ... es geht los ...!«

»Also, jetzt mal der Reihe nach!« rief die Assistentin. »Ich gehe die Liste durch ... wer da ist, bitte melden. Die Vorsprechzeiten werden nach Eingang der Anmeldungen vergeben. Die Zeiten sind festgelegt. Drei Minuten ein Klassiker, drei Minuten ein Moderner, dann Improvisation auf Stichwort. Also, fangen wir an: Burri, Antonio!«

»Hier!« Ein junger Mann drängte sich aus dem Pulk.

»Gut, Nummer 1, elf bis elf Uhr fünfzehn ... hier deine Nummer ... du kommst gleich dran!«

Es ging der Reihe nach weiter. Caselli blickte auf die Uhr. Er wollte hier nicht den ganzen Vormittag zubringen.

»Lante, Alessia!«

»Hier!« Alessia zwinkerte Caselli zu und drängte sich durch die Menge nach vorn.

»Nummer 5, zwölf Uhr fünfzehn bis zwölf Uhr dreißig, hier dein Zettel.«

»Damiani, Elektra!«

Caselli sah sich um.

»Hier!«

»Nummer 6, zwölf Uhr fünfundvierzig bis dreizehn Uhr, hier dein Zettel.«

Caselli behielt die blonden Locken im Auge und bahnte sich einen Weg durch die Menge, wobei er ständig den wie Salzsäulen herumstehenden Schauspielanwärtern auf die Schulter tippte, um vorbeizukommen. »Signorina ... Damiani!«

Sie wandte sich um, und Caselli holte Luft. Nicht nur ihr Vorname war dramatisch. Caselli hatte eine nordische Schönheit vor sich. Der Ledermantel, die Nappalederhose mit roten Hosenträgern, das weiße T-Shirt, unter dem sich ein wohlproportionierter Busen abzeichnete, alles saß wie angegossen. So hatte sich Caselli immer eine Walküre vorgestellt. Es fehlte nur noch ein Helm mit Flügeln. Sie schüttelte ihre Lockenmähne, die der Venus von Botticelli glich, schenkte Caselli ihre Aufmerksamkeit und einen unvergleichlichen Blick aus dunkelblauen Augen.

»Mordkommission ... setzen wir uns einen Moment da rüber ... ja?«

Sie gingen zu zwei samtüberzogenen Hockern, die unter einem Spiegel mit Goldrahmen angeordnet waren. Elektra schlug die langen Beine übereinander. Zwischen schwarzem Nappa und einem Wanderstiefel blitzte der Umschlag einer groben hellbeigen Wollsocke. Elektra bemerkte Casellis Blick. »Auf der Bühne brauche ich einen festen Stand ...«, erläuterte sie sanft. »Ich hasse Vorsprechen. Ich habe immer Muffensausen. In drei Minuten bringen, was man draufhat, ist unmöglich. Und wenn sie unterbrechen, weißt du gleich, es ist vorbei. Da mag ich das zweite Stück gar nicht mehr anfangen. Hör mal ...« Sie duzte Caselli ohne Umschweife. »Ich muß mich noch vorbereiten ... Stimmübungen nach Stanislawski ...«, sagte sie und spannte die roten Hosenträger über dem Daumen. »Bitte, mache es kurz!«

Als Caselli zehn Minuten später in das Dunkel des Saals trat, tastete er sich an der Wand entlang. Elektra wollte am nächsten Tag in die Questura kommen. Das Vorsprechen war ihr wichtig. Sie hatte gesagt, sie fürchtete ihre Konzentrationsfähigkeit zu verlieren, im Sinne von Stanislawski. Caselli hatte dafür Verständnis. Nach einem Blick auf die Uhr hatte er beschlossen, sich in den Saal zu setzen. Er war nicht in Eile, und er erinnerte sich an Alessias Vorsprechzeit. Im Vestibül hatte er sie nicht gesehen. Vielleicht hatte sie es sich anders überlegt? Die Bühne war ausgeleuchtet. Casellis Augen gewöhnten sich rasch an die Dunkelheit. Er ging die seitliche Rampe hinauf und wählte einen Platz in der Mitte hinter dem Regiepult. Dann klappte er leise den Sitz vor und setzte sich.

*

Alessia hielt ein Cornetto, um das sie eine Papierserviette aus dem Metallspender gewickelt hatte, in der Hand. Bis zum Vorsprechtermin war noch Zeit, und ihre Nervosität forderte ihren Tribut. Sie war in die Bar am Eck zurückgekehrt, um noch etwas Süßes zu essen. Sie faßte nach der Tasse und trank einen Schluck ihres zweiten Cappuccino an diesem späten Vormittag. Der Barspiegel reflektierte Orangenpressen aus Chrom, darüber waren Bords für Spirituosen angebracht. Zum Zeitvertreib suchte Alessia die irische Whiskymarke, die sie kannte ... und biß noch mal in ihr Cornetto.

Plötzlich fühlte sie sich unbehaglich. Sie hatte das Gefühl, jemand beobachtete sie. Sie kaute und warf einen

Blick in den Spiegel über der Theke. Neben der Kasse standen zwei Männer und sahen zu ihr herüber. Der eine kam ihr bekannt vor. Sie kamen zur Bar. Alessia rührte in ihrem Cappuccino.

»He ...«, sagte eine widerliche Stimme. Der andere stellte sich hinter sie. Alessia hielt den Blick auf den Boden gesenkt. Da standen Knobelbecher. Sie sah hoch: eine Armeehose, ein feistes Grinsen und stechende Augen unter blonden Stoppelhaaren.

»Biste nich' die kleine Lantina Quercina?« Alessia hielt nach dem Barkeeper Ausschau. Er stand am Hinterausgang und nahm eine Ladung Kästen in Empfang, die auf einer Schiebepalette angeliefert wurde.

*

»Die nächste!« rief der Regisseur.

Seine Assistentin öffnete die Tür. Im einfallenden Lichtspalt sah Caselli, wie Elektra den Saal betrat. Die Bühne war ausgeleuchtet. Elektra ging trittfest die seitlichen Stufen hinauf. Sie zog ihren Ledermantel aus, schwang die Arme durch die Luft und ließ die Schulterpartie kreisen, um sich zu lockern. Dann stellte sie sich in T-Shirt und roten Hosenträgern breitbeinig an die Rampe.

»Was bringen Sie ...?« rief die Stimme des Regisseurs aus dem dunklen Zuschauerraum.

»Ibsen«, antwortete Elektra und hob die Hand gegen die grellen Scheinwerfer.

»Was haben Sie sonst noch? Irgendwas ... Italienisches ... Manzoni, Pirandello, Dario Fò?«

Die Assistentin drängte sich durch die Sitzreihen und reichte dem Regisseur ein Blatt. Caselli mußte sich anstrengen, um zu verstehen, was sie sagte. »Das ist schon die Damiani ... Elektra Damiani, Nummer 6. Die 4 fällt aus, die 5 ist noch nicht im Vestibül ...« Der Regisseur nickte und reichte das Blatt an Glauco Rinaldi weiter, der neben ihm saß. Caselli erkannte nur einen markanten Hinterkopf und das kurzgeschnittene Haar.

Auch Valentina Ferrani, in der Reihe dahinter, erhielt ein Blatt. Sie beugte sich vor, in den Lichtschein der Lampe am Regiepult, und setzte ihre Brille auf. »Hier steht, Sie hatten schon mal eine kleine Rolle in Manzonis Adelchi ... wie wäre es denn damit?« warf sie ein.

»Ich habe Ibsen vorbereitet ... Ugo Terracini sagte, das kann ich bringen ...«, begann Elektra.

»Das geht nicht ...«, unterbrach sie der Regisseur. »Wir haben hier bestimmte Kriterien. Da muß Ugo ...« Er stockte, offenbar ließ ihn der Tod des Schauspielers nicht unberührt. »Da muß er sich getäuscht haben, Signorina ... Ibsen interessiert mich nicht. Auf Wiedersehen!«

»Einen Moment ... wenn sie schon mal da ist ...«, unterbrach Rinaldi. »Fangen Sie an ...!« rief er zur Bühne hoch.

»Was soll denn das ... wir sind schon über der Zeit. Die nächste soll reinkommen ... ich will hier nicht bis Mitternacht hocken ...!« Der Regisseur wandte sich nach seiner Assistentin um.

»Fangen Sie an ...!« rief Rinaldi.

Der Regisseur bedeutete seiner Assistentin, sich zu setzen. Elektra begann ihren Text. Caselli gefiel es. Valentina Ferrani schnaubte verächtlich. Rinaldi wandte sich um und nahm ihre faltige Hand, auf der Caselli im Schein der Regiepultlampe Ringe funkeln sah. »Signora ...«, sagte er und drückte einen leichten Kuß auf ihren Handrücken. »Keine dieser Schauspielerinnen wird jemals annähernd Ihre Größe erreichen! Welch ein Jammer, daß ich Sie nicht öfter auf der Bühne erleben durfte!«

Valentina Ferrani lächelte. »Don Juan …«, flüsterte sie mit tiefer, rauchiger Stimme. »Du verstehst dein Handwerk! Wie viele Herzen hast du schon gebrochen, hm?«

»Schssst!« Der Regisseur wandte sich wütend um. »Also wollen wir das hier ordentlich zu einem Ende bringen, oder was?«

Rinaldi ließ seine Lippen an den Fingern der alten Schauspielerin entlanggleiten. Valentina Ferrani lachte leise, zog ihre Hand zurück und gab ihm einen Klaps.

»Dir graust wohl vor gar nichts …«, murmelte der Regisseur, als Rinaldi seine Aufmerksamkeit wieder der Bühne widmete, auf der Elektra Damiani rezitierte. Rinaldi lachte schallend. Elektra warf ihr Textbuch auf den Boden. »So eine Gemeinheit …«, rief sie, den Tränen nah. »Das ist doch Scheiße … total unfair!«

»Entschuldigung, das galt nicht Ihnen!« rief Glauco Rinaldi und lachte weiter. Elektra packte ihren Mantel, kurz darauf schlug die Tür mit lautem Knall zu.

»Die nächste!« rief der Regisseur, nahm die Brille ab und fuhr sich über die Augen.

Caselli stand auf und ging nach vorn. Er schob sich in die Sitzreihe mit dem Regiepult. »Mordkommission, Signor Rinaldi … ich möchte Sie bitten mitzukommen … ich ermittle im Fall Terracini!« sagte er leise.

Rinaldi stand sofort auf. »Entschuldige mich … einen Moment«, sagte er zum Regisseur und drängte sich zum Gang durch. »Was wollen Sie denn von mir …?« fragte er ungehalten. »Ich wette, Sie denken mit Ihrer plumpen Kombinationsgabe … ich hätte Ugo umgebracht, damit ich den Hamlet doch noch mache … nach dem Remmidemmi um die Besetzung!«

»Interessante Theorie.«

»Wollen Sie mich auf den Arm nehmen?« schnaubte Rinaldi. Er war groß, und seine Präsenz hatte etwas Bedrohliches.

Caselli behielt die Ruhe, was ihm schwerfiel. »Heißt das ... Sie waren Rivalen?«

»Glauco!« rief der Regisseur. Auf der Bühne wartete der nächste Kandidat.

»Das Feuilleton lesen Sie wohl nicht ... na ja, Sizilianer ... was kann man da erwarten!« Rinaldi blickte irritiert zur Bühne.

»Glauco, verdammt noch mal!«

»Ich komme schon!«

»Fangen Sie an!« entschied der Regisseur. Der Schauspielanwärter begann seinen Text.

»Sie halten mich auf. Sie sehen doch ... ich habe jetzt keine Zeit für Kinkerlitzchen!«

»Morgen früh, sieben Uhr dreißig ... in der Questura!« sagte Caselli ruhig und ohne einen Anflug von Akzent. Es ärgerte ihn, daß Rinaldi ihn sofort an der Aussprache erkannt hatte, obwohl er keinerlei Grund sah, seine sizilianische Herkunft zu verleugnen.

Glauco Rinaldi blieb die Luft weg. Er starrte Caselli ungläubig an. Caselli nickte kurz, drückte die Tür auf und war draußen. Er durchquerte das Vestibül und sah sich um, ob irgendwo rote Locken leuchteten. Seltsam, dachte er, offenbar hatte Alessia im letzten Moment einen Rückzieher gemacht.

In diesem Moment wurde ihm klar, daß er den Wecker auf sechs Uhr würde stellen müssen. Schließlich mußte er in der Questura sein, bevor Rinaldi erschien. Elektra Damiani hatte er für elf bestellt und vorgehabt, auszuschlafen. Er seufzte und sah auf die Uhr. Dann beschloß er, das Mittagessen ausfallen zu lassen. Statt dessen wollte er Terracinis Schauspiellehrer aufsuchen, es reizte ihn, mehr über Glauco Rinaldi zu erfahren. Er nahm den Zettel aus seiner Brieftasche. Die Straße war leicht zu finden. Via dell'Anima lag direkt hinter Piazza Navona.

*

Die dorischen Säulen des Pantheon lagen im gleißenden Licht. Die Bars an der Piazza della Rotonda hatten Tische und Stühle herausgestellt. Unter hellen Schirmen saßen elegante Römer zwischen buntgekleideten Touristen, lasen Zeitung und tranken Campari. Caselli überquerte die Piazza. Ein Taubenschwarm flog auf. Der Obeliskbrunnen plätscherte, und Straßenmusiker trällerten. Caselli stand vor der mächtigen Rotunde, blickte hinauf zur lateinischen Inschrift am Architrav des Portikus.

Den Palazzo in der Via dell'Anima fand Caselli auf Anhieb. Unter dem Torbogen blieb er stehen und blickte nach oben. Der baufällige Balkon sah aus, als würde er jeden Moment herunterstürzen. Das Gesims bröckelte. Hinter der Dachrinne war das Mauerwerk rostig verfärbt und bemoost. Die Atlantstatuen ohne Unterleib, die rechts und links als Stützpfeiler dienten, schnitten bedrohliche Grimassen, Grasbüschel wuchsen am First. Ihre Wurzeln sprengten allmählich den porösen Stein, und zwischen den gedrungenen Säulen der Balkoneinfassung wucherte Efeu, der in langen Ranken in den Rundbogen der Einfahrt hing. Caselli trat in den weitläufigen, nicht gerade liebevoll gepflegten Innenhof. Der Pförtner wurde auf ihn aufmerksam und öffnete die Tür der Souterrainwohnung. »Zu wem wollen Sie?« fragte er und stellte das Radio leiser.

»Signor Perdoni!«

»Aufgang rechts, fünfter Stock«, gab der Pförtner Auskunft und schloß die Tür.

Caselli ging das Treppenhaus hoch. Auf den Marmorgesimsen der Flurfenster, deren ockerfarbenes Farbglas trübes Licht filterte, standen Blattpflanzen und ein schäbiges Gießkännchen im Stil der Fünfziger. Sonnenlicht hatte die Farbe ausgesogen, und das Plastik war brüchig geworden. Caselli ging in den fünften Stock.

*

»›Ugo … du warst gut! Richtig gut! Aus dir wird noch mal was, mein Junge!‹ Ja … das habe ich zu Ugo gesagt nach der Premierenfeier. Niemand hätte gedacht, daß er kurz darauf…« Der ältere Herr brach ab. Er nahm einen Zug der Zigarette, die er zwischen den Fingern hielt, und blickte ins Leere. Caselli saß in einem Sessel, der eigenartig roch, und hatte Zeit gehabt, ihn zu studieren. Der Professor trug einen Schnurrbart, weißes Haar umspielte in weichen Wellen seinen Charakterkopf, die Finger waren nikotinvergilbt. »Deine Stimme hat ein wenig gezittert … und das hat dich geärgert, stimmt's?« sagte sein Partner Ernesto, der nun wieder in der Tür erschien. Caselli sah zum ihm hinüber. Er trug einen Blazer mit indischem Kragen, ein weich fließendes Tuch war um den Hals drapiert. Er hielt ein Tablett in Händen und lächelte. Der Professor blickte auf. Caselli sah, daß er mißbilligte, was sein Lebensgefährte mit rücksichtsloser Offenheit preisgab. »Und dann hast du ihn umarmt…«, fuhr Ernesto fort, während er das Tablett klirrend abstellte. Caselli staunte über den bizarren Tisch, der aus zwei afrikanischen Buschtrommeln bestand, über denen ein Zebrafell lag.

»Und Ugo antwortete dir … ach, ich erinnere mich ganz genau an die Dankbarkeit in seiner Stimme…«, schob Ernesto ein. »Ugo sagte: ›Danke Maestro … für alles, und danke, daß Sie heute abend gekommen sind!‹«

Der Professor nickte und stippte die Asche auf einen

Messingascher, der auf dem mit grünem Filz bezogenen Spieltisch neben ihm stand.

»Dann ist Cosimo zur Garderobe verschwunden und hat unsere Mäntel geholt, damit keiner merkte, daß er feuchte Augen hatte!« Ernesto warf den Schal zurück und schenkte ein. »Ein Täßchen Tee, Commissario?« Caselli nickte. Er nahm die Tasse entgegen. Ernesto streifte im Vorbeigehen seine Schulter. Das Chiffontuch verströmte Veilchenduft. Caselli rieb seinen Nasenrücken, um ein Niesen zu unterdrücken, und faßte das Tablett näher ins Auge. Es standen nur Kanne und Tassen darauf, keine Löffel, Milch oder Zucker.

»Sie müssen wissen, Commissario ... Cosimo hat alle seine Schüler zum Erfolg geführt. Den Hamlet am Argentina! Was für ein Erfolg! Er selbst hatte nie am Argentina gespielt ... nicht wahr, Cosimo? Du hast nie am Argentina gespielt.«

Der Professor fuhr sich sinnierend über die Lippen und blickte zum Fenster.

»Ich sehe ihn noch, mit siebzehn ...«, sprach sein Freund weiter. »Ugo war zum Vorsprechen gekommen, zu uns ... römischen Dialekt hat er gesprochen. Mein Gott, ich weiß es noch wie heute! Schauspieler wollte er werden, die großen Klassiker spielen, der Gassenjunge aus Trastevere! Und Cosimo hat ihn so weit gebracht, daß er den Hamlet gab ... am Teatro Argentina, nicht wahr, Cosimo. Das war dein Verdienst. Und jetzt ist er tot ...«, schloß er abrupt.

In einer gehämmerten Bronzevase auf dem Zebrafelltisch standen Papageientulpen. Caselli mochte die gezackten, rotgelben Ränder. Es war plötzlich still.

»Was können Sie mir über Glauco Rinaldi sagen, Professore?« sagte Caselli rasch, um die entstandene Pause zu nutzen.

»Uuuuh ...«, warf der Lebensgefährte ein. Caselli drehte sich um. Ernesto hatte hinter ihm in einer Bergère Platz genommen und winkte mit beiden Händen ab. Caselli zuckte, als er unvermittelt den Gipsadler mit ausgebreiteten Schwingen entdeckte, der auf einem säulenartigen Podest in der dunklen Ecke über Ernestos Sessel thronte.

»Ein dünkelhafter Neidhammel ... und Nachahmer ... egozentrisch, ohne Verve und ein mittelprächtiger Schauspieler ...«, faßte der Professor zusammen. »Die beiden sahen sich ähnlich ... Glauco hat Ugo nachgeäfft ... in allem ... er hat sich Ugos Haarschnitt machen lassen und bändeweise Byron gekauft ... antiquarisch ... er hat sie einem Bekannten von mir gezeigt ...«, sagte der Professor, ohne zu lächeln. »Meiner Meinung nach hat er keinen Deut verstanden.«

»War er Ihr Schüler ...«, fragte Caselli vorsichtig.

»Bohà! So einen nehmen wir doch nicht!« schallte es aus der Ecke unter dem Adler.

Der Professor drückte die Kippe im Ascher aus und deutete mit zwei angehobenen nikotingelben Fingern in Richtung seines Freundes. »Sie haben es gehört ...«, sagte er und zupfte den Seidenschal zurecht, den er im Rollkragen seines einfachen grauen Wollpullovers trug. Er erhob sich, und Caselli fiel auf, daß seine Hose mit Flecken und Tierhaaren übersät war. Der Professor klopfte sich kurz über die Bundfalte.

»Haben Sie Katzen?« fragte Caselli leicht beunruhigt.

»Nein ...! Um Gottes willen ... wo denken Sie hin? Doch nicht diese gräßlich hinterlistigen Viecher mit ihren spitzen, spitzen Krallen!« rief Ernesto aus der dunklen Ecke. »Wir haben einen Terrier ... Koko, er ist gerade mit der Zugehfrau draußen ...! Schade, daß Sie ihn nicht kennenlernen!« Caselli lächelte.

»Glauco kann es nicht gewesen sein ...« Der Professor riß eine neue Zigarettenpackung auf und sackte wieder in den Sessel. »Nachdem er den kürzeren gezogen hatte ... ist er abgereist ... nach Los Angeles ... sein Agent ist der Sohn eines Regisseurs ... den ich gut kenne ... wir haben ein paar Sachen zusammen gemacht, ganz früher ... der hat mir davon erzählt. Fabio, also der Sohn meines Freundes, hat Kontakte zum Film.« Er entflammte ein Streichholz und hielt es an die filterlose Zigarette.

»Du rauchst zuviel ... Cosimo ...«, hallte es unter dem Adler.

Cosimo überhörte es. »Glauco ist in die Staaten geflogen und hat die Rolle bekommen ... in irgend so einem Thriller ... mit Action und hohem Budget. Das gibt sicher seiner Karriere einen Schub. Er kam erst zwei Tage nach Ugos Tod zurück. Er kann es nicht gewesen sein. Jetzt spielt er den Hamlet ... und in acht Wochen beginnt der Dreh.« Der Professor blies eine Rauchwolke in die Luft und lehnte sich zurück. Er schlug die dürren Beine übereinander. Caselli sah, daß er Lederpantoffeln ohne Socken trug. »So spielt das Leben!« schloß er, und ein wehmütiges Lächeln stand auf seinem Gesicht. Die Standuhr tickte. Ansonsten hörte man nichts.

Caselli verabschiedete sich. Als er auf die Straße trat, sah er noch einmal den Palazzo hinauf. Signor Ernesto stand zwischen den Gardinen am Fenster und winkte.

*

»Was suchen Sie denn ... von Byron?«

Caselli machte ein ratloses Gesicht.

»Wie wäre es mit einem Querschnitt, hm?« Der junge Verkäufer ging voran in die Abteilung »Englische Literatur«. Er stellte sich vor eine Regalwand und zog nach kurzem Suchen ein Buch heraus. »Dann können Sie sich einen Überblick verschaffen, und wenn Ihnen etwas besonders gefällt, kommen Sie wieder vorbei ...«, sagte er freundlich.

Caselli nickte. »Ja, sicher.«

»Sie sind Sizilianer, nicht?« fragte der Verkäufer vorsichtig.

»Ja ... und?«

Der Buchhändler ging zu einem Regal weiter vorn, schaute die Reihen hinauf und zog eine Rolleiter heran, die er zwei Stufen hinaufstieg.

»Es gibt da einen wunderbaren Text von Ihrem Landsmann Lampedusa über englische Literatur ... und Byron. Den kann ich empfehlen ...«, sagte er und stieg die Leiter wieder hinunter, einen schmalen Band in der Hand.

*

Am Abend saß Caselli in seinem alten bequemen Ledersessel, eine Tasse Tee neben sich, und blätterte in dem Bändchen über Byrons Werke, daneben lag Lampedusas biographische Studie, die er ebenfalls erstanden hatte.

Er hatte gerade *As we two parted in silence and tears* ... gelesen und legte eine Denkpause ein. Nein, so war es bei ihm und Dora nicht gewesen. Da war es laut zugegangen, sehr laut ... und heftig, außerordentlich heftig. Wahrscheinlich trafen diese Gedichte für Engländer und Mitteleuropäer zu. Caselli legte das Buch weg, stand auf und öffnete einen der Kartons, die er aus dem Schlafzimmer ins Wohnzimmer geschleppt hatte. Heute abend würde Tiberio das Regal anliefern, dann konnte er endlich seine Bücher einsortieren. Er nahm einige Bände aus dem Karton und stapelte sie auf dem Boden. Alte Bekannte kamen ihm entgegen, Bufalino, die Gedichte von Salvatore Quasimodo, Lampedusas *Gattopardo*. Dann geriet ihm eine Schachtel zwischen die Finger. Sie war offen, die Fotos waren herausgefallen und zwischen die Bücher gerutscht. Caselli fischte sie heraus. Es waren Fotos von Dora am Strand, auf den Klippen bei ihren Sonntagsausflügen. Ein Foto zeigte sie beide im griechischen Theater in Syrakus beim »Ohr des Dionysos« von rosablühenden Oleanderbüschen und Zitronenhainen umgeben. Ein sizilianischer Karren im Hintergrund, farbenfroh bemalt mit den Moritaten von »Bradamante und Rodomonte«, umfunkioniert als Eisbude für Touristen. Es war heiß gewesen an diesem Sonntag, Caselli erinnerte sich genau daran, glühend heiß. Er spürte förmlich die Hitze, die sich auf den Sandsteinquadern des Teatro Greco gestaut hatte. Dora und er hatten sich in den Schatten der Zitronenhaine gesetzt und Limoneneis gegessen, das in den Waffeln schmolz. Und Dora hatte gelacht, verschwitzt und glücklich. Er war froh gewesen, daß sie bei ihm war, und stolz. Sie hatten sich auch schon Möbel angeschaut für ihr Schlafzimmer. Das alles schien ihm lange her. Es läutete. Das war sicher Tiberio. Caselli packte die Fotos weg und stellte die Schachtel achtlos auf den Schreibtisch.

*

Caselli kam mit einer Bierdose aus der Küche und betrachtete das Regal, das unverkennbar einen schweren Linksdrall aufwies.

»Hm, der Boden ist schief … komisch, fällt so gar nicht weiter auf. Kommt aber bei so alten Palazzi oft vor …« Tiberio legte die Wasserwaage ab. »Da muß ein Keil darunter, dann paßt's. Ich komme nächste Woche noch mal vorbei.«

»Nächste Woche?«

»Ich bin jetzt ziemlich viel unterwegs … geschäftlich« Tiberio nahm einen Zug aus der Dose, die Caselli ihm gereicht hatte.

»Mußte das Astloch ausgerechnet da vorn hin?«

»Das tut mir leid …« Tiberio wischte sich über den Mund. »Das ist beim letzten Drüberschleifen rausgekommen, man steckt halt nicht drin, weißt du … Holz lebt.«

»Hm.«

»Ein bißchen Lack drüber und … das Ganze sieht aus wie neu.«

»Es ist ja neu, oder? Aber laß nur, ich wollte es ja … gewischt … das Holz natur … nur weiß gekalkt und gewischt. Sonst ist es ja sehr schön … also, wenn es dann gerade steht … sieht es sicher gut aus.«

»Einwandfrei.«

17

Am nächsten Tag saß Caselli mit aufgestützten Ellenbogen vornübergebeugt an Scurzis Schreibtisch und gähnte. Es war gleich Mittag. Er schob den Cursor lustlos auf vielfarbige Buttons. Ohne Vorsatz klickte er auf die Anzeige der Websites, die Scurzi in letzter Zeit geöffnet hatte. Er zog eine Augenbraue hoch und schloß die Anzeige wieder. Die Surfgewohnheiten des Sergenten gingen ihn nichts an, damit mochte er sich nicht befassen. Caselli fuhr sich über die Augen und ließ das frühmorgendliche Gespräch mit Rinaldi Revue passieren. Der Schauspieler war, obwohl Caselli daran gezweifelt hatte, auf die Minute pünktlich in der Questura erschienen. Offenbar wollte er sich kurz vor seiner Abreise in die Staaten keine Schwierigkeiten einhandeln. Er hatte sich penibel korrekt verhalten. Caselli hatte ihm ein paar Fragen gestellt und nur erfahren, was Professore Perdoni ihm bereits erzählt hatte. Das Verhör hatte nichts Neues erbracht. Jetzt war es kurz vor halb zwölf, Scurzi war noch nicht eingetroffen, und Caselli wartete seit einer halben Stunde auf Elektra Damiani. Sein Telefonapparat läutete. Caselli stand auf, ging zu seinem Schreibtisch hinüber und nahm den Hörer ab. »Ah, Signor Lante della Quercia!« Er setzte sich, zog das Telefon heran und streckte die Beine aus. »Was kann ich für Sie tun?«

»Ich habe erfahren, daß Sie Nachforschungen über mich anstellen …«, begann Torquato. »Ihr Mitarbeiter … Sergente Scurzi hat sich an meine Kunden gewandt … um Auskünfte einzuholen, über mich …« Er schnaufte. »Ich möchte das nicht. Das ist geschäftsschädigend, wenn Sie verstehen, was ich meine.«

»Gehe ich recht in der Annahme, daß Sie mir persönlich

sagen möchten, was der Sergente in Erfahrung zu bringen suchte?« fragte Caselli, und seine Augen schweiften wieder einmal über das Porträt des ehemaligen Staatspräsidenten Saragat, das über Scurzis leerem Schreibtisch hing. Nun hatte wenigstens der Dienstcomputer darauf Platz gefunden.

Caselli hörte am anderen Ende der Leitung, wie Torquato zögerte. »Also, Commissario, um es expressis verbis auszusprechen ... ich war am dritten Mai nicht in Mailand.«

Caselli zog die Beine zurück und setzte sich ordentlich hin.

»Ich war in Florenz ... genauer gesagt, in Fiesole. Ich hatte ... ich habe dort übernachtet ... bei ... einer Studentin ... von mir, Corinna Torcelli ... sehr begabt ... hat eine vielversprechende Karriere als Architektin vor sich.«

»Sie waren in Fiesole?«

»Repetita non iuvant, Commissario! Ja, ich war die ganze Nacht dort. Das sagte ich doch. Ein Ausrutscher ... Florinda darf davon nichts erfahren. Also, ich habe meine Schuld zugegeben, *habemus confitentem reo* ... sozusagen, nun baue ich auf Ihre Diskretion.«

Caselli sah durch die Glasfront. Signorina Flavia musterte gerade Elektra Damiani von oben bis unten. »Danke. Gut, daß Sie angerufen haben, Torquato. Ich bin im Moment nur gerade beschäftigt ...« Flavia sah fragend durch die Glasfront. Caselli winkte Elektra. »Geben Sie mir die Nummer von Signorina Torcelli ...« Er notierte die Zahlen auf einem Zettel. »Danke. Ich melde mich.« Caselli legte auf und blickte erwartungsvoll zur Tür.

»Die Signorina möchte zu Ihnen!« Flavia zog kommentarlos die Tür hinter sich zu.

»Buongiorno!« Caselli ergriff Elektras Hand und schickte ein Stoßgebet zum heiligen Antonius. Nur er, der

Schutzpatron aller Junggesellen, konnte diese nordische Göttin in sein düsteres Büro entsandt haben.

»Mama ist Norwegerin und Papà stammt aus Trastevere. Er hat da ein Geschäft in der Via Polticella ...«, sagte sie, als ob sie Gedanken lesen könnte. »Darf ich mich setzen?« Sie lächelte, und in den Augen blitzte der Funke der Gassenkinder aus dem Viertel.

»Aber natürlich ... Entschuldigung!« Caselli beeilte sich, einen Stuhl heranzuschieben. »Tut mir leid, daß es nicht geklappt hat.«

»Sie meinen im Colombelli ...?«

Caselli nickte.

»Tja ... so läuft es eben ... manchmal.«

»Was können Sie mir über Terracini sagen?« besann sich Caselli seiner Pflichten.

Elektra seufzte. »Wir haben uns gerade mal zweimal gesehen ... beim Vorsprechen und dem Picknick, das ich mir für ihn ausgedacht hatte. Und dann, als ich ihm die Schlüssel gab. Wenn ich das nicht getan hätte, dann würde er noch leben ...«, sagte sie unvermittelt ernst.

»Aber ich bitte Sie ...! Es trifft Sie keine Schuld, Signorina. Erzählen Sie mir ein wenig von Terracini ...«, sagte er aufmunternd.

Sie begann zu sprechen und gewann bald ihre gute Laune zurück. Und während Caselli ihrer melodischen Stimme lauschte, machten sich die Bilder, die sie ihm so malerisch schilderte, selbständig: Fackelhalter loderten im Gras. Caselli sah Elektra auf den Stufen des Säulengangs sitzen. Er selbst lag auf einem Plaid hingegossen, ein Brötchen mit Gänseleberpastete kauend. Dann klappte Elektra den Band mit Byrons Oden zu, und er, Caselli, legte seinen Arm lokker auf sein angewinkeltes Knie, so wie Elektra Damiani es ihm gerade von Terracini schilderte. »Dolce fanciulla ...!

Damit hat er immer angefangen, wenn er eine verführen wollte ... das weiß ich von einer Freundin ...«, erzählte sie und lachte. »Aber wie er das gesagt hat!« Sie verdrehte die Augen schwärmerisch zur Decke. »Er war eben ein wunderbarer Schauspieler!« sagte sie und hob die Hände.

Caselli stützte das Kinn auf die Hand und blinzelte. Mit geschlossenen Augen hätte er geschworen, die typische Italienerin, wie sie auf der Spaghettipackung einer neapolitanischen Nudelfabrik abgebildet ist, säße vor ihm: das Haar braun wie eine Haselnuß, das Auge blitzend, Filmstarbusen fünfziger Jahre, Wespentaille, Korallenkette, eine Hand in die Hüfte gestemmt, Weidenkorb mit Kornähren auf dem Kopf ... und vielleicht noch ein Volkslied auf den halbgeöffneten Lippen. Elektra redete wie eine Römerin aus Trastevere, der weiche gutturale Tonfall, das leicht vulgäre Lachen. Aber Caselli wollte die Augen nicht schließen. Elektra war eine Augenweide, ein Prachtexemplar, eine Göttin, die Glanz in sein ödes Büro brachte. Er seufzte tief, und seine Augen hingen an ihren Lippen.

»Und dann habe ich meine Gitarre hinter der Säule hervorgeholt und mich auf die Stufen gesetzt«, erzählte sie weiter. »Ich habe *Roma, non far la stupida stasera,* gesungen ... einen alten Schlager, den in Rom jeder kennt.« Das hätte sie nicht zu sagen brauchen, den kannte auch er. Elektra markierte die ersten Strophe, Caselli summte und spielte im Geiste mit dunkelblonden Botticellilocken, die auf die nappaumhüllten Schultern fielen.

»Dann war der Rotwein leer, der Picknickkorb ausgeräumt. Wir hatten Ramazotti, Dalla und Morandi durch, Terracini war in prima Stimmung ... und ich habe noch was von Modugno gesungen ... kennen Sie doch, oder? Volare ... oo ... ohoh, cantaaa-re, oo ...ohoh ... nel ciel dipinto di blu ...«, sang sie aus vollem Hals, »... uuuuuuh!«

Caselli warf einen Blick durch die Glasfront. Signorina Flavia sah perplex herüber. Sie fragte sich wohl, was in Casellis Büro vorging. Caselli war schnurzegal, was sie dachte. Außerdem, wieso war sie überhaupt da? Sie hatte doch Urlaub. Er widmete sich wieder voll und ganz der norwegischen Göttin, die aus heiterem Himmel in sein Büro geschneit war.

»Ugo ging in die Knie und hüpfte durch den Säulengang wie ein Rockstar mit einer E-Gitarre ...«, lachte Elektra und gestikulierte lebhaft. »Dann joggte er, wie Celentano ... mit eingezogenem Kopf und angewinkelten Armen um die Säulen ...!«

Was für ein Lachen, seufzte Caselli bei sich. Und die Hosenträger ... die roten Träger über dem T-Shirt.

»Und dann habe ich noch was von Dalla gesungen. Qui dove il mare luccica e tira forte il vento ...«, begann Elektra mit rauchiger Bluesstimme, und Caselli atmete durch. Nicht auch das noch, dachte er. Unser Lied ... das wir immer am Strand gesungen haben unter dem Sternenzelt, Dora und ich.

»Terracini klemmte den Sekt zwischen die Knie, weil der Korken nicht rauswollte. Er hat die Flasche geschüttelt und dann den Refrain mitgesungen. Ti vogliooo, bene assai, ti voglio taaanto bene sai ...!« sang Elektra lauthals zur Verdeutlichung. »E una catena, ormai ...«, sang Caselli mit und dachte an schaumgekrönte Brandungswellen und Dora, die den Strand entlangrannte ... ein Zitroneneis in der Hand.

»Dadada ... daaaa ... da ... daaa!« sangen sie aus voller Kehle im Duett.

»Was ist denn hier los!« Flavia stand in der Tür.

»Hier läuft eine Vernehmung! Raus!«

Flavia drehte sich auf dem Absatz um. Die Tür blieb sperrangelweit offen.

»Tja«, sagte Elektra. »Wir haben laut gesungen, Ugo ließ den Korken knallen ... und dann beschwerte sich ein Anwohner und schlug krachend sein Fenster zu. Wir haben uns angesehen und sofort die Fackeln gelöscht.«

Caselli sah Rauchfahnen dunstig über den Büschen des Borromini-Gartens schweben und Elektras weißes T-Shirt im Mondlicht blitzen. Er stand auf und schloß die Tür.

»Der Mond schien auf den Marmor, und ein Käuzchen schrie«, erzählte Elektra. »Und dann hat er mich geküßt.«

Caselli ging ans Fenster, lehnte sich gegen den Heizkörper und sah Elektra an.

»Und dann habe ich gefragt, ob ich eine Chance habe für den Kurs. Ich wollte da unbedingt mitmachen ...« Elektra sah auf. »Ich habe ihn gefragt, ob er ein gutes Wort für mich einlegt. Ugo sagte, er regle das. Aber vorher müsse ich ihm einen kleinen Gefallen tun!«

Caselli hielt die Luft an.

»Er wollte, daß ich ihm die Schlüssel zum Borromini-Garten gebe.«

18

»Commissario!«

Caselli, der gerade zur Bürotür hereinkam, sah alarmiert auf. Diesen Tonfall benutzte Scurzi nur im Ernstfall.

»Es ist die Contessa Lucrezia Lante della Quercia …« Scurzi schluckte und hielt Caselli das Telefon hin. »Es ist etwas Schlimmes passiert … mit Signorina … Alessia!«

Caselli riß ihm den Hörer aus der Hand. Er hörte zu, nickte. »Ja … ich kümmere mich darum. Ich melde mich …« Caselli legte auf, zog die Schublade auf und nahm seine Dienstwaffe heraus. »Kommen Sie, Sergente! Sie begleiten mich!«

»Haben Sie einen Anhaltspunkt, wer sie entführt haben könnte, Commissario?« fragte Scurzi, der Caselli durch das Großraumbüro nachhastete und den Druckverschluß seines Waffenhalfters schloß. Caselli erinnerte sich an ein Gespräch, das er mit Alessia geführt hatte. »Ich erkläre es Ihnen später … organisieren Sie ein, zwei Streifenwagen … ich warte unten. Wenn meine Vermutung stimmt, brauchen wir Verstärkung.«

*

Scurzi ging hinter einer Pinie in Deckung. »Und?« fragte er Caselli, der ein Megaphon hielt.

»Verdammter Mist … können Sie mir mal sagen, was das sollte? Wer hat den Polizisten gesagt … mit Sirene anzufahren! Jetzt haben wir den Schlamassel!« rief er aufgebracht und wischte sich den Schweiß von der Stirn. Die Mittagssonne brannte auf den Zirkusplatz. Und die Pinie, hinter der sich Caselli verschanzt hatte, bot nur wenig Schatten.

»Ich konnte ja nicht wissen, daß … Sie den Zirkuswagen stürmen und dieser Irre da … Ihnen eins über den Kopf zieht …«, sagte Scurzi. »Sie sind verletzt …?«

»Ach, was!« Caselli betastete die Platzwunde am Kopf. Er hatte sich an das Gespräch erinnert, das er mit Alessia in dem Ausflugslokal in Montepulciano geführt hatte. Sie hatte vom Zirkus gesprochen und davon, daß sie dort jemanden kannte. Einer vagen Eingebung folgend, war er zusammen mit Scurzi zum Zirkusplatz in der Villa Borghese gefahren. Er hatte beim Zirkusdirektor ohne viel Aufhebens nach dem Wohnwagen des Tierpflegers Andrew gefragt. Der Direktor, den sie unter der Dusche hervorholten, hatte sie in Bademantel und Plastikschlappen zum Wagen begleitet. Caselli hatte die Tür eingetreten. Alessia hatte gefesselt auf einer Pritsche gelegen. Er war in den Wohnwagen gestürmt und von einem Mann, der sich hinter der Tür versteckt gehalten hatte, niedergeschlagen worden. Caselli ärgerte sich maßlos über sein Vorgehen. Aber jetzt war es zu spät. Der Mann hatte Alessia, so Scurzis Schilderung, ein Klappmesser an die Halsschlagader gedrückt und sie aus dem Wagen gezerrt. Er hatte den Platz überquert, ohne daß die Polizei eingreifen konnte, und hatte sich nun mit seiner Geisel im Elefantenzelt verbarrikadiert. Mittlerweile waren Streifenwagen zur Verstärkung eingetroffen, das Zelt war umstellt, und Caselli hatte den Gewalttäter zweimal mit dem Megaphon aufgefordert, seine Geisel freizulassen und mit erhobenen Händen aus dem Zelt zu kommen. Man hörte das Trompeten der Elefanten und bedrohliches Gerassel von Fußketten. Offenbar waren die Elefanten unruhig. Die Sirenen, die Zurufe der Menschen, die aus sicherem Abstand das Geschehen verfolgten, alles trug dazu bei. Caselli machte sich Sorgen. Was mochte in dem Zelt vor sich gehen? Wer war der Wahnsinnige? Was hatte er mit Alessia zu tun?

Caselli hob das Megaphon.

»Wir könnten versuchen, ihn von hinten zu überraschen …«, sagte Scurzi. »Er steht da drüben … neben der Wassertonne … sehen Sie …« Scurzi legte Caselli eine Hand auf den Arm und deutete zum Zelt. »Der weizenblonde Schopf … das ist er. Er sichert den Eingang. Er ist allein da drin … mit Signorina Alessia. Er rechnet nicht damit, daß jemand von hinten kommt.«

Caselli nickte. »Gut … versuchen wir es.«

*

Alessia lag im Halbdunkel auf dreckigem Stroh und versuchte, ihr Gesicht von einem übelriechenden Fladen wegzudrehen, neben den der Blonde sie, an Händen und Füßen gefesselt, gestoßen hatte. Neben ihr ragte der massige Körper der Elefantenkuh auf, die unruhig im Kettengeschirr stampfte. Der Elefantenfuß kam Alessias Knien zum drittenmal gefährlich nah. Sie hörte eine Stimme aus dem Megaphon. Es war eine andere, nicht mehr die von Commissario Caselli. Der Blonde trat näher an den Schlitz in der Plane und spähte hinaus. Jemand faßte Alessia unter die Arme und zog sie vom Elefanten weg. Ihre Beine schleiften durch den Dreck. Ein Mann mit kantigem Kinn hielt die Persenning hoch. Der andere rutschte unter der Zeltplane durch und zog sie ins Freie. Alessia blinzelte in das grelle Sonnenlicht. Caselli trug sie ein Stück und setzte sie im Schatten einer Pinie ab. Er sah sie an. »Sind Sie in Ordnung …?« Sie blickte in seine blauen Augen und nickte. Er zog ein Taschentuch aus seiner Hosentasche und wischte ihr den Schmutz von den Wangen.

In diesem Moment fiel im Zelt ein Schuß. Die Elefanten trompeteten, ein Raunen ging durch die gaffende Menge hinter der Absperrung, und Caselli sah alarmiert auf. Er ließ Alessia in der Obhut eines Sanitäters, der ihre Klebebandfesseln aufschnitt, und rannte mit gezogener Dienstwaffe zum Zelt. Scurzi kam ihm entgegen. Der Blonde wurde in Handschellen abgeführt, die Hände auf dem Rücken. Caselli atmete durch und steckte seine Waffe ins Halfter. »Warnschuß ...«, erläuterte Scurzi und grinste. Caselli nickte und klopfte ihm auf die Schultern. »Gut gemacht ... tja, noch mal Glück gehabt ...«, sagte er und nickte in Richtung Ambulanz, neben der ein Sanitäter gerade Alessia auf die Beine half.

19

Über dem Friedhof lag die Grabesstille eines Sonntags. Die hohen Ulmen und Zypressen warfen lange Schatten auf die sandigen Wege. Es war später Nachmittag, und Caselli sah besorgt zum Himmel. Noch schien die Sonne, aber vom Lago die Bracciano zog eine schwarze Regenfront heran, und ein frischer Wind kam auf. Der Priester sprach den Segen, ein Junge im Ministrantenkleid und Turnschuhen schwenkte das Weihrauchgefäß. Caselli blickte sich um. Außer ihm war niemand zur Beerdigung gekommen. Flavia trat vor das offene Grab und warf ein Schäufelchen Erde auf den Sarg. Die roten Nelken, die sie krampfhaft in der Hand gehalten hatte, warf sie hinterher. Dann wankte sie, und Caselli packte geistesgegenwärtig ihren Arm. Flavia lehnte sich an ihn. Der Priester trat hinzu. »Schaffen Sie es?«

Caselli nickte. Flavias Kopf lag an seiner Schulter. Sie schluchzte. Er wartete, daß sie sich wieder faßte. Der Priester ging die Allee hinauf, gefolgt vom Ministranten, der hinter ihm herhüpfte. Die Totengräber begannen, Erde in das offene Grab zu schaufeln. Das Geräusch der dumpf auf dem Sarg aufschlagenden Erde war Caselli unerträglich.

»Muß das denn jetzt sein?«

»Seien Sie froh, daß wir überhaupt noch was machen. Wir haben schon Feierabend … heute ist Sonntag, und um sechs ist Schluß … da wird das Tor abgesperrt.«

»Genau …«, pflichtete der andere Totengräber bei und hängte seine Baseballmütze an die ausgebreiteten Schwingen eines steinernen Seraphims, der im dunklen Schatten einer Zypresse das Nachbargrab bewachte. »Um sechs fällt die Schippe …!« feixte er, die Zigarette im Mund.

Caselli schüttelte den Kopf. In Sizilien hatte man vor den Toten mehr Respekt. Flavia hob den Kopf.

»Geht es wieder?« fragte er. Sie nickte und richtete sich auf. »Entschuldigung ...«

»Aber ich bitte Sie ... Sie müssen sich doch nicht entschuldigen.« Sie liefen den Kiesweg hinunter zum Parkplatz. Aus heiterem Himmel donnerte es und ein Sommergewitter ging herunter. »Kommen Sie ...« Caselli faßte Flavias Hand, und sie rannten los. Ein Stück weiter vorn war eine Kapelle, in der sie sich unterstellen konnten. Als sie dort ankamen, waren sie bis auf die Haut durchnäßt. Sie warteten eine Weile, bis der Platzregen nachließ. Caselli hatte den Jackenkragen hochgeschlagen und sah in den Himmel. Die Wolken brachen auf und legten strahlendes Blau frei. Es war nur ein Schauer. Flavia zitterte. Caselli zog sein Jackett aus und legte es ihr um die Schultern. Er warf einen Blick in die Kapelle. Rote Grablichter brannten auf Stelen. Welke Feldblumen in Steckvasen und Fotos schmückten die Gedenktafeln. Sie standen nah beieinander. Caselli dachte an die Beerdigung seines Vaters. Männer in schwarzen Anzügen und weißen Hemden vor der Kirche. In der flimmernden Mittagssonne vor der normannischen Kirche in Modica. Ein Trauerzug nach althergebrachter Tradition. Die Verwandtschaft war eigen, Casellis Onkel ganz besonders. Den Leichenwagen zogen vier schwarze Pferde mit silberbeschlagenem Zaumzeug und Federbüschen, auf dem Sarg ein bombastisches Bouquet aus roten Nelken. Die Kapelle hatte gespielt, sizilianische Trauermärsche. Die Frauen hatten Spitzenmantillas auf dem Haar. Nur Casellis Mutter nicht. Er war neben ihr hinter dem Sarg hergegangen, als ein Wagen vorfuhr. Der Wagen hatte gehalten, doch niemand stieg aus. Alle hatten seinem Vater die letzte Ehre erwiesen. Auch die, die nicht geladen waren. Und Caselli hatte beschlossen, sich versetzen zu lassen.

Im Auto auf der Ponte Fascista merkte Flavia, daß sie ihre Handtasche vermißte. Caselli strich sich durch das nasse wellige Haar und wendete.

»Ich muß sie in der Aussegnungshalle stehengelassen haben, als ich die Papiere unterschrieb ...!« sagte sie, und ihre Stimme war den Tränen nah. Caselli beruhigte sie. Sie fuhren zurück. Der Friedhof war geschlossen. Es war die letzte Beerdigung an diesem Sonntag im Mai gewesen.

»Sie kommen erst mal mit zu mir und ziehen trockene Sachen an«, entschied Caselli, als sie wieder in den Wagen stiegen. »Und dann sehen wir weiter. Hat jemand einen Zweitschlüssel?«

Flavia nickte. »Ja, eine Freundin. Ich werde sie gleich anrufen.«

»Gut.«

*

»So, da sind wir.«

Flavia schlotterte.

»Sie müssen aus den nassen Sachen raus. Das Bad ist da drüben ...« Caselli ging vor. »Hier sind die Handtücher. Nehmen Sie eine heiße Dusche, dann wird Ihnen schnell wieder warm. Ich mache uns Tee.«

Flavia nickte. »Danke.« Das blonde Haar klebte ihr am Kopf. Ihr Gesicht war nun fast ungeschminkt, und Caselli fand, daß sie ganz anders aussah als im Büro ... natürlicher und weicher. Er ging in die Küche und stellte den Kessel auf. Als er im Bad das Duschwasser laufen hörte, kontrollierte er, ob die Badezimmertür geschlossen war, und nahm das Mobiltelefon von der Konsole.

»Tiberio? Ja, grüß dich. Hör mal, du mußt vorbeikommen und den Keil anpassen …«, sagte er und behielt die Badezimmertür im Auge. »Natürlich weiß ich, daß heute Sonntag ist …«

Er hörte eine Weile Tiberios Redeschwall zu, dann riß ihm der Geduldsfaden. »Tiberio! Du kommst jetzt sofort hierher und paßt diesen verdammten Keil an, sonst ist es mit unserer Freundschaft vorbei … hast du verstanden!« Das saß, und Tiberio lenkte ein. »Gut … in einer halben Stunde …! Beeil dich!« Der Teekessel pfiff. Caselli unterbrach die Verbindung mit einem Tastendruck und ging in die Küche. Als er den Tee überbrühte, kam Flavia aus dem Bad. Sie hatte sich Casellis Bademantel übergezogen und war barfuß. »Ich hoffe, Sie haben nichts dagegen, daß ich ihn mir geliehen habe.«

»Aber nein … steht Ihnen gut …«, lächelte Caselli.

»Ich ziehe mich auch schnell um. Nehmen Sie bitte in drei Minuten den Teefilter raus? Das ist Grüntee …«, fügte er hinzu.

Flavia nickte. »Mache ich. Kann ich mal telefonieren … mit meiner Freundin … wegen dem Schlüssel.«

»Aber sicher …« Caselli zeigte auf den Apparat. »Bitte.«

*

»Cornelia ist am Meer. Ich habe sie auf ihrem Handy erwischt. Sie wird erst gegen zehn zurück sein.«

»Ah, ja.« Caselli ging in die Küche. Er hatte sich Jeans und einen dunkelblauen Pulli übergezogen.

»Ich habe ihn rausgenommen …«

»Hm?«

»Den Teefilter …«

»Danke …«, sagte Caselli und nahm zwei Becher vom Bord. Flavia ging zu den Kisten, die auf dem Teppich neben seinem Schreibtisch standen. Caselli sah ihr nach. Einige Ordner lagen aufgeschlagen herum. Flavia warf einen Blick darauf.

»Ach ... die Steuersache. Ich dachte, Raffaele hat da was in die Wege geleitet ... sein Schwiegervater ist doch ...«, begann sie. »Hat die Behörde Sie denn noch nicht angeschrieben? Die Sache müßte doch längst vom Tisch sein ... ich habe doch extra ...« Sie brach ab. »Ich wollte sagen ... Scurzis Schwiegervater hat doch eine Kanzlei.«

»Ich regle meine Angelegenheiten selbst ...«, sagte Caselli und reichte ihr einen Becher Tee. »Vorsicht heiß!«

»Geht schon ...« Sie wärmte ihre Hände und trank einen Schluck. »Ah, Byron ...« Sie nickte auf das Buch auf Casellis Sessel, stellte die Tasse ab und nahm es in die Hand. »Wegen Terracini, hm?«

Caselli nickte.

Dann betrachtete sie die offenen Kartons und Kisten auf dem Boden und die Bücherstapel daneben.

»Sind Sie noch mal umgezogen?«

»Nein, ich habe nur noch nicht ausgepackt.«

»Seit zwei Jahren?«

»Eineinhalb.«

»Ach, das Regal ist wohl neu.« Sie fuhr mit der Hand über das Holz. »Faßt sich schön an ...« Sie sah genauer hin. »Aber es ist ja schief, es kippt ... und das Astloch, da ... ausgerechnet auf Sichthöhe ...«

»Tja ... Holz lebt ... und ... mein Schreiner hatte nicht bedacht, daß der Boden abfällt.«

»Aber das ist doch eine Sonderanfertigung ... hier für diese Wand. Hätte er nicht nachmessen können?«

Caselli hob die Hände.

Es läutete. Caselli atmete auf. »Das wird er sein ... der Schreiner. Er wollte vorbeikommen und den Keil darunterschieben ... heute.«

»Soll ich ins Schlafzimmer gehen?«

»Wie?« Caselli fuhr herum.

Flavia hielt sich den Kragen des Bademantels zusammen.

»Ach, so … nein, bleiben Sie hier. Tiberio ist ein alter Bekannter und Sie haben ja was … was an.« Er ging zur Tür.

Tiberio polterte herein. »Also, hör mal … bist du von allen guten Geistern verlassen … mich am Sonntag …!«

»Schssst!« Caselli packte ihn am Arm. »Ich bin nicht allein!«

»Ach?« Tiberio sperrte die Augen auf. »Dann geh ich wohl besser wieder … ciao!« sagte er und drehte sich schon um.

Caselli hielt ihn fest. »Du bleibst … und sieh zu, daß du lange brauchst, hörst du? Solange wie möglich … mindestens eine Stunde … verstanden!«

»Eine Stunde für einen Keil … das habe ich in fünf Minuten!«

»Tiberio! Hast du mich verstanden!«

»Ja, ja.«

»Gut.« Caselli schubste ihn ins Wohnzimmer.

20

»Liegt der Fechtclub da unten?« Caselli sah zum Tiberufer hinunter, während Scurzi unter einem Ahorn den Wagen parkte. »Ja, genau ... früher waren da die Badeanstalten. In den fünfziger Jahren konnte man im Tiber noch schwimmen, das sieht man manchmal noch in alten Filmen mit Marcello Mastroiani ...«, erklärte er. »Das waren noch Zeiten. Da konnte man sich ab Juni richtig schön abkühlen mitten in der Stadt. Jetzt fahren alle Samstag, Sonntag die verstopfte Aurelia hinaus ans Meer nach Fregene oder Ostia, aber da kann man auch schon nicht mehr ins Wasser ... zu viele Chemikalien. Wo soll das bloß hinführen ...«, seufzte Scurzi.

»Ja ... ja ...«, sagte Caselli. »Sie haben ja recht, aber was kann man schon tun. Also, wir gehen vor wie abgesprochen ... ist das klar?« vergewisserte er sich.

Scurzi nickte. »Überrumpelungstaktik.«

»Wir sagen ihm alles auf den Kopf zu. Wenn er ein lupenreines Alibi haben sollte, ist er aus dem Schneider. Vielleicht machen wir einen Fehler, aber ich bin mir nun mal sicher, daß einer von dieser Adelssippe der Täter sein muß. Aurelio Lante della Quercia bleibt als einziger Verdächtiger. Es paßt einfach alles, wir haben es ja lang und breit durchgesprochen. Terracini hatte zeitweilig eine auf Männer orientierte Veranlagung. Aurelio ist homosexuell. Die beiden haben zusammen gefochten. Liegt nahe, daß sie sich angefreundet haben. Und dann hat Aurelio von der Geschichte mit seiner Mutter und seiner Schwester erfahren, und das Eifersuchtsdrama nahm seinen Lauf! Klingt doch plausibel, nicht wahr? Außerdem hat Aurelio kein Alibi. Er wußte, wo er Terracini antreffen würde. Er hat Alessia

Lante nach Florenz verfrachtet, damit er freie Bahn hatte ...«

»Genau ...«, fiel Scurzi ihm ins Wort. »Dann hat er sich an Terracini gerächt und wollte die Familienehre wiederherstellen in einem Duell mit den echten Degen ... die er aus dem Arbeitszimmer seines Vater entliehen hatte.«

»Ja ...«, sagte Caselli. »Und wie es zu dem Mord oder dem Totschlag kam ... wird er uns jetzt gleich erzählen.«

Sie gingen die Stufen zur Fechthalle des Centro Sportivo Tevere hinunter. Caselli blickte über den Fluß. Die Sonnenstrahlen glitzerten auf dem Wasser, und am Ufer saßen zwei stoische Angler auf Klappstühlen.

»Schwimmt da eigentlich was drin ...?«

»Höchstens ein paar verseuchte Aale.«

»Und die ...?« fragte Caselli und nickte zum gegenüberliegenden Ufer.

»Freizeitgestaltung ...«, antwortete Scurzi.

Von weitem sah Caselli Ponte Milvio und den Befestigungswall, der gebaut worden war, um das alljährliche Hochwasser des Tiber, das die Stadt über die Jahrhunderte heimgesucht hatte, zu dämmen. Entlang der Mauern zog sich das Blätterdach alter Platanen und Ahornbäume, deren silbergraue Stämme von den Abgasen des Verkehrs kohlrabenschwarz waren.

*

»En garde!«

Die Kontrahenten kreuzten die Klingen. Caselli und Scurzi tauschten Blicke. Scurzi schwang die Hand durch die Luft.

»Allez!« rief der Trainer vom Rand des Fechtbodens.

Einer der beiden ließ den Degen kreisen. Er war groß und bewegte sich geschmeidig und elegant. Er wartete darauf, mit welcher Eröffnung sein Gegenüber beginnen würde. Caselli sah ihm aufmerksam zu. Fechten hatte ihm schon immer gefallen. Er hätte als Jugendlicher gern damit angefangen, wenn er die Möglichkeit dazu gehabt hätte.

»Also … leicht in die Hocke, Ausfallstellung … coup droit, gerader Stoß …«, rief der Trainer vom Rand des Fechtbodens. »Waffe nach vorn ausstrecken … Aurelio, jetzt die Paraden, Prime, Seconde, Tièrce, genau! Noch mal! Carlo … Ausfallstellung, hinterer Arm höher. Mehr in die Hocke gehen. Gut so, und jetzt machen Sie mal eine Flèche … schneller Doppelschritt, Angriff nach vorn, hopp, hopp! Schneller, das muß schneller gehn! Sehr schön! Aurelio, jetzt Parade mit Quarte …! Halt! Carlo, Sie waren mit der unbewaffneten Hand am Boden … Fehler! Noch mal! Ausfallschritt, Finte, Parade mit Seconde! Gut so! Und Schluß für heute!«

Die Männer nahmen die Fechtmasken ab. Caselli erkannte Aurelio sofort. Er hatte einen Kurzhaarschnitt wie ein römischer Kaiser und war seiner Mutter wie aus dem Gesicht geschnitten. Auch der zweite Fechter nahm die Maske ab. Der Trainer schüttelte ihm die Hand. »Ich verabschiede mich dann, Carlo … war schon besser heute … tja, Übung macht den Meister!« sagte er und lachte breit.

Aurelio frottierte sich über die kurzen dunklen Locken und reichte seinem Fechtpartner ebenfalls die Hand. »Wird schon …! Sie machen Fortschritte, Carlo! Sie haben mich heute ganz schön ins Schwitzen gebracht!«

Caselli wartete, bis der andere seine Tasche packte und den Saal verließ. Dann sprach er Contessa Lucrezias Sohn an. »Signor Lante della Quercia …?«

Aurelio sah auf. »Möchten Sie Stunden nehmen?« fragte er. »Sie sind Anfänger, oder?« Er musterte Caselli, der automatisch den Bauch einzog und die Schultern straffte.

»Commissario Caselli ... Mordkommission ... ich ermittle im Fall Terracini und habe ein paar Fragen.«

Aurelio atmete durch. Er öffnete das Klettband am Kragen seiner Fechtjacke und warf das feuchte Handtuch in seine Sporttasche. »Ich habe mich schon gefragt, wann Sie kommen, Commissario«, sagte Aurelio mit einem müden Lächeln. »Ihr Mitarbeiter, nehme ich an...« Er nickte Scurzi zu. »Ich möchte Ihnen übrigens danken ... im Namen der Familie ... Ihr Einsatz für Alessia war vorbildlich. Mutter hat mir davon berichtet ... woher wußten Sie eigentlich, daß Sie meine Schwester im Zirkus suchen mußten?« fragte er und sah Caselli an.

»Das tut jetzt nichts zur Sache...«, sagte Caselli und dachte einen Augenblick schuldbewußt daran, daß er immer noch keine Zeit gefunden hatte, Alessia anzurufen und sich nach ihrem Zustand zu erkundigen.

»Ich bin aus einem anderen Grund hier. Sie stehen in dringendem Verdacht, Ugo Terracini ermordet zu haben!« Aurelio sah zu Boden. »Sie haben in der Mordnacht Ihre Schwester zum Zug nach Florenz gebracht. Dann sind Sie nach Hause gefahren, haben die Degen aus dem Arbeitszimmer Ihres Vaters geholt und sind zur Galleria Spada gefahren. Sie wollten sich mit Terracini duellieren, weil Ugo Ihre Mutter und Ihre Schwester, wie soll ich sagen ... *entehrt* hatte, richtig? Oder besser noch, Sie mit den beiden betrog! Und dann ist das Ganze eskaliert. Und jetzt werden Sie uns erzählen, was in der Mordnacht passiert ist!« rief Caselli forsch.

»Ich habe Ugo nicht umbracht! Er ist gestürzt, unglücklich gestürzt...«, verteidigte sich Aurelio ruhig. »Im übrigen hatte ich nichts mit ihm, er wollte nichts von mir. Das habe ich akzeptiert. Anfangs dachte ich, er sei Dario treu, aber das war es nicht. Ugo erwähnte, er sei mit Dario nur gut befreundet. Dario habe viel für ihn getan und er sei ihm dankbar. Er halte ihm den Rücken frei, kümmere sich um alles … dafür nähme er ab und an eine von Darios hysterischen Szenen in Kauf. Ich wiederhole es Ihnen. Es war ein Unfall. Ugo ist unglücklich gestürzt!«

»Nachdem Sie ihm einen kantigen Gegenstand auf den Hinterkopf gehauen hatten …«, schaltete sich Scurzi ein. »Entspricht nicht gerade den klassischen Regeln der Fechtkunst …!«

»Ich wollte Ugo zur Rede stellen, wegen Lavinia und Mutter …«, fuhr Aurelio fort. »Ehrlich gesagt, der Gedanke, daß er Mutter angefaßt hat, hätte schon genügt, ihn umzubringen … Aber wer bringt schon einen Menschen um? Ich meine … man ist wütend, aufgebracht, aber töten? Nein! Ich wollte ihm eine Lektion erteilen, weiter nichts. Als ich zur Galerie kam, war die Tür nur angelehnt. Ich gelangte mühelos in den Vorhof. Ich habe Alessias Stimme gehört. Sie hatte mal wieder ihren Kopf durchgesetzt. Aber ich war mir sicher, sie würde bald gehen. Dafür kenne ich Alessia zu gut. Ich ging die Wendeltreppe zu den oberen Galerieräumen hoch und habe gewartet.«

»Was hat ›Didos Tod‹ für eine Bedeutung?« fragte Scurzi arglos dazwischen und Caselli schnaubte. Als ob das jetzt etwas zur Sache täte. Scurzi brachte den jungen Adligen garantiert aus dem Konzept.

»Was meinen Sie damit?« fragte Aurelio prompt.

»Der Tote wurde unter dem Gemälde ›Didos Tod‹ aufgefunden«, erklärte Caselli, um die Sache abzukürzen.

»Als ich die Galerie verließ, lag Ugo vor dem Fenster. Er war mit dem Hinterkopf auf den Marmorsockel geschlagen. Ich hatte zuvor an diesem Fenster gestanden und in den Garten gesehen … kurz nach Mitternacht hat meine Schwester den Garten verlassen. Ich ging hinunter. Als

Ugo aus der Pforte trat, rief ich ihn. Er kam mir entgegen und kam die Treppe hinauf. Es war dunkel, bis auf die Kandelaber. Die standen schon da. Ich hatte sie nur angezündet. Ich habe ihm den Degen zugeworfen und ihm den Grund genannt, weshalb ich mich mit ihm schlagen wollte. Es war ja kein Duell ...«, schob er ein. »Ugo war mir bei weitem unterlegen. Wir hatten ihm ein paar Bewegungsabläufe beigebracht, die er auf der Bühne wirkungsvoll einsetzte, weiter nichts. Ich wollte ihm nichts tun. Ich war wütend und wollte mich abreagieren. Während ich ihn durch den Saal jagte – so einfach war das gar nicht, ich mußte aufpassen, ihn nicht zu verletzen und seine unkoordinierten Hiebe parieren –, gab er mir eine Erklärung. Er sagte, Torquato habe ihm die Frau weggenommen, die er liebe. Florinda sei aus Rom verschwunden. Er sei fast verrückt geworden, weil er nicht wußte, wo sie war. Als er mich dann, durch Zufall, im Fechtclub kennenlernte, wir uns anfreundeten und ich Vater und Florinda erwähnte, hat Ugo Florinda sofort aufgesucht. Sie wollte nicht zu ihm zurück. In seinem Frust hat er beschlossen, es Torquato heimzuzahlen. Er wollte unsere Familie zerstören. In seiner Theatralik schwebte Ugo vor, die Tochter seines Rivalen zu vergewaltigen, die Ehefrau zu schänden ... und was mich betrifft, hätte er sich auch was einfallen lassen. Nach vollbrachter Tat hätte er Torquato vor die Scherben seiner Familie gestellt. Er wollte Torquato leiden sehen. Aber es kam Gott sei Dank anders. Die Umsetzung seines abenteuerlichen Vorhabens konnte nur scheitern. Er war eben ein junger Römer aus Trastevere, kein Held à la Byron. Allerdings ist es ihm gelungen, mit Lavinia und Mutter ... und die letzte auf der Liste war Alessia, aber das habe ich vereitelt. Zu allem Überfluß hat er Mutter erzählt, ich sei sein Geliebter. Mutter hat das leider geglaubt, es paßte nur zu gut in ihr Weltbild. Vom Liebhaber mit dem eigenen Sohn betrogen zu werden: Dramatischer geht es wirklich nicht. Mutter weiß natürlich, daß ich schwul bin, und sie hat Ugo alles zugetraut. Man kann es ihr nicht verübeln. Dennoch, als Ugo mir an den Kopf werfen wollte, wie es war … mit Mutter … bin ich ausgerastet. Ich habe ihm sein schönes weißes Hemd zerschlitzt, quer durch … mit Vaters Degen. Ugo faßte sich an die Brust, betrachtete die blutverschmierte Hand und sah mich ungläubig an. Dann ging er auf mich los. In diesem Moment kam jemand in den Saal. Ich hörte Schritte. Ich habe nicht achtgegeben und Ugo an der Schulter erwischt. Er schrie auf, die Wunde hat sofort stark geblutet. Er warf den Degen hin, stürzte sich auf mich und versetzte mir einen Kinnhaken. Ich ging zu Boden. Ugo versuchte, mich hochzureißen. Plötzlich sackte er in sich zusammen. Er fiel schräg nach hinten und schlug mit dem Hinterkopf auf den Sims. Ich sah auf … über mir stand Dario im Kerzenlicht … er hatte etwas in der Hand, damit hatte er Ugo niedergeschlagen. Er wollte ihn außer Gefecht setzen, damit er mich nicht im Affekt umbrachte, aber er hatte ihn verdammt unglücklich getroffen. Ugo hatte ein Loch im Schädel. Der Sturz gab ihm wohl den Rest. Er muß sich das Genick gebrochen haben. Er blieb liegen und rührte sich nicht mehr. Dario sackte neben ihm auf die Knie. Ich geriet in Panik, nahm die Degen und lief die Treppe hinunter. Ich sah jemand in den Garten huschen und schloß die Tür ab.

»Und das sollen wir Ihnen glauben?« fragte Scurzi.

Aurelio verschränkte die Arme vor der Brust.

»Wer sagt uns, daß Sie Dario Crisostomi nicht nur belasten wollen. Er hat ein Alibi.«

»Dann ist das Alibi falsch …«, sagte Aurelio zornig.

21

Scurzi stellte einen Pappbecher mit Kaffee auf den Tisch. Dario Crisostomi wirkte unsicher. Er trug einen schwarzen Pullover, schwarze Jeans und war sehr blaß.

»Der Commissario kommt gleich.« Scurzi setzte sich an seinen Schreibtisch. »Sie bleiben dabei … Sie waren in der Mordnacht nicht in der Galleria Spada?« fragte er noch einmal.

»Das habe ich Ihnen doch schon gesagt.«

Scurzi preßte die Lippen aufeinander und lehnte sich zurück. Durch die Glasfront beobachtete er Caselli, der telefonierte. Signorina Flavia kam auf ihn zu. Ihr Rock war wieder kürzer und dunkelgrün. Sie reichte Caselli einen Zettel und sagte eindringlich ein paar Worte. Scurzi trommelte unruhig mit den Fingerkuppen auf die Tischplatte, dann lehnte er sich zurück und sah auf die Uhr. Noch eine halbe Stunde, dann mußte er weg und seinen ältesten Sohn, Francesco, vom Tischtennis abholen.

Caselli trat ins Büro, und Scurzi stand auf. Caselli deutete auf den Zettel, den Flavia ihm gegeben hatte.

»Tja, Ihr Alibi ist geplatzt, Crisostomi. Zwar hat das Betriebsbüro, als mein Mitarbeiter sich danach erkundigte …« Er sah zu Scurzi hinüber, »… bestätigt, daß sie am Abend des dritten Mai Dienst hatten, aber wir haben noch mal nachgehakt. Nach der Vorstellung blieben die Schauspieler samt Schminke, Perücken und Kostümen sich selbst überlassen. Sie waren schon weg.«

Scurzi blickte schuldbewußt zu Boden.

Dario faßte nach dem Becher und trank einen Schluck. »Mir war nicht gut. Ich bin nach Hause gegangen …«, sagte er, »… und für die Kostüme ist sowieso der Dresser zuständig.«

Signorina Flavia öffnete die Bürotür.

»Commissario, ihr Gespräch steht jetzt wieder … kommen Sie?«

Caselli ging hinaus und griff zum Telefonhörer. Durch die Scheibe sah Scurzi, wie Caselli sich ein paar Notizen machte. Hoffentlich bringt uns dieses Gespräch voran, dachte er und sah wieder auf die Uhr. Doch da legte Caselli schon auf und öffnete mit Schwung die Tür.

»Also, wie ich Ihnen schon sagte … es besteht der dringende Verdacht, daß Sie Ugo Terracini umgebracht haben. Florinda Bellucci hat mir eben bestätigt, daß sie noch in der fraglichen Nacht nach Florenz zurückgekehrt ist.«

Caselli lehnte sich an seinen Schreibtisch und verschränkte die Arme vor der Brust. Er sah Dario eindringlich an. »Florinda Bellucci sagte mir … sie habe am Morgen nach dem Mord bei Ihnen angerufen. Signora Bellucci wollte mit Terracini sprechen, da sie sich entschlossen hatte, zu ihm zurückzukehren. Sie sagten ihr, Ugo sei tot, was Sie zu diesem Zeitpunkt noch gar nicht wissen konnten. Florinda brach zusammen. Sie weinte, redete durcheinander. So erwähnte sie, zum Beispiel, sie sei gerade erst in Rom gewesen … um ein Bild zu liefern, in der Galleria Doria-Pamphili. Danach habe sie, nur wenige Schritte von Ugos Wohnung entfernt, am Tiber gestanden. Die Tatsache, daß sie aufgrund ihrer Unentschlossenheit die letzte Chance verpaßt hatte, ihren Bruder zu sehen, ließ sie nicht zur Ruhe kommen. Sie machte sich Vorwürfe. Sie redete sich ein, er würde noch leben, wenn sie am Nachmittag zu ihm gegangen wäre«, schloß Caselli. »Erinnern Sie sich?«

Crisostomi antwortete nicht. Er stellte den Pappbecher wieder auf den Tisch.

»Und da kam Ihnen die Idee ... Florinda als Verdächtige erscheinen zu lassen. Sie setzten mich auf die falsche Fährte. Vor meinem Besuch stellten Sie gut sichtbar das Foto auf und wählten die passende Musik. Wobei mich interessieren würde, wie Sie darauf gekommen sind ... Sobald man herausfände, daß Florinda eine Beziehung zu ihrem Bruder gehabt hatte und in der Mordnacht in Rom gewesen war, würde man sie für die Mörderin halten, und ein passendes Motiv ließe sich dann schon konstruieren, nicht wahr?«

Dario sah erschrocken auf. »Das stimmt ... aber ich habe Ugo nicht umgebracht! Ich war es nicht! Ich wußte, daß man mich sofort verdächtigen würde ...« Er zögerte. »... ja, ich war eifersüchtig ... sie hätte verdient, daß ...« Er brach ab. »Die Idee mit der Oper ... ja, ich wollte Sie auf Florindas Fährte setzen, Commissario ...« Er sah auf und suchte Casellis Blick. »Ich weiß, wer Sie sind ...«, sagte er. »Sie haben Anfang des Jahres im Opernhaus ermittelt. Ich war da, vorher ... als Maskenbildner ... es wurde über Sie geredet. Einer der Solisten erwähnte, Sie seien ein hervorragender Wagnerkenner ... und da habe ich mir gedacht ...« Er brach wieder ab. »Ich habe Ugo nicht umgebracht! Es war ein Unfall!« schrie er und stand abrupt auf.

»Setzen Sie sich wieder hin ... und sagen Sie endlich, was wirklich passiert ist!« rief Caselli.

»Ich müßte jetzt eigentlich meinen Francesco ...«, begann Scurzi leise.

»Sie setzen sich auch hin, verdammt noch mal!«

Scurzi zuckte zusammen und griff dienstbeflissen nach einem Notizblock.

Dario setzte sich wieder, legte die Unterarme auf den Tisch und begann zu erzählen. »Ich hatte Ugo eine Szene gemacht. Sofort danach hat es mir leid getan, und ich hatte

Angst, er würde den Streit als Aufhänger nehmen, sich endgültig von mir zu trennen. Ich wollte die Sache wieder ins reine bringen. Ich wollte ihn vor der Galerie abpassen und mich bei ihm entschuldigen. Ich wußte ja, daß er dort war. Ich hatte ihm doch den Picknickkorb gerichtet. Ich sehe mich noch da stehen … in unserer Wohnung, wie ich den Spumante in den Korb packe und kontrolliert habe, ob alles paßt … die Dose Gänseleberpastete machte sich prächtig neben dem Baguette, dem Rotwein und den Trauben …«

Dario krampfte die Hände zusammen. »Ich hatte mir wirklich Mühe gegeben. Und Ugo hat mich gelobt … er kam gerade aus dem Schlafzimmer. Er hatte sich ein frisches Hemd angezogen … und hat gesagt, ich sei ein Künstler! Und ich habe gesagt: ›Ich bin eben ein Ästhet …‹, und ihn angesehen, wie er dastand mit dem offenen Hemd. Gut sah er aus. Ich bin auf ihn zu. Ugo ist zurückgewichen. ›Nicht jetzt …‹, hat er gesagt, wie immer … und mich in den Magen geknufft. Ich habe mich zurückgezogen. Ugo ging auf die Dachterrasse, da stand der Käfig, der mit der Nachtigall, und da war er sprachlos. Bis dahin war alles prima. Dann habe ich gesagt: ›So … hier ist der Rest.‹ Ich hatte ihm eine Steppdecke mit Paisleymuster und eine Luftmatratze zurechtgelegt, dunkelblau. Ugo hat mich sofort lächerlich gemacht. Richtig gemein war er. ›Eine Luftmatratze? Wie prosaisch! Da schlägt wohl deine proletarische Abstammung durch, hm? Ich gehe doch nicht mit einer Luftmatratze zu einem Rendezvous!‹ hat er gesagt, als er seine Manschetten zuknöpfte, und wie er mich angesehen hat, richtig herablassend. ›Und wo wollt ihr euch hinsetzen?‹ habe ich ihn gefragt. ›Die Borromini-Perspektive ist aus Marmor … kalter Marmor, und das Gras im Garten ist nachts klamm und feucht … schließlich haben wir gerade mal Mai! Willst du, daß sich die Kleine verkühlt? Und du auch? Und ich darf dann wieder in die Apotheke rennen und Antibiotika besorgen, ja?‹ Und er hat gesagt, ich sei ein Prosaiker und rede schon wie meine Mutter. Da bin ich wütend geworden. Auf meine Mutter lasse ich nichts kommen! Ich habe ihn daran erinnert, daß er aus einem Hinterhof in Trastevere stammt, seine Mutter bis zu ihrem Tod anderen Leuten die Wäsche machte und dermaßen abgewirtschaftet daherkam, daß er sie kein einziges Mal zu einer Premiere eingeladen hat! Und dann waren wir schon mitten in einem häßlichen Streit. Ugo hat mich angeschrien. Ihn könne ich nicht mit solchen Sätzen treffen, er habe keinen Ödipuskomplex ... im Gegensatz zu mir. ›Du telefonierst doch fünfmal am Tag mit deiner Mamma! Mamma hier, Mamma dort, zum Kotzen!‹ hat er gebrüllt. Und ich habe ihm vorgehalten, daß meine Mutter uns seit Jahren unterstützt und immer wieder Geld borgt, damit wir seine Stunden bezahlen können und die Actors Studio Stages und die Krankenhauskosten für seine Schwester. Er wurde ausfallend und sagte, er werde mir alles zurückzahlen, auf Heller und Pfennig, plus Zinsen! Und da bin ich wirklich wütend geworden und habe zurückgebrüllt: ›Dann frier dir doch den Arsch ab ...! Mir reicht es sowieso, die Beleidigungen und die ewigen Frauengeschichten! Alles mache ich für dich, seit Jahren. Ich habe es satt, entweder du stehst zu mir oder es ist aus! Ich bin hier doch nur noch der Idiot! Wann haben wir zuletzt eine Nacht miteinander verbracht? Und was war zu Weihnachten? Als ich dir den Kaschmirpulli und den Füllhalter geschenkt habe? Und du mir nichts, weil du mit diesen leeren Konventionen nichts anfangen kannst?‹« Dario holte Luft. »Man schenkt ja unterm Jahr, nicht wahr ... spontan! Das war immer seine Meinung! Das ich nicht lache! Sogar meinen Geburtstag hatte er vergessen! Der war am vierten März! Nichts, gar nichts, nicht mal ein Blümchen! ›Du liebst mich doch überhaupt nicht! Nicht die Spur…! Du weißt nicht, was das ist … Liebe! Du suhlst dich in deinem windigen Schauspielergetue, deinem aufgesetzten Stanislawski-Wahn, deiner geheuchelten Pseudo-Bisexualität!‹ habe ich gesagt.«

Dario wandte sich aufgebracht an Caselli. »Daß ich nicht lache! Das tat er doch nur, weil er krampfhaft seinem blöden Byron nachleben wollte!«

Dario holte Luft. »›Und den Scheiß-Schädelbecher aus Plastik, den kannst du auch gleich mitnehmen!‹ habe ich geschrien. ›Der kommt mir nicht mehr in die Spülmaschine!‹ Und dann bin ich in den Flur, habe meine Lederjacke übergezogen, die Hausschlüssel von der Konsole genommen und die Tür zugeschlagen. Und kaum war ich draußen, hat er mir schon gefehlt, und der ganze Streit tat mir entsetzlich leid.«

»Und was ist in der Galerie vorgefallen?« schaltete Caselli sich ungeduldig ein.

Dario malträtierte seine Fingernägel. »Als ich zur Galerie kam, standen alle Türen offen. Ich bin rein und die Wendeltreppe rauf. Schon von unten hab ich gehört, was da oben los ist. Ugo schlug gerade den jungen Lante della Quercia zusammen. Er hat überhaupt nicht mehr aufgehört, richtig brutal war er. Ich dachte … ich hatte Angst, daß er ihn …«

Caselli nickte. »Fahren Sie fort.«

»Ich wußte nicht, was ich machen sollte. Da habe ich den Rekorder genommen, der da stand, und ihm über den Kopf gehauen. Ich wollte, daß er aufhört. Ich wollte ihn beschützen. Ich habe doch nicht gedacht, daß ich ihn verletze, daß er stirbt! Das wollte ich nicht! Ich habe ihn geliebt!«

»Tja … das kann jeder sagen …«, meinte Scurzi lapidar.

»Was haben Sie getan, als Sie sahen, daß Terracini schwer verletzt war?« Caselli sah Scurzi mißbilligend an. »Warum haben Sie nicht den Notarzt gerufen … eine Ambulanz? Vielleicht wäre Ihr Freund noch zu retten gewesen?«

»Als ich merkte, daß er wirklich tot war … habe ich gedacht, ich sterbe.« Dario schluchzte auf. »Ich bin noch stundenlang bei ihm geblieben … Ich habe ihn an die Wand gelehnt und die Kandelaber neben ihn gestellt.« Dario verstummte und barg das Gesicht in seinen Händen.

Scurzi atmete tief durch und blickte zu Caselli hinüber. In diesem Augenblick schnellte Dario nach vorn und versuchte, Scurzis Dienstwaffe, die in einem Halfter über der Stuhllehne hing, zu erreichen.

»Ich geh nicht ins Gefängnis, niemand kriegt mich ins Gefängnis!«

Scurzi drückte ihn auf seinen Stuhl zurück.

»Reißen Sie sich zusammen. Das war Totschlag, jeder Richter wird das bei seinem Urteil berücksichtigen.«

Caselli stand auf, ging hinüber zu Dario und legte ihm die Hand auf die Schulter.

Scurzi sah auf seine Uhr und blickte Caselli fragend an.

»Schon gut, ich komme hier allein zurecht.«

Der Sergente eilte ohne ein weiteres Wort hinaus.

22

Contessa Lucrezia sah mit Mißtrauen, wie Avvocato Verbiani aufmerksam einen Stuhl zurechtrückte.

»Bitte, Contessa, setzen Sie sich!«

»Ich will mich nicht setzen! Nun sagen Sie schon Verbiani ... was soll die ganze Geheimnistuerei! Was ist los? Wieviel will er diesmal? Haben Sie mit Andrew gesprochen? Hat er sich bei Ihnen gemeldet?« fragte sie aufgebracht und ging ans Fenster.

»Lucrezia, bitte setzen Sie sich ...«, sagte er in einem Tonfall, der die Contessa aufhorchen ließ.

»So schlimm?« sagte sie mutlos und sank auf den Armlehnstuhl, den Verbiani ihr angeboten hatte. Der Avvocato setzte sich hinter seinen Schreibtisch und nahm seinen Federhalter in die Hand. Sie schlug die Beine übereinander, holte ein Zigarettenetui aus ihrer Handtasche und nahm eine heraus. Verbiani stand auf, gab ihr mit seinem Tischfeuerzeug Feuer und setzte sich wieder. Sie richtete ihre Augen auf ihn und wartete.

»Lucrezia, Sie müssen jetzt sehr stark sein.«

»Mein Gott, Verbiani, nun lassen Sie doch diese abgedroschenen Floskeln!« Sie blies den Rauch durch die Nase. »Kommen Sie zur Sache!«

»Ich dachte nur ... Sie haben Andrew Tailor doch einmal sehr geliebt ... Sie haben sogar eine Tochter von ihm.«

»Daran brauchen Sie mich wirklich nicht zu erinnern, Verbiani«, sagte Lucrezia ungehalten. »Im übrigen ist das Ganze sehr lange her, und Andrew hat es verstanden, durch seine ewige Tyrannei und Erpresserei alle Gefühle, die ich, vielleicht einmal ... für ihn empfunden habe, auszulöschen ... und zwar gründlich ...«

Ihre Hand zitterte, als sie einen weiteren Zug nahm.

»Also, raus mit der Sprache, was will er jetzt ... zweihundert Millionen Lire, dreihundert? Oder ist ihm eingefallen, daß er seine Tochter kennenlernen will?« fragte sie und konnte nicht verhindern, daß die Asche ihrer Zigarette auf den Perserteppich fiel. Avvocato Verbiani schob dezent den Onyxascher ein wenig näher.

»Es ist vorbei ...«, sagte Verbiani.

Die Contessa blickte überrascht auf. »Was?« fragte sie.

»Ich muß Ihnen die traurige Mitteilung machen, daß Andrew Tailor nicht mehr am Leben ist. Er hat zuletzt bei dem Wanderzirkus gearbeitet. Dort kam es zu einem schrecklichen Unfall, etwa vor einem Monat. Ein Strohlager ging in Flammen auf. Er ist verbrannt.«

Contessa Lucrezia blickte starr auf den Teppich.

»Ich werde Ihnen jetzt die ganze Geschichte erzählen, Lucrezia«, fuhr der Rechtsanwalt fort. »Ihr Vater, Conte Urbano, bat mich zu schweigen. Ich glaube aber, nun ist der Moment gekommen, in dem ich mich von meiner Schweigepflicht entbunden betrachten kann«, sagte er und lehnte sich zurück.

Contessa Lucrezia hielt den Onyxaschenbecher in der Hand. Die Asche an ihrer Zigarette wurde immer länger.

»Nachdem Sie die Verbindung mit dem jungen Schauspieler Andrew Tailor eingegangen waren und ... ähem ... guter Hoffnung waren, fand es Conte Urbano erforderlich, in das Geschehen einzugreifen.«

Lucrezia sah den Avvocato ungläubig an.

»Er bot Tailor Geld, um aus Ihrem Leben zu verschwinden. Tailor akzeptierte. Für Sie sah es so aus, als habe er Sie aus freien Stücken verlassen. Moment ... bitte lassen Sie mich ausreden ...« Der Rechtsanwalt hob die Hand. »Tailor stellte einige Bedingungen, die Ihr Vater erfüllte. Tailor lag am Herzen, seine Ziehmutter versorgt zu sehen. Er verlangte ein Wohnrecht auf Lebenszeit und eine unkündbare Anstellung.«

»Sie wollen doch nicht etwa sagen ...?« entfuhr es Lucrezia.

»Doch. Signora Restivo ist Andrew Tailors Ziehmutter. Sie erhielt ein Wohnrecht für eine der Wohnungen, die Ihr Vater im Zentrum besaß.«

»Ich fasse es nicht ...« Lucrezia drückte die Zigarette im Ascher aus.

»Ihr Vater dachte, es sei das Beste so ...«, sagte Avvocato Verbiani. »Er wollte nur Ihr Bestes ...!«

»Das haben Sie sich ja wunderbar ausgedacht, Vater und Sie!« sagte die Contessa schneidend. »Sie haben mein Leben umfunktioniert zu einer Farce! Gratuliere, Avvocato ... Sie sind der treue Diener Ihres Herrn ...« Contessa Lucrezia schnaubte verächtlich und stand auf.

»Das ist noch nicht alles«, sagte Avvocato Verbiani.

»Was denn noch?«

»Ich habe mehrmals größere Summen an Tailor bezahlt, obwohl mit der Vereinbarung, die Conte Urbano getroffen hatte, alles hätte abgegolten sein sollen. Aber so war es eben nicht. Ich habe mich nur in den Fällen an Sie gewandt, in denen ich die Sache allein nicht bewältigen konnte.«

»Soll das heißen, Sie standen öfter mit ihm in Kontakt?« fragte Lucrezia und wandte sich um.

»In den ersten zehn Jahren nicht, aber dann wurde er immer aufdringlicher. Er hatte das Geld durchgebracht und keinen Beruf. Die Schauspielerei hatte er endgültig an den Nagel gehängt. Er verdiente nichts. Ich habe die Summen aus dem Rücklagenfonds abgezweigt. Ich wollte Sie nicht damit belasten, Lucrezia. Die Forderungen wurden immer häufiger. In den letzten zwei Jahren rief er mich praktisch an jedem Ersten an. Ich habe ihm jeden Monat eine Million Lire auf ein Konto überwiesen. Er gab sich mit wenig zufrieden, deshalb ging es. Letzten Monat forderte er plötzlich wieder eine größere Summe, ich lehnte ab. Er drohte mir. Andrew Tailor war immer ein Einzelgänger, doch zuletzt hatte er zweifelhafte Freunde, in diesem Wanderzirkus. Wer weiß, was da vorgefallen ist. Ich bin mir nicht sicher, daß er eines natürlichen Todes gestorben ist ... also, daß es wirklich ein Unfall war. Aber ich möchte hier keine Vermutung anstellen. Vielleicht erfahren wir mehr, wenn dem Jugendlichen, der Sie bedroht und Alessia entführt hat, der Prozeß gemacht wird. Aber ich glaube, damit ist die Geschichte für Sie, Lucrezia, zu Ende ...«, sagte Verbiani. »Andrew Tailor ist tot. Der Straftäter sitzt hinter Gitter. Bleibt noch der anonyme Anrufer ... der Komplize ... der zweite Mann in der Bar beim Teatro Colombelli. Er stammte auch aus dem Zirkus. Der Wanderzirkus hat seine Zelte abgebrochen. Aus den Augen, aus dem Sinn! Hoffen wir es!« Er stand auf. »Ich habe guten Gewissens gehandelt. Es war alles zu Ihrem Besten ...«, schloß er.

Contessa Lucrezia nahm Mantel und Handtasche vom Stuhl und ging wortlos hinaus.

23

»Also ich gehe dann heute etwas früher, Sergente ...« Caselli räusperte sich. »Ich habe noch ... etwas ... vor«, schloß er und nahm seinen Trench von der Lehne.

»Doch nicht etwa immer noch die Steuersache, Commissario?«

Caselli sah überrascht auf. »Seltsam, daß Sie mich ausgerechnet heute darauf ansprechen, Scurzi. Erst gestern habe ich einen Brief von der Behörde erhalten. Die Sache ist geklärt ... alles bestens«, sagte er und straffte die Schultern. »Tja ... sehen Sie, Sergente ... es geht auch so. Wenn ein rechtschaffener Bürger sich dahinterklemmt, dann geht es auch ohne Beziehungen.«

»Natürlich, Commissario ...«, sagte Scurzi, doch irgend etwas in seiner Stimme ließ Caselli aufhorchen. Er sah auf und musterte seinen Assistenten eindringlich. Der Sergente hielt den Blick gesenkt und ordnete mit übertriebener Geschäftigkeit die wenigen Gegenstände auf seinem Schreibtisch. Da fiel ihm ein, was Flavia in seiner Wohnung erwähnt hatte. *»Die Sache müßte doch längst vom Tisch sein ... ich habe doch extra ...«* Dann griff er zur Klinke und war draußen. Diesen Zweifel würde er keinesfalls aufkommen lassen, geschweige denn weiterverfolgen.

*

Caselli und Alessia erreichten die Piazza Mattei. Alessia blieb vor dem Schildkrötbrunnen stehen und holte Luft. »Die Fontana delle Tartarughe wurde 1581-1584 von Taddeo Landini nach den Entwürfen von Giacomo Della Porta erbaut und ist einer der eindrucksvollsten Barockbrunnen. Gegenüber sehen Sie Palazzo Costaguti, bekannt für die

Fresken großer Maler wie Guercino ... und ...« Sie kräuselte die Nase. »... andere. Die Straße mündet in die Via delle Botteghe Oscure, dem Sitz der Ex-Kommunisten ... weiter vorn kommt dann Palazzo Cenci. Auch so eine grauenvolle Geschichte. Kennen Sie die Geschichte von Beatrice?« Alessia schüttelte den verbogenen Regenschirm und verstaute ihn in der Umhängetasche. Caselli verneinte. Er wandte die Augen einen Moment von ihr ab und betrachtete den Brunnen, an dessen Becken Schildkröten aus Stein, von den erhobenen Händen der Statuen beschützt, wie lebendig krabbelten.

»Beatrices Vater hat sie solange malträtiert, bis sie ihn mit Hilfe ihres Bruders Giacomo umbringen ließ. Beide wurden im September 1599 vor der Engelsburg nach abscheulicher Folter enthauptet. Hier in Rom finden Sie an jeder Ecke eine Greueltat, die sich im Laufe der Jahrhunderte zugetragen hat ...«, sagte sie und strich sich über die Stirn. »Es gibt eben viele verkorkste Familienverhältnisse.«

Caselli blickte sie an. Alessia bog den Kopf zurück, um die wasserspeienden Delphine besser im Blick zu haben. Sie sah mitgenommen aus, und sie war blaß unter den Sommersprossen.

Caselli zögerte. Der Moment ging vorbei.

Ihre Tour endete auf der Piazza Minerva, kurz vor der Piazza Montecitorio, wo sie begonnen hatte. Alessia blieb vor dem Sockel mit Berninis Marmorelefanten stehen. Den Rüssel zur Seite geschwenkt, trug er auf dem Rücken einen Obelisken, dessen Spitze, ein Bronzekreuz, die Strahlen der durch die Wolkenbahnen brechenden Abendsonne einfing.

»Ich werde niemals vergessen, was Sie für mich getan haben, Commissario ...«, sagte Alessia und starrte auf das schwarze Kopfsteinpflaster, das vom Regenschauer, der sie auf ihrer Tour überrascht hatte, feucht schimmerte. »Nein, sagen Sie nichts…«, fügte sie hinzu. »Sie waren mein Schutzengel … und da ist noch etwas…« Caselli folgte ihrem Augenaufschlag zu einem Stern, der im klaren Himmel über dem Obelisken blinkte. »Zumindest habe ich Vater kennengelernt … Ich bin froh, daß Mutter und ich die Wahrheit erfahren haben und daß ich meinen Vater noch getroffen habe … kurz vor seinem Tod. Das war doch eine Fügung des Schicksals, oder?« Sie blieb stehen. »Er nahm meine Hand und legte ein paar Erdnüsse darauf … für den kleinen Elefanten…«, sagte sie und sah Caselli in die Augen. »Arrivederci, Commissario…«, flüsterte sie und stellte sich auf die Zehenspitzen, um ihm einen Kuß auf die Wange zu drücken. Caselli hielt sie einen Moment fest. »Alessia…«, murmelte er, das Kinn an ihrem Haar. »Arrivederci! Und … vielen Dank für die Führung!«

»Hm … mh!« räusperte sich eine Männerstimme hinter ihm. Caselli sah auf. Alessia machte sich los.

»Sergio! Du bist schon da! Commissario, das ist Sergio!« strahlte sie und kräuselte die Nase. »Er ist Betreuer in der Gruppe, bei der ich jetzt mitarbeite.«

Ein junger Mann mit tiefbraunem Haar, Jeans und Lederjacke lächelte und nickte Caselli zu. »Ja … kommst du dann?« fragte er. Alessia nickte. »Arrivederci!« Sergio legte den Arm um ihre Schulter, und sie gingen davon.

*

Das orangefarbene Licht der Straßenbeleuchtung warf Schatten auf das Terrakottarot der Palazzi. Das regennasse Kopfsteinpflaster glänzte schwarz, und überall waren Pfützen. Caselli trug Schuhe mit Ledersohle und rutschte ab und an auf den Pflastersteinen aus. Es hatte aufgehört zu regnen. Der Abendhimmel war klar. Am Horizont stand noch ein letzter azurblauer Streifen, die Sterne leuchteten über den Palazzi der Innenstadt. Caselli überlegte, ob er über die Piazza S. Eustacchio nach Hause gehen sollte, dort gab es eine Bar, so hatte ihm Alessia erzählt, die den besten Espresso in Rom zubereitete, aber das war ihm zu weit. Er fühlte sich müde und hatte es eilig, in seine vier Wände zu kommen. Er bog in die Via dei Costari und gelangte zum Largo Argentina. Caselli sah von weitem die Festbeleuchtung. Das Teatro Argentina erstrahlte in vollem Glanz. Caselli blieb einen Augenblick stehen und freute sich an dem beeindruckend schönen Bild. Es tat ihm leid, daß er Ugo Terracini nicht auf der Bühne erlebt hatte. Der Tod des Schauspielers erschien ihm sinnlos. Seine Arbeit erschien ihm sinnlos und das Leben überhaupt. Er überquerte den Corso und suchte sich seinen Weg durch das Gewirr der schmalen Seitengassen hinter dem Theater. Wäsche hing an der Leine über die Straße, und hinter den Gitterfenstern der Sockelgeschosse der Palazzi steckten McDonaldstüten. Dann kam er an einem Wachhäuschen vorbei und wußte, daß er zu weit gelaufen war. Es waren die Posten vor dem »Ministero di Grazia e Giustizia«. Er drehte um, lief die Via delle Zoccolette entlang, und dann stand er vor Giovannis Trattoria in der Via dei Pettinari. Caselli zögerte, dann legte ihm jemand die Hand auf die Schulter. Er wandte sich um ... es war Claudio.

»Na ... wo schleichst du denn rum?«

Caselli lächelte beklommen.

»Was ist los?« fragte Claudio. »Durchhänger, hm? Oder unglücklich verliebt.«

»Blödsinn.«

»Na ... Tiberio sagt da aber was anderes.«

»So?«

»Hm ... es heißt, bei dir daheim warten Blondinen im Bademantel.«

»Blödsinn …«, sagte Caselli. »Wir wurden vom Regen überrascht und Flavia hatte ihre Tasche irgendwo liegenlassen, das war alles.«

»Schon gut, Alessandro … du mußt dich doch nicht rechtfertigen. Ach, übrigens, das Geheimnis ist gelüftet. Na … Tiberio und Giuseppina …«, schob er nach, als er Casellis verständnislose Miene sah.

»Ach ja?«

»Hm …«, sagte Claudio. »Ich habe es von einer Kollegin aus der Gynäkologischen … die beiden möchten Nachwuchs, aber es klappt nicht … auf herkömmlichem Weg, und ›in-vitro‹ konnten sie sich bisher nicht leisten. Aber jetzt haben sie es geschafft. Da wird wohl bald Gevatter Storch in der Via dei Cappellari vorbeifliegen!« meinte Claudio und lächelte.

»Freut mich …«, sagte Caselli ohne Begeisterung.

Claudio schlug ihm auf die Schulter. »Komm mit rein … wenn du was im Magen hast … geht's dir besser, wirst sehen.«

»Laß mal, Claudio. Ich möchte nach Hause. War ein langer Tag.«

Sein Freund nickte.

*

Im Parterre des Palazzo in der Via dei Cappellari angekommen, schloß Caselli seinen Briefkasten auf. Er leerte den Kasten und sah die Post durch, während er die Treppe hinaufging. Es war ein Brief dabei. Die Handschrift kannte er. Sein Herz klopfte. Caselli klemmte die restliche Post unter den Arm und riß den Umschlag auf. Dann blinzelte er in die Deckenbeleuchtung und fuhr sich über das Gesicht. Der Brief war von Dora. Sie schrieb, sie würde ihn in Rom besuchen. Noch in diesem Sommer.